穿上夜色出行

鲍尔吉·原野 著

远方出版社

图书在版编目（CIP）数据

穿上夜色出行／鲍尔吉·原野著．－－呼和浩特：远方出版社，2018.7
ISBN 978－7－5555－1151－9

Ⅰ.①穿… Ⅱ.①鲍… Ⅲ.①散文集－中国－当代 Ⅳ.①I267

中国版本图书馆 CIP 数据核字（2018）第 168836 号

穿上夜色出行
CHUAN SHANG YESE CHUXING

作　　者	鲍尔吉·原野
出 版 人	苏那嘎
责任编辑	董美鲜　奥丽雅
责任校对	心　妍
封面设计	仙　境
版式设计	赵艳霞
出版发行	远方出版社
社　　址	呼和浩特市乌兰察布东路 666 号　邮编：010010
电　　话	（0471）2236470 总编室　2236460 发行部
经　　销	新华书店
印　　刷	北京市润田金辉印刷有限公司
开　　本	145mm×210mm　1/32
字　　数	300 千
印　　张	12
版　　次	2018 年 7 月第 1 版
印　　次	2018 年 9 月第 1 次印刷
印　　数	1—5000 册
标准书号	ISBN 978－7－5555－1151－9
定　　价	45.00 元

如发现印装质量问题，请与出版社联系调换。

目 录

辑 一
大 海

买一亩大海 / 002
海的月光大道 / 004
海 边 / 007
海上日出 / 011
南澳岛听涛 / 014
岛 上 / 016
雨落大海 / 019

辑 二
火

火 / 022
火 柴 / 025
火的伙伴 / 027
火 花 / 029

火琉璃 / 031

火苗去了哪里 / 034

走到哪里都认得出火的模样 / 036

辑 三
冰 雪

冰　凌 / 040

冰的纹 / 042

冰　雕 / 045

冰窟窿 / 047

水结冰时终于喑哑 / 052

太阳在冰上取暖 / 055

眺望冰河 / 057

冰雪那达慕 / 059

残雪是大地褴褛的衣裳 / 062

凤凰号探测器报告：火星下雪了…… / 065

每片雪都在找一个人 / 068

雪落在雪里 / 069

为孩子降落的雪 / 072

雪的前奏 / 074

雪地篝火 / 076

雪地狂草 / 078

雪不是一天化的 / 080

辑 四
夜

穿上夜色出行 / 084
谁在夜空上写字 / 087
屋顶的夜 / 090
夜河两岸的灯火 / 092
夜空栽满闪电的树林 / 095
夜　雾 / 097
根河的夜 / 100

辑 五
昆 虫

虫子澄澈 / 104
小虫看佛像 / 107
花大姐 / 109
上帝的伏兵 / 112
虫鸟记 / 113
蜜　蜂 / 116
黑蜜蜂 / 118
蜂　蜇 / 121
蝴蝶—如梦游人 / 124

蝴蝶的折痕 / 126

蝴　蝶 / 128

蚂　蚁 / 130

蚯　蚓 / 133

蜻　蜓 / 136

蜻蜓折腰 / 139

说　蚊 / 141

剿蚊记 / 144

苍　蝇 / 147

蛛网上的星辰 / 149

在虫鸟之间重温大师语录 / 152

白蝴蝶的波浪 / 154

飞灯笼 / 157

辑 六
草

草 / 160

草言草语 / 162

南风里有青草的香味 / 164

风吹草动 / 166

青草寂静 / 168

艾 / 171

城里的荒草 / 174

拉拉蔓 / 177

青草和星辰 / 179

铁轨中间的草 / 181

草木结霜 / 183

苏　醒 / 186

字在纸上长成青草 / 188

凹地的青草 / 191

草垛里藏着一望无际的草原 / 193

风滚草 / 196

干　草 / 199

芦苇为我指路 / 201

辑 七
粮食果蔬

把自己甜死的甘蔗 / 204

桑　葚 / 207

桃　子 / 210

杏 / 213

樱　桃 / 216

鸟啄樱桃人痛快 / 219

樱桃是弯弯的手指 / 221

苹　果 / 223

苹果籽 / 225

大　枣 / 227

高粱与石榴 / 229

美丽的葡萄 / 231

葡萄园 / 234

精灵逃逸 / 236

沙　果 / 238

糖梨儿 / 240

唯一的橘子唯一的灯 / 242

蜜的秘密 / 244

拾麦穗 / 247

面包的天堂 / 250

馒头酒 / 252

悬崖的玉米 / 254

玉米之名 / 256

小米真小 / 258

在德国熬小米粥 / 261

大　米 / 263

豆　子 / 265

豆　芽 / 268

干嚼炒米 / 270

荞麦面 / 273

粮食的神性 / 276

白　菜 / 278

苦　瓜 / 281

蘑　菇 / 284

洋葱的衣服 / 287

西红柿 / 289

绿屁股柿子 / 291

腊菜缨子下酒 / 293

菜啊，菜 / 295

节日晚宴之鱼肉篇 / 298

十七岁之口福 / 301

酥　饺 / 305

甘　草 / 308

人体的盐 / 311

盐和水晶 / 314

瓜　子 / 317

黑酥油与白酥油 / 319

辑　八
村庄里

白银的水罐 / 322

扁　担 / 325

马　灯 / 328

针 / 331

门 / 333

墙 / 335

碗 / 338

擀面杖 / 340

养蜂人 / 342

乡　村 / 344

雾散了，树叶滴水 / 347

在水上写字 / 350

黄姆村 / 353

铁匠街的黎明 / 355

乡村片断 / 358

后　记
一粒沙子睁开了眼睛 / 368

辑一

大海

买一亩大海

买一亩大海,就买到了一年四季日夜生长的庄稼。庄稼头上顶着白花,奔跑着、喧哗着往岸边跑,好像它们是我的孩子。对,它们是浪花,但对我来说,它们是我种的庄稼。

大海辽阔无际,而我有一亩就够了。其实我不懂一亩有多大,往东有多远,往西又有多远。别人告诉我,一亩是六百六十六点六六七平方米。够了,太够了。六百多平方米表面积的大海,足够丰饶。买下这一小块大海,我就是一亩大海的君王。

在我的海域上,没人来建高楼,没人能抢走这些水,我的水和海水万顷相连而不可割断。再说他们抢走海水也没地方放。这里没有动迁,也没车因而不堵车。如果我买下这一亩海,这片海在名义上就属于我,而这片海里的鱼、贝壳乃至小到看不清的微生物,更有权利说属于它、属于它们。是的,这一小片海在我爷爷的爷爷的爷爷的朋友的朋友的朋友活着的时候就属于它们——包括路过此地的鲸鱼和蹒跚的海龟,以后也属于它们。我买下之后所能做的只是对着天空说:"我在这儿买了一亩大海。"阳光依然没有偏私地继续照耀我这一亩海和所有的海,日光的影子在海底的沙子上蠕动。

一亩大海是我最贵重的财产,我不知怎样描述它的珍奇。早上,海面的外皮像铺了一层红铁箔,却又动摇,海水好像融化了半个太阳。上午,如果没有风,我的海如一大块翡翠缓缓地动荡,证明地球仍然在转动,没停歇。如果你愿意,可以闭眼憋气钻进翡翠里,但钻一米半就会浮上来,肺里也就这么多气体。这时候,适合于趴在一块旧门板上(买船太贵)随波逐流,六百多平方米,够了,太够了。在我的领海上,我不会用线、用桩什么的,更不会用铁丝网什么的划分这块海,被划分的海太难看了。一个人的私权意识表现在大海上,就有点像蚂蚁站在大象身上撒尿。海的好看就在于一望无际。到了晚上,海上生明月,天涯共此时。这两句诗连这里的螃蟹都会背,不是人教的,而是海教的。金黄的月亮升起来,黑黝黝的海面滚过白茫茫的一片羊群,没到岸边就没了,也许被鲨鱼吃掉了。在海边,你才知道月亮原本庄严,跟爱情没什么关系。在星球里,月亮是唯一显出一些笑意的,我是说海边的月亮。

我还没说一亩大海在下午的情形。下午,这亩海有时会起浪,包括惊涛骇浪。海不会因为我买下就不起狂风巨浪,海从来没当过谁的奴隶。海按海的意思生活才是海,虽然九级大浪卷起来如同拆碎一座帝国大厦,虽然海会咆哮,但它始终是海而没变成别的东西。

谁也说不清一片海,尽管它只有六百多平方米的表面积,说不清它的神奇、奥妙和壮大。何止早午晚,海在一年四季的每分每秒中呈现着不重复的美和生机。买海的人站在海边看海,鸟儿飞去飞来,鱼儿游来游去。假如可以买到海的话,只不过买到了一个字,它的读音叫"海"。世上没有归属的事物,只有大海,它送走日月光阴,送走了所有买海和不买海的灵长类脊椎动物,他们的读音叫"人"。

海的月光大道

晚上,我在房间里站桩。面前是南中国海(中间隔着玻璃窗)。半个月亮被乌云包裹,软红,如煮五分熟的蛋黄。有人说面对月亮站桩好,但没说面对红蛋黄月亮站桩会发生什么。站吧,我们只有一个月亮,对它还能挑剔吗?站。呜——这声音别人听不到,是我对气血在我的身体内冲击回荡的精辟概括。四十分钟"呜"完了,我睁眼——啊?我以为站桩站入了幻境或天堂,这么简单就步入天堂真的万万没想到——大海整齐地铺在窗外,刚才模糊的浊浪消失了,变得细碎深蓝。才一会儿,大海就换水了。更高级的是月亮,它以前所未有的新鲜悬于海上,金黄如兽,售价最贵的脐橙也比不上它的黄与圆,与刚才那半轮完全不是一个月亮,甚至不是它的兄弟。新月亮随新海水配套而来,刚刚打开包装。夜空澄澈,海面铺了一条月光大道,前宽后窄,从窗前通向月亮。道路上铺满了金瓦(拱形汉瓦),缝隙略波动,基本算严实。让人想光脚跑上去,一直跑到尽头,即使跑到黄岩岛也没什么要紧。

海有万千面孔，我第一次看到海的容颜如此纯美，比电影明星还美。月亮上升，海面的月光大道渐渐收窄，但金光并没有因此减少。我下楼到海边。浪一层一层往上涌，像我胃里涌酸水，也像要把金色的月光运上岸。对海来说，月光太多了，用不完，海要把月光挪到岸上储存起来。这是海的幼稚之处，连我都不这么想问题。富兰克林当年想把宝贵的电能储存起来，跟海的想法一样。月亮尚不吝惜自己的光，海为什么吝惜呢？在海边，风打在左脸和右脸上，我知道我的头发像烧着了一样向上舞蹈。风从上到下搜查了我的全身，却没发现它想要的任何东西。风仿佛要吹走我脸上那一小片月光。月光落在我的脸上白瞎了，我的脸不会反光，也做不成一道宽广的大道，皱纹里埋没了如此年轻的光芒。站在海边看月光大道，仿佛站在了天堂的入口，这是唯一的入口，在我的脚下。这条道路是水做的，尽头有白沫的蕾丝边儿，白沫下面是浪退之后转为紧实的沙滩。我想，不管是谁，这时候都想走过去，走到月亮下面仰望月亮，就像在葡萄架下看葡萄。

脱掉鞋子，发现我的脚在月亮下竟然很白，像两条肚皮朝上的鱼，脚跟是鱼头，脚趾是它们的尾鳍。我在沙滩上走，才抬脚，海水急忙灌满脚印，仿佛我没来过这里。月光大道真诱人啊，金光在微微动荡的海面上摇晃，如喝醉了的人们不断干杯。海水把月亮揉碎、扯平，每一个小波浪顶端都顶着一小块金黄，转瞬已逝。大海是一位健壮的金匠，把月亮锤打成金箔，铺这条大道，而金箔不够。大海修修补补，漂着支离破碎的月光碎片。

小时候，我想象的天堂是用糖果垒成的大房子。糖果的墙壁曲曲弯弯组成好多房间。把墙掏一个洞，掏出糖果来，天堂也不会坍。这个梦想不知在何时结束了，好多年没再想过天堂。海南的海边，我想天堂可能会有——如果能够走过这片海的月光大道。天堂上，它的础石均为透明深蓝的玉石，宫殿下面是更蓝的海水。天堂在海底的地基是白色与红色的珊瑚，珊瑚的事，曾祖母很早就跟我说过：如果一座房子底下全是珊瑚，那就是神的房子。天堂那边清冷澈彻，李商隐所谓"碧海青天"，此之谓也。在这样的天堂里居住哪有什么忧虑，虽然无跑步的陆地但能骑鲸鱼劈波斩浪。吃什么尚不清楚，估计都是海产品，饱含欧米茄三的不饱和脂肪酸。也许天堂里的人压根不吃不喝。谁吃喝？这是那些腹腔折叠着十几米肠子的哺乳动物们干的事，不吃，他（它）们无法获得热量，他（它）们的体温始终要保持在零上三十六至三十七摄氏度。为了这个愚蠢的设定，他（它）们吃掉无数动物和粮食。

海上的月光大道无论多宽也走不过去。天堂只适合于观看，正如故宫也只适合观看而不能搬进去住，连毛泽东也不住在故宫。我依稀看见脚下有一串狗的爪印，狗会在晚上到海边吗？我早上跑步，好几只毛色不同的狗跟在后面跑，礼貌地不超过我。我停下时，它们假装嗅地面的石子。我接着跑，它们继续尾随。我解释不了这种现象，也不认为我的跑姿比狗好，狗在模仿我跑步。可能是：人跑步时分泌一种让狗欣慰的气味。如此我也不白来海南一回，至少对狗如此。晚上，狗到海边干什么来了？它可能和我一样被月亮制造的天堂所吸引，因为走不过去而回到狗窝睡觉去了。我也要回宾馆那张床睡觉去了。天堂就是眼睛能到，脚到不了的地方，它的入口在海南的海边有狗爪子印的地方，我在岸边已经做了隐秘的记号。

海　边

我们住在海岛的南边,一个叫东岙渔村的地方。南风日夜驱赶着大海到岸上放牧,我从东窗上看到海浪的羊群钻进沙滩,不复出焉。后来的白浪钻进沙滩,寻找先前的浪,同样被陆地捕俘,不见踪影。由古至今,陆地究竟捉走了多少雪白的、蕾丝边的、裹胁小鱼小虾的海浪,算是算不过来的。

窗外是海,除了海就没什么可看的。而海,它的每一样变化还没来得及看就已经消失,变化到新的变化之中。你说你看到了海浪,你说不清看到了哪一个浪,记不住它的模样。这个浪被它身后永不停歇的、性急的新浪碾碎。水还在,浪转瞬而逝。人类的视网膜的解码速度远不及浪的速度,想起金璧辉的干爹名谓川岛浪速有些道理。人看大海如文盲读一本篇幅浩大的书,认不出其中的任何一个字。我们虽然不认识海的字,但我们认识海鸥。海在光线和风里变出黄的、蓝的、灰的颜色,但海鸥始终是白色的,如一条会飞的刀鱼。我想象洞头岛真富庶啊,刀鱼满天飞。海鸥飞得低而慢,我们的视网膜大体上能看清它的仪态。它的翅膀似乎捋不直,如信天翁的翅膀压不弯。它的翅膀(即刀鱼部分)上下翻,却让人觉得翅膀如 V 字。这个 V 字的长翅膀的两端下垂，俨然旧时代小瓦的瓦檐，却白。海鸥乱七八糟地飞来飞去，如潮水涨来涨去。海鸥的叫声大体上属于猫的音色，却更凄厉。这一点，人类又有不解。以海鸥的优雅与轻佻，它的叫声似乎应该圆润些，如杜鹃鸟发出的双簧管的音色。人类有一种配套成龙的习惯，把东西放一块。好看的鸟儿叫声也要好，如不存在的凤凰。不好的东西也放一块，饿狼最好连腿都是跛的。但上帝不这样想，上帝创造万物的准则并不是人类眼里的完美模式，完美这个词，上帝从来不去想。上帝在赋予每一物种生的能力的同时，赋予了它们难以逾越的缺陷，让这一物种在缺陷中有序增减。追求完美就是人类的缺陷之一。

  眼前的大海有黄色的波浪，他们说台风从南面快要赶到了。感觉不到风，但海浪越来越大。离岸很远的黑礁石围满了白色的浪花，这在头几天还看不到。浪头由西到东次第上岸，如同用鞭子在沙滩上抡了一下。由此，涛声由远及近或由近及远，传来长长的喧哗，海水一浪逐着一浪到岸边劈头摔下，却没有水接着而发出绝望呐喊。没随浪头转回反而钻进沙滩里的海水发出哑哑声，好像有人吃了辣椒之后的吸气。沙滩感叹浪头太大，不禁"哑哑"。

  夜里，涛声越来越重，尽管台风并没有来。是夜无月，看不见海面的情形，只听涛声大如黄河决口，如同大山走动起来到海边集结。原来，一波与另一波的潮水拍岸之间尚有短暂的空寂。此刻空隙抹平，耳畔灌满涛声。我如做梦一般想起了学书法抄过的三位晚清诗人的诗：

> 千声檐铁百淋铃，
> 雨横风狂暂一停。
> 正望鸡鸣天下白，
> 又惊鹅击海东青。
> 沉阴噎噎何多日，

残月晖晖尚几星。
斗室苍茫吾独立，
万家酣睡几人醒。

——黄遵宪《夜起》

凄凉白马市中箫，
梦入西湖数六桥。
绝好江山谁看取？
涛声怒断浙江潮。

——康有为《闻意索三门湾以兵轮三艘迫浙江有感》

海天龙战血玄黄，
披发长歌览大荒。
易水萧萧人去也，
一天明月白如霜。

——苏曼殊《以诗并画留别汤国顿》

实话说，我不太明了这些诗的寓意，其意境混杂一体庶几可传达此夜涛声的氛围，但没那么悲观。人不明白的事情实在比明白的事情多得多，谁知道写书法抄过的诗篇竟能记住，竟能在海边的潮声中浮上心头呢？忆诗时手指要在腿上写，否则也记不起。可见这些诗记在我的手指上。我开始相信电影里的人物对着山峰、松林、花朵背诵诗篇可能是真的，他们原本都练过书法啊。这又提醒我以后写书法抄诗要抄一些着调的诗，蜀道难什么的干脆不要抄了，因为我根本去不了李白去的地方。

黄遵宪说"斗室苍茫吾独立"，吾乃"独卧"，立之事刚才站桩已经立过了。听海潮八荒涌来。你可以说潮声像什么事物，但没法说什么事物像潮。潮声把世上所有的声音都收纳了，如崩石，如裂岸，如马踏草原，如群狮怒吼。而被狂涛掩盖的细小声响，还如鸟鸣声、冲刷声、浪穿过空气的嘶声。更有巨浪打在岸上之后土地的震动声，浪打在船上、石上、浪上的不同的响声。众多声音一并响起，使人不知道这是什么声，曰涛声。黑暗里，我躺在床上想，假若这不是涛声会是什么声呢？竟想不起来。涛声之外，世上无此声。听来听去，禁不住几次起身趴窗台看海，偌大的海竟被夜色包裹得严严实实，一滴水也没看到，只有一阵紧似一阵的浪涛声。我想象浪头一浪高过一浪，在海上雪白地相互追逐。海水撞在礁石上，浪花伸出巨大的白爪。天上无星无月，乌云遮住了整个天空，遮住所有的天光。这需要许多云，数量要和大海一样多。我依稀记得陆地上没有太多云，如不下雨，云彩与天空基本是一半对一半。海边不一样，需要更多的云。为什么需要这么多云，我也不知道。在巨大的浪潮声里，我竟睡着了。我怨恨自己：这么大的声音，怎么能睡着呢？但还是睡着了，大自然的声音无论多么喧哗，都与人身体内部的节律合拍，大自然从来没发出过噪音。

  夜里醒来，第一件事是听海浪还响吗？还响，不管有没有人听，它们都在响，我索性到了海边，找地方坐下听涛。天色黑得看不见海，看不见浪头打到岸边向前伸出的手。我如盲人一样瞪着前方，前方一无所有。听觉告诉我浪从左边打过来，从右边打过来，而眼前的漆黑即大海。心里想海里的鱼在干什么，不知它们睡不睡觉。想"哗——"是什么，想"唰——"是什么，想我在想什么。起身走的时候，我看不见自己的脚和脚下的路。这个"我"慢慢地顺利地回到了房间，重新躺到床上。我方知人在海边并没有当下，一无所见亦一无所闻。我无法向别人转述"哗——"的内容，也不能转述我的所见。

  第二天早上起来看海。大海来了，有远有近，风平浪静。最远处的海是灰的，接着蓝与黄的海水涌向昨夜我坐过的沙滩，海鸥在飞。昨夜的涛声与我的漫游都像假的，如同臆造。

海上日出

在洞头岛看海上日出,这是早上四点三十分。车开到宽阔地带,略微能分辨出天与海的连接。这处海滩沙子好,马蹄形的沙滩被黑黝黝的碉堡般的高崖环抱。抬眼看,天际有一隙暗红的光带,如烧红的铁条穿透了海平线。铁条分开了海和天上的云层。此刻仍黑暗,看不清海,也看不清云层,只是觉得那里应该是海天交接处。

太阳现在在哪里隐匿?它要为盛大的演出而化妆,而换衣,而候场吗?在巨大的海与巨大的黑暗后面,会有一个金光四射的太阳吗?现在看不出来。平时谁都不怀疑太阳每天升起,但等在这里观日出的二十多个人都在心存疑虑。人们——一排排如黑树桩一般的剪影仰望天幕,日如不升,就成了一个负心人。我想的是:这根铁条横在那里,约等于说云层没有完全遮蔽我们观日出的通道,太阳升的时候会允许人们在这个窄条里看它一眼。这一条红线实在太窄了,类似百叶窗的缝隙。也许由于看日出的人少,太阳留给洞头海滨浴场的观赏视域就这么窄,约等于一根芹菜外加一根韭菜叶的宽度。我想，铁条上面平直的浓云会不会降下来？那我们什么都看不到了。

这些事写下来很啰唆，当时只是一晃儿的时光。又一晃儿，云与海平线的间隙宽了。瞬间，彩光铺在沙滩上。温柔的潮水上岸转头走掉，沙滩便留下一个平坦的浸满水的镜子，里面嵌着彩光的倒影。在几乎还可以称为黑暗的海滩上，橙色加杂粉光的光影从沙滩的水渍反射出来，比天空更明亮。这些光并非彩云的光，也不是霞光，是太阳升起之前的金晖被乌云遮挡时喷发过来的光束，敏感的水捉住了这些光。然而，海面并没有粼粼的光斑。应该有，但没有。此时，人们互相看不清五官，天还算黑着。

太阳要出来了，我觉得坐站皆不宜，应该蹦高。沙滩太软，蹦不起来。但奏乐显然是最适宜的事，我后悔昨晚没在手机上下载几首乐曲此时播放。海滩上的人们开始照相，小孩子光着身子往浪里冲。没人用手机播放庄严的乐曲，他们像我一样无知，一样莽撞。俄而，金光铺满沙滩。这么说有点不真实，解释一下：海的尽头喷涌光芒，但海上见不到。海上的浪头骑着前方的浪头奔来，见不到反光。不知哪会儿，天空的云层瓦解了，可能是阳光太热，把它们烤散了。云的头顶出现青白色飘着红云的光，这些天光照在沙滩的水上，绚丽一时。但这时太阳还没出来，还没到出的时候。我上网查看，二〇一五年八月二十日洞头岛日出时间为五时二十一分，现在已是五时十九分。众人欢喜，不再管太阳出不出来，不出也不算事。这些人照相，追逐浪潮。天边幻化以玫瑰色为主调的光幕，海浪把这些光如锦缎一般铺在沙滩上。刹那间，你不觉得这是水，也不是沙滩，而如真实的织锦，转而消失。下一拨的浪铺出一幅新的锦缎图，比刚才更美，当然又消失了。正在看，人高喊："太阳出来了！"

太阳从海平线冒出头,边缘模糊,好像沾着水。它探出头来,似乎愣住不动了,原来世界竟是这个样子。少顷,日头猛地跃出海面,体积一下显小了。太阳在海上待了三五秒,钻进上面的云层,日出结束了,也可写成"完"。

　　日出这件事其实不可描述,宜目睹、宜惊呆,不宜转化为字。字跟日出的壮丽相比简直啥也不是。观日出后,总觉得一件事还没有完。人最爱用睡觉结束一件事,但现在是早上,怎么睡?我上公路跑了一个十公里。边跑边回味日出所见,想来想去不真实,这是真的吗?有点拿不准了。

南澳岛听涛

南国十一月份的阳光依然和煦,雨季过去了,光线透明,草木浑然不觉冬之来临,仍然蓬勃生长。草木在这里很舒服,阳光像海水一样泛滥,阔叶的芭蕉像夏季一样葱茏,它们长在北纬二十三度二十六分二十一秒的北回归线上,这是太阳在北半球能够直射到的离赤道最远的位置,在汕头市南澳岛。

岛上有一棵郑成功时代的招兵树,这棵古榕浑如一间高广大屋,几个人抱不过来的树干之上枝杈纵横,叶片密不透风,仿佛它已与大地生长为一体,是一块突出于地面的生长绿叶的铁黑色岩石,风雨不侵。

南澳岛的海水瓦蓝,比天空更纯粹,有琉璃的质感。登山观海,视线挪到岸上,楼房显得十分小巧,沙滩的人比草芥更小,如同一幅画上随意点上去的几个点,小得没法再画了。夜里,我在南澳岛的海边跑步。这里修了一条很好的海滨大道,道路平整。海消失在月色里。月亮只照亮一小片海,在海面留下一小片金箔。海水来抢,金箔七零八落,瓦楞式的波纹动荡不休。我到海边跑步是为了听到涛声。浪涛在看不见的海里奔跑，我也在跑。随着"啪、啪"的节奏，心跳和落地的脚步协调一致，而"哗、哗"的涛声似在身后追赶。夜的海如无边的猛兽来袭，它们蹲在模糊的浪涛上发来吼声。跑的时候，无论眼睛睁多大都看不清海的广阔与深邃。你觉得这一大堆奔涌的水连着世界各地。看地图发现，阿根廷有一个地名叫"里瓦达维亚海军准将城"，位于审豪尔赫海湾，我很想坐船去这个地方看一下。军人在阿根廷很吃香，这个国家的地图上还有苏瓦雷斯上校镇、皮科将军镇。巴拉圭有一个地方叫"伦萨少校堡"，靠近玻利维亚边境。看来这个国家军官少，少校就可以命名地名了。我身旁的海水有可能来自里瓦达维亚海军准将城，到达南澳后返回阿根廷。大海到处都是路，海水可以无拘束地到达各国港口。

　　南澳岛的居民们在海滨大道跳舞。路灯下，人们姿态翩翩。看上去，他们很像是鱼儿从海里跳出来起舞，像章鱼那样手拉手跳舞。海浪撞击防波壁，叹息一声退去。在海边跑步，耳边传来远远近近的涛声。人耳不够灵敏，把无数涛声集纳成大概的"哗——"。海上，耸起的后浪拍击平缓的前浪，浪在空中开花散落。浪呼啸着俯冲，浪摔在礁石上如破裂的釜，浪相互拥挤。这一切声音被混入苍茫的夜空，无法用语言描述。大海发出声音并吸收声音，它是巨大的音场，高频音被磨掉棱角，低频音只剩下混沌的震动。我相信海里成千上万种鱼类、贝类乃至海草都在发出声音。通过水分子传送八方。这是以耳膜感受空气声波的人类无法听到的音响，它们在水里而非空气中传输音频信号。我相信水里的生物的声音照样可以用清澈、孤单、嘹亮、温柔、激烈这些词语来形容，这是它们的歌声。所有的生物都能用频率或者叫节律来表达情感。大海是最伟大的情感抒发者，它无比丰富的情感在人耳听来有一些单调，"哗——哗——"日夜不息。海所表达的意思怎么会仅仅是"哗——"呢？总有一天，人们会从涛声中解码出惊人的秘密。

岛　上

到了岛上，心想岛又怎么样呢？登陆时踩踩地面，挺结实，跟踩大陆没两样。汽车在岛上飞驰，没减速的意思，让我稀奇。岛挺大啊，汽车呜呜跑。坐车上，看岛上群山连绵，更稀奇。岛上还有山啊，同伴说："你少见多怪，洞头群岛是一个县，设有中国共产党洞头县委员会，懂不懂？"我闻此言，默默向洞头县委书记和县长致意，他们在岛上领导着一个县前进。

我到海边的机会少，上岛的机会更少，于是对岛上的连绵群山感到诧异，见到这里的人把零星小岛的山峰劈了一半填海更诧异。待到我开始环岛跑步，钻过一个又一个隧道就不觉得岛与大陆有什么区别了。岛上岂止有山？这座岛与每一座岛都是耸立于海面的高山，洞头人民在山顶修建公路，盖起了高楼大厦。假设某一天海水突然退掉，他们都成了在巍峨山顶上生活的高尚的人民，每人除身份证外，另外颁发一个神仙证。我们在陆地上或者在海底用望远镜仰望他们，那时候岛改为山——洞头山、灵昆山、霓屿山等。海水固然不会退去,即使退去了,洞头也早已修好连接温州与各岛屿的跨海大桥。坐车跨桥,在各个岛屿游走。洞头人真是了不起,该想到的都想到了。洞头人常说:"我们与温州市区只有一个多小时的车程。"他们想说的其实是他们已经去除疏离感,与大陆连接为一体。

在岛上走,看到方石砌的民舍,比大陆的房子结实十倍。他们说,渔民修这样的房子抗台风。你仔仔细细看这个岛,不光房子抗台风,这里的每一株小草、每一棵树都在与台风的对抗中获得了大陆草木所没有的能量。你看岛上郁郁葱葱,草木在珍贵的、从远方吹来落在石缝里的土中扎下根。对岛上的草木来说,扎下根就永不搬家,台风或烈日都不会让它们死去,也不会让它们退缩。我在岛上的地面看小蚂蚁爬,它们在茂盛的植物下奔忙。我听说下周台风就来了,会把蚂蚁吹到海里吗?台风可以摧木毁屋,但不一定能吹走蚂蚁,大自然就这么安排的,我在心里对蚂蚁和池塘的白鸭默默地表达了敬意。

在洞头我们正赶上七夕节。这里的七夕与其他地方的不同,是送给孩子的祈福节。家家户户蒸年糕,摆水果,烧纸上香,祝贺家里十六岁的孩子长大成人,祈求上天保佑尚不到十六岁的小孩子继续平安成长。我一想,其他地方好像没有这样的民间节日。这个节日好,凡是给小孩子的节日都是欢乐的节日。如果我是这里的孩子,看到大人为我大吃大喝,将会何其得意。父母为孩子祈福那么虔诚,孩子能不感动吗?孩子在这一天会明白:中国的家长一切都是为了孩子,这是本能冲动,拦都拦不住。这个节过早了也不好,譬如孩子两三岁时过这个节,他不感动。十六岁刚刚好,此时他们刚要早恋,刚想叛逆,过完节,全正常了。洞头是温州市辖的一个县,最近改区了。这里的人却说闽南话,祖籍多是福建人。从地域性格说,温州人敢闯敢干,闽南人敢打敢拼,两股血脉在洞头汇合,真是得天独厚。洞头人劈山填海,见其勇猛,他们还有细腻的一面——渔民绘画。我们看画的同时看到了作者,他们中间有渔民,也有普通的岛民,女性居多。县文化馆为他们开辟了一间大画室,任其自由创作。他们的创作虽然"自由",然而画面离不开船和大海。这些作画者没有技法与美术史的束缚,人物扁平,构图对称,然而内容感人。他们把人画得像儿童一样跳舞唱歌,献出猪羊,祈求老天爷与海神娘娘保佑他们出海平安。画有画风,如果画出单纯与质朴,就感人,像这些画。

洞头岛商业发达。市中心商铺一家挨一家,游人川流不息,旅游经济带动渔家乐遍地开花。岛上公路好,这是就长跑而言。环岛柏油公路专门辟出一条彩道供自行车与跑步使用。我在岛上分别跑了五公里、十公里和十六公里。因为心里没底,没敢环岛跑。下回去洞头一定环岛跑一下,全程约二十三公里,对我来说刚刚好,再远就跑不下来了。

雨落大海

我终于明白,水化为雨是为了投身大海。水有水的愿景,最自由的领地莫过于海。雨落海里,才伸手就有海的千万只手抓住它,一起荡漾。谁说荡漾不是自由?自由正在随波逐流,"应无所住,而生其心"。雨在海里见到了无边的兄弟姐妹,它们被称为海水,可以绿、可以蓝、可以灰,夜晚变成半透明的琉璃黑。雨落进海里就开始周游世界的旅程,从不担心干涸。

我在泰国南部皮皮岛潜泳,才知道海底有比陆上更美的景物。红色如盆景的珊瑚遍地都是,白珊瑚像不透明的冰糖。绚丽的热带鱼游来游去,一鱼眼神天真,一鱼唇如梦露。它们幼稚地、梦幻地游动,并不问自己往哪里游,就像鸟飞也不知自己往哪飞。

人到了海底却成了怪物,胳膊、腿儿太长,没有美丽的鳞而只有裤衩,脑袋戴着泳镜和长鼻子呼吸器。可怜的鱼和贝类以为人就长这德行,这真是误会。我巴不得卸下呼吸器给它们展示嘴脸,但不行,还没修炼到那个份儿上,还得呼吸压缩氧气,还没掌握用鳃分解水里氧气的要领。海底美呵，比九寨沟和西湖都美。假如我有机会当上一个军阀，就把军阀府邸修在海底，找我办事的人要穿潜水服游过来。海里的细沙雪白柔软，海葵像花儿摇摆，连章鱼也把自己开成了一朵花。

上帝造海底之时分外用心，发挥了美术家全部的匠心。石头、草、贝壳和鱼的色彩都那么鲜明，像鹦鹉满天飞。上帝造人为什么留一手？没让人像鸟和鱼那么漂亮。人，无论黄人、黑人、白人，色调都挺闷，除了眼睛和须发，其余的皮肤都是单色，要靠衣服胡穿乱戴，表示自己不单调。海里一片斑斓，上帝造海底世界的时候，手边的色彩富裕。

雨水跳进海里游泳，它们没有淹死的恐惧。雨水最怕落在黄土高坡，"啪"，一半蒸发，一半被土吸走，雨就这么死的，就义。雨在海里见到城墙般的巨浪，它不知道水还可以造出城墙，转瞬垮塌，变成浪的碉堡、浪的山峰。雨点从浪尖往下看，谷底深不可测，雨冲下去依然是水。浪用怀抱兜着所有的水，摔不死也砸不扁。雨在浪里东奔西走，四海为家。

雨在云里遨游时，往下看海如万顷碧玉，它不知那是海，但不是树也不是土。雨接近了海，感受到透明的风的拨弄。风把雨混合编队，像撒黄豆一样撒进海里。海的脸溅出一层麻子，被风抚平。海鸥在浪尖叼着鱼飞，涛冲到最高，卷起纷乱的白边。俯瞰海，看不清它的图案。大海没有耐心把一张画画完，画一半就抹去重画，象形的图案转为抽象的图案。雨钻进海里，舒服啊。海水清凉，雨抱着鲸鱼的身体潜入海水最深处，鱼群的腹侧如闪闪的刀光，海草头发飞旋似女巫。往上看，太阳融化了，像蛋黄摊在海的外层，晃晃悠悠。海里不需要视力，不需要躲藏。水是水的枕头和被褥，不怕蒸发，雨水进入大海之后不再想念陆地。

辑二

火

火

蒙古人不让人往火里掷石头,不许往火里泼水,不可以向火吐唾沫,他们不允许轻慢地对待火,就像人不能往自己父亲的脸上吐唾沫一样。

蒙古人认为火是生命,是神灵。

蒙古人这么想很对头,火如果不是生命,世间哪还有生命?所有的命里面——无论是小虫的命、老虎的命、人的命、树的命、云的命——最旺的就是火的命。

火的命长在身体外边,飘摇、高举、蛇的腰、热,能把人烧出油来。火除了怕水,不怕一切。我在大连中石油的火灾中得知,火可以把十厘米的钢板烧成纸那么薄,把一米厚的水泥隔离墙烧成粉,把钢板管道烧得吱吱响。火,你到底是什么?请告诉我们真相。

大连的火灾让人知道,燃烧是火,不燃烧也是火。不燃烧的火藏在管道的油里,遇到氧气才现形;现形之前,它仍然是火,只是人类的眼睛看不见。它用热辐射把金属灯柱烤弯,剥夺人身上的汗液甚至唾液，这就是火。

火像花朵，是跳舞的花朵。火苗们手拉着手跳转圈儿舞，橘红的火焰镶一层红边儿，白色的火焰镶一圈儿蓝边。火的头发如烈马之鬃，火是一匹马。

用火柴点燃一张纸的时候，纸抽搐，曲折的黑色边缘收缩。火苗起初很小，好像胆子也很小，烧大之后，火伸开腰，吞掉纸、吐出灰，火随之消失。

释迦牟尼佛问弟子："火苗去了哪里？"

是啊，火苗去了哪里？纸烧没了，木柴烧没了，煤烧没了，火也没了，但木柴有灰烬，火却无痕。火到底去了哪里？正如它来之前曾藏在一个地方，那个地方不是火柴盒，也不是打火机。火那么大，那么旺，没有一个地方能藏得住火。火在哪里待着呢？

旧日的油灯里有另一样火。油灯的火苗如一颗黄豆，不大不小，像一颗左右挪动的金豆子，这是儿童的火，又像安静的农妇的火。这个火不野，也不跑，它熟悉农民的脸，认识母亲缝衣的针线。油灯照过并读过许多旧时的书，现在的话叫"通晓国学"。

秋天，我在悬崖上看见一小片枯草，金黄的，贴在地皮上。风往悬崖刮，我点燃这片草。正午阳光，竟看不到火苗。火苗在阳光下穿了隐身衣，而草在一瞬间变成黑色，好像黑的灰烬占领了金黄的草，黑色一直冲到悬崖边上。我觉得很神奇，像一只变魔术的手把草变没了。

一位参加过大兴安岭灭火的老兵问我："如果山下树林起火，卷到你所在的地带，你往哪里逃生？"

我说："逃到没起火的树林里，肯定是这样。"

他说："起火天一定是刮风天，火跑得比你快。你背着火跑，肯定被火烧死。"

我讥讽他："难道往火里钻吗？"

他说："对。凡是在山火中活命的人都是往火里钻的人。火的燃烧带只有几米宽，最多十多米宽。人用三秒钟就可以跑出十米远，跑过燃烧带，就是火烧过的安全地带。"

他说得有理，越想越有道理。

大凡面迎困难的人，都会发现困难没有人所想象得那么艰难。山火中，丧命最多的是动物。动物肯定顺风跑，它们不敢往火里钻，结果被烧死。人的聪明这时候有了用处，顶着火跑，保住了命。

暗夜里，火是乱发的武士。火好像全是雄性，全都急躁，全追着风往前跑，只不过木柴和煤扯住了它的脚步。火生于大地熄于大地，火是遁形的精灵。人只可扑灭一处火，而不可能消灭火。火和水、天空、大地一样，是永恒之物。

火　柴

　　火柴多好啊,像一排戴红帽子的孩子躺着睡觉。火柴燃烧之前,要"刺啦"一声,昭示开始。火,这么神奇的东西,怎么能像手电筒那么平庸地白亮呢?火在火柴棍上笑,晃着圆圆而又带光的脑袋,做出红焰和白焰两种表情。如果我们到了一个没去过的地方,比如说穆日根家的地下室,四周黑暗,那么掏出火柴来,"刺啦",一切都深深浅浅地暴露出来。黄漆的木箱、书——定睛看是《青年近卫军》、筛子、箩、镐头和养蜂的箱子(他家怎么会有养蜂的箱子呢?)……我们总能找到喜欢的东西。这时,火苗摇曳,这些东西的影子也跟着摇曳,像有腰似的。火柴熄灭了,骸体如一根迅速退却的红丝,烫得指尖疼。再点一根,这些东西又出现了,摇晃。这时,如果有电灯,亮得一览无余,多么煞风景。电灯,就像糖精水、方便面与卡拉OK一样,抹杀了许多事情的快乐。

　　我们不明白火柴头和磷片一擦,为什么火苗腾起,也不想听这里面的道理,于是一根又一根地擦亮,扔掉,又擦亮。在匮乏的年代，这是我们玩得起的一种玩具。我们感到火苗是活的，就像电灯是死的。划火柴时，伴随着手势和动感。而今，打火机和电子打火灶把火柴挤出了生活之外，孩子遇到这个词还要查字典。那边，父母说："那是古人用的一种东西。"

　　火柴的隐秘、炽亮，映红我们脸膛的一瞬，像对许多原初和富于创造的事物一样，我始终抱有悠长的怀想。

火的伙伴

在大雪飞落的冬季，烤火成为一个甜美的词。

人们出去、进来，仿佛是为了接近烤火而做一些准备。

烤火的姿势最美。伸出手，把手心与动荡的红焰相对。你发现手像一个孩子，静静倾听火所讲述的故事。

我爱看烤火的手，朴实而温厚，所有在劳动中积攒的歌声，慢慢融化在火里。抓不住的岁月的鸟翼，在掌心留下几条纹，被火照亮，像羽毛一样清晰。

烤火的男人，彼此之间像兄弟。肩膀靠着肩膀，脸膛红通通的，皱纹远远躲在笑容的阴影后面。用这样的姿势所怀抱的，是火。像他们抱庄稼迈过田埂，像女人抱孩子走到马车边上。

烤——火，这声音说出来像歌声结尾的两个音节，柔和而亲切。说着，火的伙伴手拉着手从指尖跑向心窝。

你在哪里看过许多人齐齐伸手，在能摸未摸之际，获取满足。这是在烤火。

在北方，田野只留下光洁的杨树，用树杈支撑着瓦蓝的晴空。雪后，秋天收回土地上的黄色，屋舍变矮，花狗睡在炕梢，玻璃窗后睁着猫的灵目，乌鸦飞过山岗。

雪花收走了所有的声音，河封冻了。这时，倘若接到一个邀请，倘若走进一个陌生的人家，听到的会是：

来，烤火，烤烤火。

火 花

夜里在涪江岸上跑步。没有月色，江水在江心岛灯光的照耀下看出来一点流淌。跑步的岸是大坝修成的花园，有树、畦花和拿鼻子问路的狗。

在坝上跑了四公里往返，看江水却看不清。尽管看不出江流，它也不像一块地，淡淡地集合着天光，却比天窄。即使江面漆黑，人也能感觉江在默默地流。跟白天的奔涌相比，江水在夜里好像白流了，它不知自己身在何处。比如水岸用彩灯连缀的几个字——桃花岛。我想起东坡夜游赤壁，倘若没有星月，小舟载人在江上泛流，也不知人在何处。

在坝上跑步放不开腿脚，不光天黑，是没理由在坝上狂奔，会让树下接吻的情人恼怒。人静你动就是一种冒犯。有一条狗跟着我，我怕狗，四下找它的主人。但它无主人，从它轻佻的举止就看得出来。过去，我跑步因为遇见狗追把脚崴了，这回恐怕会被它追进江里。我站下，它假装嗅护栏下面的草；我快跑正中它意，撒开四爪飞奔；我慢跑，它用小碎步迎合。我想我怎么会遇见这样一位跑友呢？我怕狗是因为我觉得一定会被狗咬到，被咬部位必定是腿肚子而非别的地方。我仿佛体验到腿肚子的肌腱被狗牙咬的痛楚，两排牙印清晰可见。这时候最想学狗语，警告它不要再追我。然而，现学狗语来不及，只好用汉语斥它："去，别追了，停下。"这条白毛、肩膀带黄斑、腰身细长的狗站下，用不解的眼神看我，仿佛受了冤屈。我说："这不算冤屈，你干点别的吧！"狗听了这话大吃一惊，掉头跑去，消失在夜色里。看来，"你干点别的吧"在狗的语言系统里是一句可怕的话，相当于人类说的"我要拆你房子"。

我向北跑到桥下，折返往彩灯的"桃花岛"方向跑，跑了大约两公里见路边有烛光。

跑近了看，烛光在白色花岗岩的护栏下放射红晕。路到头了，烛光下面是野草的陡坡，有好心人（民间人士）点燃蜡烛警示。蜡是庙里用的大红烛，上粗下细，有插入泥土的铁钎子。它的火苗远看红色，近看橘黄，再近看是两束白色的火苗。

我蹲下端详烛火，看着稀罕。很久没看到火了，家里做饭的天然气的火被锅盖着，看不到。而且，天然气像木梳一般吱吱响的蓝火是工业的火，没烛火那么生动舒展。

涪江坝上的两团烛火一高一矮，像比赛跳高，有表情，有笑容。我想了半天想出一句话：这是活的火。离开它们回头看，两朵微焰合成了一团红晕。那么好看，却说不出词来形容它。它的温红在夜的风里摇摆，我想起了一个词：火花。一瞬间，我为创造这个词而生出"天将降大任于斯人也"的惊喜，火花，了不起！过一会儿，想到这是早有过的词，也许用了一千年了。转而敬佩创造"火花"这个词的人，他不跑步，没被狗追也能造出如此妙词，了不起！

火琉璃

  最华丽的东西是火。它烧起来，身子左右扭摆，雍容如绸缎。绸缎是对火外形最贴近的描述，尽管人不敢用手去摸它。火碰人，但不让人碰。火苗软，四肢如婴儿身体一般卷曲自如。冰冷的铁遇到火，说火比水还要柔软。火的手像在水上吹过波纹的微风。许多东西害怕火。但火不清楚这件事，它想摸一切东西，从山峰到花朵。火把双手放在冰上，想把冰抱起来，但冰开始流泪。冰的全部身体只是一滴泪。对人来说，泪是心里的水。悲酸的人用眼睛在心的井里汲水。心脏和眼睛中间没铺设管子，水从心爬上眼睛很困难。泪水爬上眼睛是想看一看那些不幸的人。牧民的草场被开矿的人占了，补偿费寥寥无几。他们给有草场的人当牧工，冬天买不起取暖的煤。被圈进城镇的农民在街上卖菜，卖一天菜赚的钱折叠起来没有火柴盒大。泪跑出来看他们，引出来更多的泪水围观。失去草场和土地的人，四十岁苍老得已如一块炭，生命一点点变短，灰烬被风吹走。冰从火的怀抱跑脱，化为水，土地留下黑黑的背影。冰想看看火的模样,但睁不开眼睛。大体说,火焰高鼻梁,像观世音菩萨一样微合眼帘,身形似坠露。

火的衣衫比绸缎更明亮,如琉璃般的罩光,又如向上飞的鱼。金红的鱼从火里蹦蹦跳跳,钻入虚空。它们红脊红鳍,像筷子一样细,没有网能收拢这些鱼。有人说火家族的相貌全一样,说得不确切。非洲人长相各式各样,但在外人看来全一样。有个中国人在赞比亚被偷了钱包,警察抓到三个嫌疑人让他辨认。丢钱包的人沮丧地说:"这三个黑人长得全一样,让我怎么认?"火有红脸、金脸、蓝脸、白脸,相貌不一样,它们的身段瞬息万变,跳着各自的舞。

人类的视网膜比较简单,看东西只看个大概。人看不清飞鸟扇动翅膀,而鸟会看得清。鹰的眼睛在一万米高空能看清兔子在草丛里拉屎。人差远了,别总吹自己伟大,连伟哥都够不上。幸亏动物们听不懂人类的广播,听懂得羞死。动物们看清了火的舞蹈。火烧起来不仅往四外飘,还会跳重重叠叠的群舞。每一束火实为云母片般重叠的薄翼。火分成一层又一层。如果你的眼睛够尖,会看到它穿着一件又一件火纱衣,又一件件脱掉。人永远看不到火的胴体,除非你进入火而又不燃烧。

火的热烈让它交不到朋友。它拥抱松树就毁了松树,它抱住庙宇就毁了庙宇,火永远孤独。火捧起矿石,眼看着液体的金子从石头里流出来。石头流出黄铜、黑铁的汁液。火不知这是为什么,是什么让金子汁液从石头里渗出来,像水一样?而火跑进森林里,见到更多的火,火从树上跑出来迎接火。这些火以前住在树里吗?火不知道这是为什么,正如它不知道美丽的树何以化为焦炭。

富兰克林发现了电,又发现电不可贮存。粮食、煤炭和金币都可以放进一个地方,电却不能。铁箱子尤其不能装电。富兰克林试过把电装进什么东西里,但上帝没创造这种东西。爱迪生听说这件事后让电在电灯里消耗掉,为了卖钱。世上可存的东西是人的东西,比如衣衫和存款。不可贮存的东西是神的,比如火和电。不可存的东西都不让人摸,如火以及电。火似乎藏在任何地方——木头里、煤里、纸里。小时候玩火,看到火吞吃一张白纸,纸只剩乌黑的小角最终消失,火和它同一秒钟消失。这时心里怅然,想知道火去了哪里,但不知道它去了哪里。它从其他的地方出现,如炉膛。火出来了,披着明晃晃的琉璃绸缎,一步三摇,把煤和木头烧尽之后又跑掉。火,它到底是什么东西呢?

火苗去了哪里

佛说:"请拿一支蜡烛来。"

弟子们拿过一支蜡烛。

佛说:"请点上。"

弟子点上,光明在前。

佛说:"请把蜡烛靠我近一些。"

蜡烛靠近佛。佛吹一口气,烛熄。

佛问:"火苗到哪里去了?"

弟子面面相觑,答不上来。

火苗去了哪里?并不是问它是不是熄灭了,也不是回答浸油的棉纱在有氧条件下燃烧,而是问刚才那一朵火苗,到哪里去了。

并不是眼见的东西才存在。流星从天空划过时,它在当下的时间已不存在。传到人的视网膜上的星光,只是很多年以前的光。那么,人们不得不接受一个乖谬的事实——见到了一样早已不存在的东西:流星。

眼睛（光的感受器）和时间，遮蔽了真相。

即使如真相，也只存在于一定的条件中。

火苗作为一种现象，它存在的依据不是油脂和棉纱，是火苗闪亮之前的广大的黑暗。火苗和黑暗并存，火苗如果"去"了什么地方，也是回到了黑暗中。

人所看到、所感知的事物，多是个体，人们习惯并依赖这一点。比如见到孤立的人、房子、声音和色彩。但事实上，世上什么事物都没有孤立存在过，是人的假定。

譬如，量子力学发现，一个原子可以在两个地方同时存在，这几乎是人的惯有思维所不能理解的。

譬如，天空无所谓蓝，这是光谱顺序，是地球对太阳的角度对人而言所形成的颜色。说蓝是有条件的颜色亦可，说蓝是一种假象亦无不可。

那些自称坚持真理的人，不知道有多少人在坚持谬误。他们坚持的大多是已知和旧知。

说火苗并没有存在过，亦无从消失，也算一说。分从哪一种角度和向度观察，这不是诡辩，也不是虚无，只是告诉人们别太固执己见。

弟子问佛陀："如果一尊神死了，它去了哪里？"佛说："请拿一支蜡烛来。"点亮、吹灭。佛问："火苗去了哪里？……"

走到哪里都认得出火的模样

我记不起小时候第一次见到火是什么感受,小孩子见到什么都抓一下,如我爸说:"蒙古人的手里长着眼睛。"但火不可抓,人一生也抓不到火,最后却被火抓走了。

火是一朵花。这朵花颤抖、试探,包裹一圈儿火芒。西班牙诗人阿莱克桑德雷说:"所有的火都带有激情,唯有光芒孤独。"夜里,光芒为火镶一层边,像雾,像麦芒。光芒和火中间有一层空隙,仿佛把火苗安排到一个玻璃罩里。这是说火苗,油灯和火柴上的火苗。火苗是火的孩子吗?它弱小,但与大火同样明亮,穿着同样的衣衫。

火穿着一模一样的衣衫,由红、黄、蓝、白四块布幔缝制。在阳光下,火的衣衫被剥走,它成了透明人。火除了衣衫,没有其他家产,它的身体长在衣衫里。在斯图加特的索里图山边上的熊湖岸上,在南西伯利亚的安吉拉河边,我见到与故乡一模一样的火。

火在夜里笑,微笑或大笑取决于风势。人盯着火看一会儿,感到其实它想跑,但被什么东西拽住了脚。火的脚跟绑在木柴上,绑在煤和油里,不然早跑了。火盼望像鸟一样高飞,在松针上跳跃,听松树暴跳如雷。火倾出身子，缩回来，柔软至极，它比花草和水更像舞蹈演员。火像一朵莲花，这用斧子劈不开的花，如同斧子劈不开一滴水。火和水包住斧子又放开斧子。它是色，又是空。火是实体，却没有重量。用秤估算不出火的重量。火像荆棘，满身有刺。火像锦缎一样光滑细腻。我摸不到火，却感到了它的光滑，火的皮毛比狐狸更光滑。皮毛从火的颈子流泻，由红色变为金红，转为空心的蓝。火的蓝比天的蔚蓝更浅一些，屁股坐在一个白盅里。自然这是火的白盅。在光里面，红与蓝常常相邻，由金黄联结，黄昏的天空也是如此。

火苗的形状如一滴水，这滴水从地面向天空生长。火苗的苗跟植物的苗一样往上方延伸。但火苗更像一滴水。这滴水遇到外物散开包抄，像莲花打开叶片。火的顶如莲花的顶，点染一点红。

火睡觉的时候并没有熄灭，炭才是它的梦乡，多少火苗在炭里相拥而眠。在薄薄的灰烬里，火已睡熟。"啵"的一声，是火的梦话。火在炭里多么安静，像婴儿那样恬然。它拱起圆圆的脊背如熟睡的猫。风走过，炭火的火星惊起，跳进夜色里再也回不来了。

在黄泥铁桶的小炉子里，火倾听小米粥的歌声。粥的歌声跟打呼噜差不多，咕嘟咕嘟，吹起一些泡儿又吹破一些泡儿。火沉湎于这些歌声，它闻到粮食的香气塞满四外每一个缝隙。火奇怪，它在铁锅下面奔跑，为什么传来粥的歌声？铁锅是世上神物，遇火每每发出不同的奇香，黍米之香，菜蔬之香。起初，火以为铁是香的，后来得知锅里有米，米香即大地之香。

火是蒙着眼睛奔跑的精灵。火看不到任何东西。它见到木柴时，烟挡住了它的视线。它见了黑夜，夜退到远方。火焰的光芒隔离了火的视线。火在阳光下睁不开眼睛，火在枯枝上爬行，火在草绳上模仿一条蛇。

不烧的时候，火待在哪里？这个疑问与火苗去了哪里一样令人困惑。不能说火藏在木头和煤里，它同样藏在布、干草甚至塑料里。铁和石头撞击蹦出火星，火什么时候钻进铁和石头里了？在凸透镜的照射下，火从纸里跑了出来。是的，火藏在一切地方，是火柴、打火机、铁和阳光让它跑出来，它在那个地方沉睡久了，被火唤醒，急急忙忙跑出来。火在煤的身体里睡了多久？至少睡了几亿年。火从阳光的梯子爬进树里，树在地里化成煤最后变回来，成了火。

可是，火熄灭之后又去了哪里？

黑夜里，火张望、扭捏、奔跑。火哪儿也没去，最后却失去了踪影。夜和枯枝上找不到火的身影，连枯枝也被火拐走了。火所去的地方，人看不到。世界或许分成许多层，人的眼睛只看到其中一层，如同音波的一段频率。在人的眼皮底下，人看不到的东西太多了。人看不到身边的鬼神，看不到自然的征象，看不到光之外的其他颜色。人眼是如此简单，结膜、角膜、虹膜，加上视网膜，怎么能看清周围的一切？

火只有一个模样，火不分外国火与中国火。火有金红的面容，有白与蓝的脸谱。火把自己的脚拴在风上。风到达的地方，火也到达。火把干树枝烧得像铁丝一样红，它的躯体或者叫能量凌空而去，化为碳的另一种形式。

如果用火讨论万物，万物的本质都是碳。而且万物都不会消失，不生不灭，只在火里变换了一种形式。它们在人眼中消失了，在大自然的循环中却没消失，也消失不了，永久循环。

火让白雪变成冰凌的酥片，化为水。火让水在壶里跳跃，无数小气泡化为大气泡，变成旋涡。火藏在酒里，穿着蓝色的衣服。火穿红衣从炭里走出来。如果想到人的周围藏着火，有一点吓人。但火是如此沉静，它只待在它待的地方，打骂都不出来，只有火才能把火引出来。火毁灭过万顷森林，竟安静地藏在一张纸里沉睡。火……

辑三 冰雪

冰　凌

　　车棚的屋檐,是绿色石棉瓦的斜坡。当阳光越过楼脊照到棚顶的白雪时,绿色开始一点点地露出来。未化的积雪在阴影中沉默,而湿漉漉的绿瓦,在阳光中恣意鲜艳。

　　融化的积水,在背阴的屋檐结成一排冰凌。

　　冰凌像倒悬的羚羊角。它像螺丝一样,一圈一圈的。这么好的冰凌,闪闪发光,真是可惜了。我觉得,仿佛五分钟不到就应该有孩子手举竹竿跑来,稀里哗啦,打碎冰凌,声音如钟磬一般好听。

　　人总是不能看一些东西。有垂柳的湖边,假如没游人经过,或经过的人目不斜视,湖与柳都可惜了;月夜杏花树下,若无一对男女缠绵,好像也是对花的浪费。这样的例子多了。一个人手忙脚乱地喝酒、涮锅,满面淌汗,你觉得他的朋友不够意思,甚至恨他的朋友,为什么不来对饮?虚掷了这么多热气、汗和该说没说的言语。

　　人爱把心思牵扯到不相干的事情上,像小虫无端被蛛网粘住。

我看到这些冰凌在融化。现在是午后，阳光渐渐照在它们身上。孩子们还没有举着陈胜、吴广的大竹竿子呐喊着杀过来。此刻他们在课堂里学那些无味的课文。放学后，冰凌全没影了，天下又有一样好东西无疾而终。

冰的纹

十二岁那年,我随父母到昭乌达盟"五七"干校生活,住的地方有一个大水库。我并不会用立方米这样的术语形容水库的大,只是说,我们住北岸,望过去,南岸的山只有韭菜叶那么一小条,如南宋画家马远的淡彩画,中间都是水。

住水库边上,夏日戏水,冬天在冰上行走。我们企图到对面的山上去看一看,在冰上走过十里二十里路都到达不了,只是山变得葱叶那么宽而已。那时,我们见到了厚重的冰,冻得一两米厚。在冰上走,人不抬脚,抬脚就该摔了。鞋在冰面上蹭,脚下是青绿色大块的冰,比玉石跟啤酒瓶子都好看。冰面甚至带着波浪的起伏,好像波浪是一瞬间冻成的。入冬,波浪仍不合时宜地荡漾。风说不许动,波浪吓得不敢动,留下起伏的冰面。人刚上冰,最害怕冰裂的声音——咔、咔,比房子塌了的声音还大。不明白的人以为冰在崩溃,其实是冻严实了。天越冷,冰越裂,声音越大。

我下面要说冰的裂纹。

冰纹是大自然最美的景观之一，谁不同意，证明他没见过大冰。裂纹贯通上下、交错纵横，比瓷器表面的裂纹更好看，是立体纹。它们像闪电，像根须，像刀刃，大纹套细纹，巧夺天工。那时没有照相机，要是照下来，每幅都像抽象派的画作。

　　再说瓷品。瓷器多数是球体，比如碗和瓶都有一个球面积。釉彩在高温烧结下开裂，形成意外的美，包括"冰裂纹"。纹是寻找方向的力，它们在球体开裂，错成网状，像篆书，更像八思巴蒙古字。忽必烈可汗敕令国师八思巴喇嘛弃回纥蒙古字，以藏文字母创八思巴文蒙古字。此字现已失传，大英博物馆现藏一支元代皮囊装的酒，上书八思巴文，意谓"好酒"，说得多质朴。八思巴文字体有点像蜂巢，方正而勾连，如崩瓷纹路。看这些纹会勾起人的好奇心，像看字一样探寻它的意义，这里有乱石铺街的错落，也有树叶纹路的井然。不光瓷器烧结有裂纹，所有动植物的生长都有螺旋性的变化。树叶纹路的网格，是生长形成的分裂。人类青少年大腿的蛇纹，是肌肉生长挣破了坚韧的皮。孕妇的肚子也有妊娠纹。冰的皮、釉的皮、人的皮都会裂开，只不过人类皮肤修复得好，瓷器裂完回不去了。

　　这些纹路仿佛包含着、吐露着一些秘密，以瓷器最为神秘。远古人用火烧龟甲或兽的肩胛骨来占卜，巫师探究的正是烧裂的纹理的信息，如短信，把它看作某些事情发生前的先兆。这些纹理能预告什么先兆呢？巫师并没留下这方面的解读著作。显然，有些事情巫师解读得准，否则没人找他继续卜。而另一些事他解不出答案，天机不肯泄露与他。纹，成了一套语言系统。老虎皮毛的花纹也有短信，每只虎的纹都不一样，只是没人懂。虎灭绝后，更没人懂了。几年前，我在俄国的布尔亚特共和国见到一位萨满师占卜。他在一只放咖啡杯的白碟子上烧一张纸，吹掉灰，端详碟子上烧出来的花纹。他端起来看了又看，说来客丢失的山羊正在离他家五公里外西北方向的洼地吃草。丢羊的人来自蒙古国的东方省，我祖上曾在那里待过。

占卜结束，我把那只碟子上的烧痕转圈看了又看，想找到羊的足迹，没看出来，觉得烧痕倒像一朵半开的芍药花。

纹，绘画术语叫作线条。线条的功能与书写方式不可穷尽，这也是中国书画恒久的话题。假如我们用完全陌生的眼光看汉字，看阿拉伯文与蒙古文，看回纥与西里尔字母，觉得线条之内之外，宛如神灵驻锡，都奥妙。干脆说，字的线条里面有神灵，与龟甲和瓷器的纹一样超验。假如那个萨满师真通灵，即使看张旭的草书如《古诗四帖》，也能说出东方省的牧民丢失的山羊在哪个山上吃草。

冰　雕

公园门口矗立冰块，集装箱那么大。问做何用，通时事的人说：冰雕。

有道理。罗丹说过，去除物体的多余部分，显示藏在其中的形体和灵魂。我围绕大方冰使劲看，想：藏着什么样的灵魂呢？酒神、王母娘娘、张学友、长颈鹿？都可能。罗丹还说，那是能够呼吸的灵与肉的结合。这些已经包含在半透明的冰里，我们很快就能看到了。

第二天，见长发的雕塑家凿冰，艺术刚开始，像破坏一样，看不出什么名堂，围观的人渐渐散了。下午，冰现出一雏形，大约是一巨狮，昂昂然。雕塑家很满意，说上酒吧喝酒。

越日中午，巨狮大嘴和铃铛式的眼睛已暴露，左爪蹬一球。人说狮雕之公母取决于蹬球之爪的左右，此狮约雄性。

后来，狮之病脊窄臀显现。狮与虎一样，脊如病弱，徐悲鸿之狮笔意亦此。狮头越发显大，不可一世。只有肚子上的冰还未清除。

再一日，我去观狮时，狮子变小，模糊多水，精锐气泄了许多。天变暖，阳光晒的。和狮头一样，雕塑家头上也流着汗，也有些沮丧。他正按比例把狮子变小，免得别人看不出狮子。

傍晚时，狮已改豹，写好"雄狮"的塑料牌也改成"猎豹"了。豹尾长、身矮，头小得像西方的模特，没有大嘴和鬣毛。

早晨，猎豹也缩水了，像刚从水里钻出来的狗。雕塑家沉思。

几个小孩说："改叭拉狗吧。改猫吧。"

还说："改烤鸭吧。"

雕塑家忍无可忍，骂一声，冲过去揍他们，小孩散了。天下最不容易捉到的就是小孩，他们远远地喊："改耗子吧！改跳蚤吧！"

小儿哪懂艺术作品，由大变小，不等于才能的递减。猫未必不是艺术品，但有原来的雄狮比着，就不好办。

"改海象吧。"我向雕塑家建议，并没有侮辱他的意思。海象光溜，咋晒也像那么回事。雕塑家没言语。

这几天出奇地热，天天在零度以上。因为这么一大块冰的融化，公园的空气比往常清新，扭秧歌的人多起来。

雕塑家对作品左观右察，长吁短叹。看来其形体和灵魂都被太阳收走了。他自语："可别扯了。"举起锤子"咣、咣、咣"砸了一通，狮、豹、海象、猫和狗均告毁灭，收拾工具，大摇大摆地走了。

在沈阳话里，"扯"有无谓与无聊之意。"扯啥扯"，意思和"无厘头"差不多。

冰窟窿

水深几十米的湖，冰的花纹瑰丽无比。它像一块天地间最大的玉石，焕发着深碧与浅绿的光彩。冰里总有花纹蜿蜒，如当风的绸带，如狂者大草。吴承恩关于"水晶宫"的构想，大约由目睹湖冰而来。由于形容不出湖冰的好看，我才肤浅地以"瑰丽"状之。我想过，若捉来一只蜜蜂、一只彩蝶、一只黄鹂冻在湖里，则更神妙。

想这事的时候，我约十二岁，全家住在红山水库边上的昭乌达盟"五七"干校。

我和同学在水库的冰上疾走，皮帽耳子在风里呼扇。远山含黛，近岸丛林如烟，脚下是不知所终的碧玉。我还想，这么好的冰，水下的鱼鳖定然自豪于所居的琉璃世界。

北京昆明湖的冰，我没有见过。云南滇池可惜不冻。

然而在这上面滑冰很困难，内行人知道这一点。冰面不平，它由动荡冻成。透明的冰太脆，不吃刀。干校几位滑冰爱好者，凿冰窟窿，用水桶取水，泼出一个冰场。水一洒，冻面找平了。浅水冻成的冰较软，吃刀。它像别处冰场一样，白蒙蒙地并不透明。那几位凿冰取水者，不许没干活的人在这里滑冰。

节气过了大雪，水库全冻严了。能冻几尺厚呢？渔民说到四尺了，的确不是一日之寒。

我与同学属于没权利滑冰，也没有冰鞋的阶层。但我们有冰车，单刃与双刃的，用两根铁签风行冰面。一次，有位干校的人弄来一副狗爬犁子，嘴露浅笑，六条黑黄杂毛狗矫健狂奔。我们拎着破冰车看呆了，太牛啦！爬犁渐远，他是到十五里外的名为"王八蛋山"的地方办事去了。我们商议造爬犁，坚决造一只爬犁。三角板、木板、麻绳以至钉子都备齐了，但没动工。我们苦恼于弄不到狗，一条也弄不到。干校有马，但不会借给小孩子玩。我们所能弄到的只是猫，但猫是畜类中最不肯为人效力的动物，再说它也拉不动爬犁。有人提议把连部的老母猪偷着赶出来拉爬犁。还行，连部离水库只有两里路，拉完赶回去呗。大家沉吟许久，最后犹豫了。老母猪已经怀孕，一使劲把小猫崽了下 冰面，我们就倒霉了。干校连以上领导，都是工军宣队的人，整人蛮狠。

爬犁之梦破灭了。

在冰上行走，咔咔之音四起，特别是最冷的时候。初行者最怕这个声音，东张西望不知向哪里走。实际上，冰越响，冻得越结实，过汽车都没事，别说过你两条腿的人。

但还是发生了人掉进冰窟窿里的事情，遇难者是我的朋友代什么。在此，我给他起名代五。

代五是我们辽建三团子弟学校六、七年级的班长（两个年级在一起上课。给高年级上课时，你不听就是了，但必须肃然坐着）。代五学习狗屁不是，但最喜助人为乐。他把双手放在腰侧提溜裤子时，就准备帮你分忧解难了。代五眼珠浅黄，牙齿洁白，总是明朗地笑着。我把他脸上整体表现的含义,理解为"憧憬"。我就是这样理解憧憬的——现在很好,下一步或明天更好。我认为黄眼珠的人多不切实际,代五正是如此。有时他一提裤子:"操,抓大眼贼去?"我不愿意,因为麻烦。大眼贼即眼睛很大的肥硕田鼠,若以水淹或烟熏法擒住它后,掏开洞穴,会发现该物把洞造得楼上楼下,立体交叉,完全是四室一厅。它的储藏室里,剥去壳的花生米一层层摆着,很齐很红。玉米粒也是这样。用不了一会儿,代五一脸憧憬而来,拎着大眼贼的后腿,说:"操!"意思是你佩服不。我淡淡地回:"操",意思是没啥稀奇。

那天日暮,风把冰面浮雪刮干净了,西边太阳一照,冰上金光灿烂了。我们手划冰车,嗖嗖地,代五划在最前面。突然,听他哀告一声"操——",其声其调凄厉悠长。我们抬头,代五没了。前面空余一根冰锥,代五和冰车与另一根冰锥掉冰窟窿里了。

我们绝望大喊:"操,冰窟窿!"纷纷煞车。

请允许我暂缓叙述节奏,为什么冻四尺厚的冰还会有冰窟窿陷害我们,代五在冰窟窿里多待一会儿无妨。水库在最冷时,冰层越冻越厚。结冰本身是一种膨胀,会"咔"地裂一道缝,常在你脚下裂向前面,但这不表明冰会坍塌。但冰们横七竖八地这样"咔咔"裂,偶然会形成一处坍点。所有的裂纹(不管几尺厚)全部在那周围延通贯了,即代五进去的地方。

我们退后几步,等代五的脑袋冒出来。

这是为什么?我们不友爱、不仁慈吗?不。若有人掉进冰窟窿,外人不要往前跑,否则把窟窿周围的冰沿踩塌,于落水者不利。最重要的在于,掉进冰窟窿的人一定不要挣扎,身体保持立正姿态,憋口气,浮上来时,恰好是出口。这些我们都知道,代五更知道。落水者——特别是会游泳的落水者——在求生的绝望情绪下,却要划动冲撞，头上抵住了无边的冰层。你能抵破冰层吗？你能抵破红山水库方圆（写到这里，我翻开叶圣陶先生《内蒙日记》1961年8月27日所示"此水库蓄水量达20亿立方，有汪洋之观"）许多公顷的冰层吗？我还是没查到此水库水面面积到底多大。

过了一会儿，代五还是没冒出来。

我们着急了。代五一定挣扎过了。夕阳断然射出惨淡的血色。代五一定撞到了冰层，没找到冰窟窿，又换了一个方向，又撞到了冰层。冰上，我们几个人目瞪口呆地瑟瑟立着。代五死定了，不知不觉，我努力下咽哽咽。今天写到这里，眼睛仍然泛潮。代五在冰底下多么绝望，除了冰窟窿，其余全是地狱之门。他的棉衣浸水后，会沉重无比。代五能向上冲几次呢？他永远无法憧憬了。

这时，我们中间的一个人（仿佛是隋老腚），大踏步冲向冰窟窿，到跟前，斜仰着跌入水里。冰窟窿又大了一些，又进去了一人。让我们感谢上帝，隋老腚把代五头顶的冰踩塌了，代五第一个冒出头来，面色青紫，伸出僵直的手想抓什么。我们迅速倒伏在冰上，一人捉住另一人的脚，把最后的脚伸向代五。代五抓不牢脚，隋老腚在水里冒出，托起他的屁股。我们趴着，是怕冰层继续塌裂。后来隋老腚也上来了。

代五出水后，眼睛分视我们，脸上还在憧憬。他一定觉得很久没有见到我们了。过一会儿，他哭了。他的表情已僵了，只是嘴角往下耷拉，说："操你个妈！"就是说操冰窟窿他妈。又说："冰车也没了。"

代五经过冰冻过，眼珠仍是黄的，但再往后他一句话也说不出了，牙齿始终格格响。我们让他把棉袄脱下，把水拧净，我脱下棉袄给他。当把拧去水但已结冰的棉袄还给他时，代五似乎很想穿我的棉袄，我不肯穿他那棉袄，最后代五还是穿了自己的。

隋老腔不让别人拧水，自己拧过穿上，拎着冰车一言不发在前面走。我把皮帽子给了隋老腔，他跃入冰窟窿时，帽子也沉底了。我用手捂着耳朵，把冰车扔了。上岸后，我们奇怪地沉默着，各自回家了。

好像谁也没跟家里说过这事。

有一次，我想问代五，他在冰窟窿里向上看，是什么景象。我没问，这不人道。我只是想知道，那是什么样子的呢？也是碧绿带花纹的冰，上有天光映照，似更灿烂。

水结冰时终于喑哑

　　南方与北方的水是两个民族，同属一个语系，分属不同的语族。南水只是水，北方的水有冰的经历。

　　木头燃烧，可以说木头变成了火。燃烧后，木头再也变不回来了。水变为冰后仍然可以化为水，来去自由。我猜想水多半喜欢变成冰，至少喜欢当三个月的冰。水在冰里冬眠，水终于可以停下来看一看世界什么样。没当过水就不知道流淌是一件多么眩晕的事，比坐过山车更眼花缭乱。不光奔流，还要翻滚。从上层混到底层，再从底层翻到上层。水流遇到石头撞击，遇到山岩和树根，说河水遍体鳞伤并不是夸张的话。流动的水从来没看清过桃花什么样、柳枝什么样。它所知道的事情是岸上的一切都在往后奔跑，水委实不明白它们为什么要跑。水面也有风平浪静的时刻，这时刻，水想看一看四外风景更难，因为水太平，比太平年景还平。水从水平线上只看到岸边的一条，却不能纵身看个究竟。水甚至没见过其他的水，它们疲于奔流，转瞬即逝。说水没见过别的水可笑吗？不可笑，就像人记不住这一辈子见过的人,更记不住在广场和车站的人,人最后记住的人超不过五六个,其中一半是护士和医生。

水在冰里见到了所有的水——它的同类和邻居,它们怎么能叫水呢?这些被冻结的水坚硬、透明,没有身体和面孔,有没有灵魂不太清楚。水看到所有的冰都安静地向前方看,谁也不知它们在看什么。水搞不清冰们当初是怎么奔跑的,它们的腿和翅膀呢?它们在奔跑中曾经伸出过浪的翅膀,可说安静就安静了。黑龙江的冰要冻结几个月,水在冰里集体打坐冥想。水在冰里看不到夏日的鱼虾,也见不到树叶。结冰时,水的耳根清净了,听不到呼啸声和涛声。水奔流的时候嗓门实在太大,水比风的声音更大,结冰的时候终于暗哑。事实上,冰在冻严之后也会出声,"咔——咔——"仿佛什么东西裂了。没错,是冰冻裂了。在冰上走,咔咔声此起彼伏,脚下的冰裂出各式各样的花纹。

小时候,我随父母到昭乌达盟"五七"干校生活,在辽建三团子弟学校读书。冬天,我和同学上下学都要走一走红山水库的冰面。这并不是近路,我们特意绕远在冰上走。人在冰上行走抬不了脚,眼睛盯着脚尖前面的一段冰路。我们用鞋在冰上蹭着走,冰光溜、一点儿不费鞋。走一会儿,停下看一看远方。那时候还不会"眺望"这个词,否则就说眺望远方。红山水库的远方还是红山水库,眼下全是冰。冰面延伸到南面的天空,天空下只有几颗米粒似的小山,它们被水库吓得不敢高耸。一望无际的冰比一望无际的水更神奇。水平凡、荡漾、再荡漾,没有更多花样。冰闪耀刺目的光,这么大一个水库一起闪光,真是了不起。从其他星球看,地球上发射的耀眼光芒有赖于红山水库的冰。站在山崖看,冰有柳丝的浅绿,深如翡翠的深绿,还有羊脂一般的白色。水会吗?而走到冰上,它的花纹可用"瑰丽"二字状之。让你好奇于冰下的世界,也就是王八鱼待的地方。有一年，我游历贝加尔湖的左岸和右岸，并眺望。贝加尔湖之辽阔壮丽是八个红山水库加上六个密云水库再加三个小丰满水库也比不上的。它蔚蓝无边，浪比红山水库的浪大一倍，白两倍。它最神奇之处是清澈，我坐船进入湖里，到深处游泳，导游说水深已有三十多米，但湖底的石头、草和贝类一望即知，如隔一层薄薄的玻璃。那时我幻想，贝加尔湖结冰该有多么美，这么多水都冻上了，这不是奇迹吗？是奇迹。但我没看到，今生看不到了。住在贝加尔湖岸边的布里亚特人和俄国人会看到湖水结冰，发出"咔咔"的巨响，看湖水融化，如洪水一般冲到岸边。

  冰不是水的前世，水也不是冰的父母或子女。水从冰里走出来，排着队，一点一点离开冰。人称"冰化了"。湖里的水等待融化，先变酥，变成煎饼似的薄翼，尔后化为水。从冰里走出的水已苏醒，它们去唤醒其他的水。水趴在冰上，忍着寒冷，像母鸡孵蛋一样让更多的水苏醒。刚化的水并不奔流，它们静静地站在岸边或站在冰上。这时候，青草也刚刚苏醒，身材只有 寸高。青草和水互相凝视，回想在哪里见过。即使见过，也是去年的事了。对草来说，去年就是上辈子，想不起来也没什么关系。没听说谁因为上辈子的事而耽误事的，没事。水从冰里爬出来，被称为春水。春水在春风里微微画一些圆，大部分才半圆就被风吹散了。它本来想跟冰说再见，不知何时冰竟不见了，这么大的东西，怎么能说没就没呢？

太阳在冰上取暖

雪后的寂寞无可言说。

如果站在山坡上俯瞰一座小城,街道上雪已消融,露出泛亮的黑色,而房顶的雪依旧安然如故。远看,错落着一张张信笺,这是冬天给小城的第一份白皮书。

雪地上,小孩子的穿戴臃肿到了既不能举手,也不能垂放在肋下的程度,其鲜艳别致却如花瓣纷繁开放。当一个孩子赤手捧一个雪球向你展示的时候,他的笑脸纯真粲然,他的双手也被冻得红润光洁了。孩子手上的雪球已融化了一半,显出黑色,掌心上存着一汪雪水,有些浑浊,透过它仍看得清皮肤的纹路。

孩子站在雪地,为手里捧着的雪而微笑。这的确值得欢笑,游戏的另一方是上帝。孩子通过雪与上帝建立了联系。

在冬日的阳光下,最上层的雪化了,又在夜晚冻成冰壳,罩在马路上。这时的行人双腿直视举步之处,许多人因此改掉了喜于马路遍览女人的习惯。如果哪个人脚底一滑,手臂总要在空中挥舞几下,绝不甘心趴下。倘是向后摔倒,胳膊向后划如仰泳者。向前倒属自由泳式。我看到一位女性右脚一滑,双臂向右上方平伸,我心里热乎乎的,这不是舞蹈"敬爱的毛主席"吗?君不见,当唱到"我们有多少知心的话儿(深沉有力地)要对您讲(昂——昂)"之时,双手攥拳向右上方松开前送,头亦微摆,表示舞者有向日葵的属性。

在雪路上行走,摔跤富有传染性。比如离你不远的行者以迅雷不及掩耳之势摔在地上,你往往也照此姿势摔在地上。预防导致不平衡。

最好的雪景是帕斯捷尔纳克写的"马路湿漉,房顶融雪/太阳在冰上取暖"。

微融的冰所反射的阳光,是橘红色的,在南国看不到。

眺望冰河

在冰河上走,像走在一条蜿蜒无际的哈达上。透明的、浅绿的、檀黑的冰带在正午阳光的照耀下,化成白茫茫的光带,晃得旅人把眼眯起来。

冰河是一条不大的河,名"金英河"。两岸的柳树和榆树已被伐光。树林原是伯劳、黄雀和朱旦红这些鸟儿的故里,现今河岸堆积着建楼房而掘出的沙堆和水泥管子。

正月出奇的暖和,冰河的表面融化了一层。若贴着河面眺望,水汽袅袅升腾,对岸的景物在白雾里扭动变形。在冰河的最薄处,结冰不过一指,看得出下面汩汩的黑而透明的河水。用鸡蛋大的卵石抛去砸冰,凿成小孔,河水冒出一巴掌高。用更大的石块砸,冰面片片坍塌,碎碴漂在水面上互相撞击。顺着这条薄冰的水流走,得知这股水由城市的下水道井流出,因此不冻。而河本身沉默坚固地冻着,在一个悬瀑式坎儿处,看出冰层冻了一米多厚,像洁白光滑的钟乳石。把岩石似的冰凿下来盖房子,想必整个冬天也不会融化。

冰河两岸是好看的沙坂，柔软浮光的沙粒已被北国的劲风吹得无踪影了。这儿的沙坂是坚固的，被风刮出松柏的纹理，如一波水纹凝固。从沙纹伸展观察，风吹的方向一律由西北而来。

岸上的洼地倒伏着金黄的衰草，它们干透了，碰一下窸窣生响。我拿出火柴做一个烧荒的游戏。在明亮的阳光下，火焰似乎透明无色，其边缘在风势中挣扎扑腾。火像早就饥饿了，一瞬，草叶消失变黑。在火势大的时候，红与黑密不可分，红的火一舔，一切都黑了。燃烧原是一幕高雅的典礼。

雪白的冰河曲折来去，虽然是凝固的，但河岸曲线依然，还保留着奔流的样子。

冰河并不惧惮阳光，它只浅浅地融化了表面的一层，仿佛给太阳一点承诺。内里依然冻得坚实，人行走不妨，拖拉机开过也不妨。

冰雪那达慕

我所见到的最广阔的雪,是在呼伦贝尔。从海拉尔出发,沿途的草原被厚厚的白雪覆盖。厚,可以看出白雪的体积感。远方的山峦变矮,雪原上的树变矮,那些松树、蒙古栎树树干短了一截,灌木仿佛在雪里匍匐前进。被雪埋没膝部的松树,在离地很近的地方就开枝了。气象学把降雪也叫降水,我看到厚厚的、洁白的水贮藏在草原。明年春天,这些雪变矮、变薄,露出黑黑的泥土,然后钻出绿草和野花。大自然的轮回,在呼伦贝尔这么鲜明。这么广阔的雪,开车行走仍然望不到边的雪,乍一看,感到死寂,觉得南极北极也不过如此。想到这些雪是老天爷刻意为草原储备的,无须水库和水桶,为鲜花和青草储备了成千上万吨的水。这么一想,心里觉得妥当多了。车再走,雪原上出现蒙古包,感到寂静里的生机。

如果你愿意,可以把雪原上的蒙古包看作是摆放在大自然中的装置艺术。雪原上,蒙古包的红门刷着云子图案的绿油漆,包顶冒出炊烟。白毡、黑毡的蒙古包前立着高高的苏力德。间或见到牧民出行,他们身穿鲜艳的皮制蒙古袍,红缎子、绿缎子、蓝缎子面的蒙古袍穿在他们身上,成了白雪上的奇葩。牧民们骑在马上,马蹚着没膝的雪往前,马脖子绷着劲儿向前耸动。牧民戴着蓬松的皮帽子在马上交谈,让人觉得他们很骄傲。在冰雪里不缩头缩脑的人仿佛都有坚毅的品格,但穿得要足够厚。牧民们的红脸膛带着点浅浅的笑容,这样的笑容好像是夏天的大笑的余韵,或者说笑容藏在牧民脸上的皱纹里不出来了,像藏在胡萝卜和松树里的笑。

  冰雪那达慕主会场位于鄂温克自治旗,参赛选手和观众的服装让我非常好奇。巴尔虎人的缎面皮制蒙古袍上罩一件清朝样式的裘皮马褂,毛朝外,有猞猁皮或貂皮。人穿了这么多衣服,胳膊向外扎,贴不拢身上。场地上有几位工作人员来回跑,也穿蒙古袍外罩马褂,他们跑的时候直着腿,膝盖不打弯。其中的原因我完全体会到了——呼伦贝尔特制的厚棉裤让人腿回不了弯,走路全像升旗卫队士兵的正步走。身穿艳丽蒙古袍的人直着腿跑过来跑过去,冰雪那达慕大会马上就要开始了。

  大会开始,最先入场的是马队。你看到马队从远处疾驰而来,心就要往上提一下——这些马并没因为厚雪而放慢速度,雪团在它们的蹄下纷飞。马骄傲地扬起头颅,鬃毛如矢,而骑手们身穿红缎子、绿缎子、蓝缎子的蒙古袍,风把狐狸皮帽子的毛吹成花朵。雪原和马队的上方是蓝得耀眼的天空。如果没有蓝天和刺目的阳光,无从显示蒙古袍的鲜艳。天地人在这里组合生动,尽管有雪,尽管冷,美照样大块绽放。

  马队太好看了,可惜转瞬即逝。马从雪地驰过,你觉得它们踏碎的不是积雪,而是各种各样的堡垒。马的宽蹄、滚圆的腱子肉和高高的头颅,让你觉得"勇敢"这个词是从马这儿来的。马无所畏惧,无往不可驱驰却神色宁静。

在金帐汗营地，呼伦贝尔草原各个旗的牧民们载歌载舞入场，祭火大典开始。白雪上，红色、橘红色、橘色的火苗熊熊燃烧，这是上午。原来，我们以为火焰在明亮的阳光下显示不出颜色，但这里的火颜色鲜明，火的红焰如一面绸子在风中招展。牧民们手拉手围着火堆笨拙地旋转起舞，看上去天真。然而在一望无尽的雪原上见到飞升的大火，你觉得雪原的死寂被驱走了，茫茫大地所缺的东西一下子出现了，那就是火。牧民对火舞蹈，火对着人舞蹈得更欢快。节节上升的火苗像在跳鄂尔多斯抖肩舞，跳哲里木的筷子舞，跳锡林郭勒的搏克舞。红焰从白雪里升起，融化于蓝天，牧民们穿着红缎子、绿缎子、蓝缎子面的蒙古袍直着腿跳舞。火已经看到了牧民们纯朴的笑脸，一定会给他们带来吉祥。

残雪是大地褴褛的衣裳

快到春分了,田野上一块一块的残雪好像大地的黑棉袄露出的棉絮。我小时候还能看到这样的棉袄。人们的棉袄没有罩衣,而棉袄的黑市布磨破了,钻出来白棉絮。这是很可惜的,但人没办法——如果没钱买罩衣就是没办法,打过补丁的棉袄比开花棉袄更显寒碜,打补丁的罩衣反而好看。

大地不穷,否则长不出那么丰饶的锦绣庄稼。然而秋天的大地看上去可怜,它被秋风杀过,草木有些死了,活着的草木守着死去的衰草等待霜降。那时候,地平线突兀出现,如一把铡刀,铡草、铡河流,只有几朵流云侥幸逃脱,飘得很高很远。春天里,贫穷的大地日见松软,下过雪而雪化之后,泥土开始丰隆,鸟儿在天空上多起来。昨天去尚柏的路上,见一片暗红的桃树刷着一米高的白灰,像一排穿白袜子的人等待上场踢球。桃树的脚下是未化的、边缘不整齐的白雪。这真是太好了,好像白雪在往树上爬,爬一米高就停下来。也像树干的白灰化了,流到地面上。这情景黄昏时分看上去格外好，万物模糊了，但树干和地上的白依然坚定。黄昏的光线在宽阔的蒲河大道上列队行进，两旁的树木行注目礼。黄昏把光线先涂在柏油路面上，黑色的路面接近于青铜的质感——如果可以多加一些纯净的金色，但夕阳下山了，让柏油路化为青铜器的梦想半途而废。夕阳不知作废过世上多少梦想。眼下，树枝几乎变成金色的枝状烛台，池塘的水收纳了不知来自何方的橘红的汤汁，准备把水草染成金色。屋檐椽头的裂缝如挂满指针的钟表，夕阳的光线钻入裂缝里，椽头准备变成铜。但太阳落山了，太阳每天都搞这么一出戏，让万物轮回。而残雪在夕阳里仍然保持着白，它不需要涂金。

  春雪是雪的队伍中的最后一批客人。冬天的雪在北方的大地上要待几个月，春雪在大地只待几天。它飘飞的时候角翼蓬张，比冬雪的绒多，像山羊比绵羊绒多。雪趴在春天的大地上，俯耳告诉大地许多事情，谁也不知道这是什么事情。然后，雪就化了，失去了机密的白雪再在大地上拱腰待着显得不合时宜。它们随时在化但谁也看不到雪是怎样化的。没人搬个小板凳坐在雪边上看它化，就像没人坐板凳上看麦苗生长。人最没耐心，猫最有耐心但不干这事，除非麦苗能长出肉来。阳光让大地的白雪衣衫越来越少，黑土的肌腱暴露得越来越多。每到这时候我就想乐，这不算幸灾乐祸吧。我看到大地拽自己的前襟则露出后背，窘迫。白雪的大氅本是大地的最爱，原来打算穿这件衣服度过三伏天的。在阳光下，大氅的布片越来越少，渐渐成了网眼服。每到这时候我就想变成一只鸟，从高空看大地是怎样的鹑衣百结，棉花套子披在大地身上，殊难蔽体，多好。鸟儿不太费劲就飞出十几里，看十几里的大地在残雪里团缩。雪的斑点在凹地闪光，隆起之处全是黑土。鸟儿的鼻子里灌满雪化之后的湿润空气，七分雪味，三分土味。空气打不透鸟儿的羽毛，鸟儿像司令官一样边飞边观察大地上的围棋大战，黑子环绕白子，白子封锁黑子。大地富裕,这么多白雪愿意为它而落,为它的子孙,为了它的墒。帝王虽然尊贵,苍天为他下过一片雪吗?

看早春去荒野最为适宜。所谓荒凉只是表象,树渐渐蜕去冬日的褐斑,在透明的空气里轮廓清晰。被环卫工人堆在柏油路边上的雪被春风"嗖"成黑色的石片,如盆景的假山那样瘦透。这哪是雪啊,它们真会搞笑。

夜幕降临,残雪如海洋上的一块块浮冰,雪块在月光下闪着白光。这时候我又想变成鸟儿,飞到更高的地方俯瞰大地,把这些残雪看成星星。这样,大地终于有了星星,恢复了它原有的美丽。这景象正是我窗外的景象,夜色趴在土块的高处,积雪躲进凹兜处避风。盯着看上一会儿,雪像动起来,像海上的浮冰那样动荡。楼房则如一条船,我不费吹灰之力坐在船舱里航行。积雪在鸟儿眼里变成星星,一道道的树木如同黑黝黝的河流,像流过月亮的河。鸟的飞行停不下来,到处都有残雪。如果一直向北飞,残雪恢复为丰腴的雪原。呼伦贝尔的雪五月才化。

大地穿碎了多少件白雪的衣衫?春天把白色的厚冰变成黑色的冰激凌,褴褛了白雪的衣衫。地上的枯草更加凌乱,根部长出一寸绿,雪水打湿的枯草转为褐黄。残雪要在春暖之前逃离大地,它们是奔走的白鹅,笨重地越过沟坎,逃向北方。残雪的白鹅翻山越岭,出不了一星期就会被阳光捕获,拔了毛,在春风里风干。

凤凰号探测器报告：火星下雪了……

下雪，像说火星离我们很近。雪花从哪里下到了火星上？哪一颗星辰洒的水滴落在火星上变成了雪？雪到火星上还化吗？

凤凰号探测器没说这是火星第几次下雪，如果这不是第一次降雪，火星上会不会有像喜马拉雅那样的雪山？如果这些雪化了，河流会像毛细血管一样布满火星。

河流？如果火星上有河流，我们想看到河流里的鱼和水草。火星鱼的长相不像地球的鱼，不一定长着梭子头、大嘴。它们的鳍应像翅膀那么宽阔，头和尾巴上长着眼睛。火星上的船帆像扇子一样打开。行船时，火星人也唱歌，看落日满江（可以看得到太阳吗？如果没有落日，就辜负了满江的波光）。火星如果转得慢，河道会比地球的河道直；转得快，庄稼和树都长不高，苹果比牛顿看到的掉得更早。

合众社岁末消息：凤凰号探测器报告，火星下雪了。我拿着这张《参考消息》，看完不知该存放在哪里。

火星，金木水火的火，上面没火。况且，我们说的火——由白变红的火焰——在外层空间可能是另外的形态。水可能也是另外的样子。我觉得火星是一个高级的地方。不高级的地方不会下雪。被雪包裹的火星如同一个茧，却是一个星。比土星洁白，比水星凝聚，比金星明亮，比木星遥远，比天狼星寒冷，比大熊星座脚印更深。

火星竟会下雪，真是想不到。雪——虽然并非人类施力降落，虽然雪也不属于人类——但我们习惯了由雪想到人类。如同说，有人类的地方才有雪，尽管北极没人类只有雪。从此，我们开始惦念火星上的雪人，火星上的树的雾凇和火星上的圣诞老人。如果火星上没有雪橇，地球人理应送过去。灯笼谁送？雪地的夜晚，拎灯笼走路才有趣，脚底吱嘎吱嘎响。如果不送灯笼，胡萝卜和煤块一定送上去，它们是雪人的鼻子和眼睛。更应送地球上的雪，洒在火星的雪上，它们互相观察、问讯、拥抱，彼此打听比人类更关心的事情。地球的雪可能比火星的雪先化或不化，把它堆在一起，标明"地球雪"。

至于地球……雷曼兄弟公司破产、美国拿出七千亿美元救市、奶粉里面有肾结石的原料、老李耳鸣又犯了……地球上有无数的事情发生，火星只做一件事：下雪。

凤凰号探测器还发现了什么？监测录像每天在美国国土局大屏幕上二十四小时播放，是什么？他们不告诉我们。火星上的雪是不是细腻？抓一把慢慢从指缝淌出水。雪速多少？地球的雪飘得很慢，沉思的慢板。火星雪的化学成分是水吗？有没有金属？

火星下雪了，从此，火星好像成了我们的亲戚。夜晚出家门的时候，朝天上亲戚那个方位看上一眼。既然火星已经下雪，就没有什么不可能。有水，就有生命体与智慧生命体，最好别像地球人类这么奸诈，别这么闹。在这个小城，十字路口有两个人打架，揪着对方脖领子。在红旗剧场，有人踢了乞丐一脚。我想告诉他们："别闹了，火星下雪了。"

我用短信把这个消息发给朋友，不怕他们笑话。短信是："火星下雪了，我们庆祝吧。"即使不庆祝，也要先把地球上的事放在一边，想：火星下雪了，心里异样的清新，还有一些缠绵。

每片雪都在找一个人

初雪来，下两三场，甚至下了四五场之后，我们才见到可以称为下雪的雪。河水灌满河床才叫一条河，大雪才叫雪。大地下满大雪，房檐堆砌毛茸茸、没有裁齐的边痕，屋顶、水塔、煤堆都胖了，地上有了深深浅浅、东倒西歪的脚印。汽车盖子留下猫的梅花式的足迹。大雪造成吱吱叫的足音，雪人在屋前蠢着，小孩或小狗在雪地撒泡尿，留下黄酥的渣滓洞。大雪给所有的屋顶刷上白漆，虽然马路的积雪化为黑泥，城市的楼顶仍保持着童话的洁白。在装了彩灯的楼顶边上，风吹雪，红色、橙色的火焰飘舞。岁末降临的大雪，像带着许多的心事，每一片雪都像找一个人，或者带来上天写给每一个人的信。薄白的信函如此之多，超过了人的总数。这里面包含投给故人的信，投给孔子、孟子或世人逝世的祖父母。无人认领的信最终融化，俟待来年。一人在一年中的劳碌积累、储备流失，都由雪花来阐释，以其丰厚、以其飞散，讲解天道轮回。雨与雪是一回事，有与无也是一回事。富贵即使不如浮云，也如积雪，在轮回中新陈代谢。

雪落在雪里

雪落在雪里，算是回到了故乡。

雪从几百或几千米的空中旋转、飞扬，降落到它一无所知的地方，因为身边有雪，它觉得回到了故乡。

雪本来是水，它的前生与后世都是水。风把它变成了雪，披上盔甲和角翼，在天空慢慢飞行。雪比水蓬松，留不住雨水的悬崖峭壁也挂着毛茸茸的雪花。雪喜欢与松针结伴，那是扎帐篷的好地方，松针让雪变成大朵的棉花。天暖时分，松针上的雪化为冰凌，透明的冰碴里针叶青葱，宛如琉璃。天再暖，冰吝惜地淌为水，一滴一滴从松枝流下，流进松树灰红色鱼鳞般的树皮里，与松香汇合。雪落在松树上，极尽享乐。

白狗背上落了雪，白狗回头舔这些白来的雪花，沾一舌头凉水。雪落多了，狗身多了一层毛。白狗觉得这是走运的开始，老天可以为白狗下一场白雪，世上还有什么事不可能发生呢？雪花落在白马身上，使它的黑瞳更像水晶。没有哪匹白马比雪还白，雪在白马背上像洒了盐。雪使白猫流露肮脏的气质,雪让乌鸦啼声嘹亮。乌鸦站在树桩上看雪,以为雪是大地冒出的气泡,或许要地震。乌鸦受不了在雪地上行走踩空的失落感,它觉得这是欺骗,每一个在雪地上行走的生灵都觉得受到了欺骗,一脚踩一个窟窿,脚印深不可测。

雪填满了树洞,这些树洞张着白色的大嘴,填满雪。灌木戴上白色的绒帽。雪落在河床的卵石上,凹凸不平。石头们——砾石和山岩盖上了被子,雪堆在了它们的鼻尖。雪从树梢划过,树梢眼花缭乱,伸出枝杈却抓不到一片雪。雪习惯于下下停停,雪迟疑,不知是否继续下。雪让乡村的屋脊变得浑圆,草垛变成巨大的刺猬。老天爷下雪比下雨累,道理像打太极拳比做广播体操累。下雨是做操,下雪要用内力,使之不疾而徐,纷纷扬扬。老天不懂野马分鬃,白鹤亮翅根本下不了雪,最多下点儿霜。

雪花死心眼。前面的雪花落在什么地方,它一定追着这片雪也落在哪个地方,或许比前一朵雪花还早一点落在了那里。那里有什么?咱们看不出所以然,看不清雪片和雪片的区别在哪里,雪知道雪和雪长得不一样。雪花千片万片穿过窗户,落在窗下。它们争先恐后降落,就是为了落在我的窗前吗?下雪的夜晚,我愿意眺望夜空,希望看到星星,但每次都看不到。雪花遮挡了视线,直接说,大雪让人睁不开眼睛。当然,你可以认为是星星化为雪的碎屑飘落而下。仿佛天空有人拿一把钢锉,锉星星的毛刺,雪花因此飘下来。我在雪霁的次夜观星,见到的星星都变得小了一些,且圆润。我想不能再锉了,再锉咱们就没星星了。星星虽然对咱们没有直接的用途,但毕竟陪伴咱们过了一生,星星使黑而虚无的夜空有了灵性。

雪让夜里有了更多的光,大地仿佛照亮了天空。月光洒下来,雪地把光成倍地反射给月亮,让月亮吃惊。雪地使星星黯然,少了而且远了。如果站在其他星球观望雪后的地球,它通体晶莹,可能比月亮还亮，外星人可以管咱们叫地亮。有人借着雪的反光读书，我不清楚能不能看清字，首先他不能是花眼。但雪夜可以看清一只兔子笨拙地奔跑，把雪粉踢在空中。雪在夜里静卧，使它的白更加矜持。这时候，觉出月亮与雪静静对视，彼此目光清凉。

　　雪让空气清新，雪的身上有千里迢迢的、清冽的气味，这气味仿佛用双手捧住了你的脸。雪的气息如白桦树一样干净。跟雨比，雪的气息更纯洁。人在雪地里咳嗽，是震荡肺腑，让雪的清新进入血液深处。雪的气息比雨更富于幻想，好像有什么事情就要发生。是圣诞老人要来了吗？

　　雪落在雪里。雪和雪挤在一起仰望星空，它们的衣裙窸窣作响。雪的冰翼支出一座小宫殿，宫殿下面还是宫殿。雪轻灵，压不破其他雪的房子。空中，雪伸手抓不到其他的雪，终于在陆地联结一体。水滴或雨滴没想到风把它们变成雪之后，竟有了宫殿。它们看着自己的衣服不禁惊讶，这是从哪儿来的衣服？银光闪闪。

　　阳光照过来，上层的雪化为水滴流入下面的宫殿。透过冰翼，雪看到阳光橘红。雪在树枝上融化，湿漉漉的树枝比铁块还黑。雪在屋檐结出冰凌，它们抓着上面冰凌的手，不愿滴下。雪在屋顶看到了山的风景，披雪的山峦矮胖美，覆雪的鸟巢好像大鸟蛋。雪水从屋檐滑下，结成冰凌。冰凌像一排木梳，梳理春风。雪在雪的眼睛里越化越少，它们不知道那些雪去了哪里。雪看到树枝苞尖变硬，风从南方吹来。"因为雪，抱回的柴火滴落水珠。"（博纳富瓦）

为孩子降落的雪

雪在初冬落地松散,不像春雪那样晶莹。春天,雪用冰翼支撑小小宫殿,彼此相通。在阳光下,像带着泪痕的孩子的眼睛。春雪易化,好像说它容易感动。冬雪厚重,用乐谱的意大利文表达,它是 Adagio,舒缓的节奏;春雪是 Allegretto,有一点活泼;Cadenza,装饰性的,适合炫技。

一个孩子站在院里仰望天空。

孩子比大人更关心天,大人关心的是天气。天空辽阔,孩子盼望它能落下一些东西。这些东西表明天是什么,天上有什么。雪花落下,孩子欣喜,不由得仰面看它从什么地方飞来。

飞旋的雪花像一只手均匀撒下,眼睛盯不住任何一片。雪片手拉手跳呼啦圈舞,像冬天的呼吸,像故意模糊人的视线。雪落在孩子脸上,光润好比新洗的苹果。孩子眯眼,想从降雪的上方找出一个孔洞。

雪在地上积半尺深,天空是否少了同样的雪绒?雪这么轻都会掉下来,还有什么掉不下来呢?他想,星星什么时候掉下来,太阳和月亮什么时候访问人间?

雪让万物变为同一样东西,不同处只在起伏。房脊毛茸茸的,电线杆的瓷壶也有雪,像人用手捧着放上去。

孩子喜悦,穿着臃肿的大衣原地转圈,抬头看雪。

没有人告诉这一切的答案,科学还没有打扰他们,就像没有人告诉他们童年幸福,孩子们已经感到幸福。

雪的前奏

雪在天地间不疾不徐地漫扬，仿佛预示一件事情的发生。

雪的静谧与悠然，像积蓄，像酝酿，甚至像读秒。我常在路上停下来，仰面看这些雪，等待后面的事情。雪化在脸上，像蝴蝶一样扑出一小片鲜润。这时最好有歌剧唱段从街道传来，如黑人女高音普莱丝唱的柳儿的咏叹调，凄婉而辉煌，以锻金般的细美铺洒在我们身边。这时，转身仰望，飞雪自穹庐间片片扑落。这样，雪之华美沉醉就有了一个因缘或依托。一九二六年月四月五日，托斯卡尼尼在米兰斯卡拉歌剧院指挥《图兰朵》的首演，在第三幕柳儿唱毕殉情之后，托氏放下指挥棒，转过身对观众说："普契尼写到这里，伟大作曲家的心脏停止了跳动。"说着，托斯卡尼尼眼里含满了眼泪。

跟雪比，雨更像一件事情的结束，是终场与尽兴或满意而归，包括雨滴唰唰入地的声音。而雪是一种开始。我奇怪它怎么没有一点声音。我俯身查看落在黑衣上的雪片，看到它们真是六角的晶体，每个角带着晶莹的冰翼。原来它们是张着这种晶翼降落人间的。在体温的感化下,它们缓缓缩成一滴水。而树,白杨树裂纹的身躯,在逆风的一面也落满了雪绒。那么,街道上为什么不响起一首女高音的歌声呢?"金矿"苏莎兰唱的蝴蝶夫人——"夜幕已近,你好好爱我"。

我看到了一个小女孩,裹着绿巾绿帽,露出的脸蛋胖如苹果,更红如苹果,与她帽顶的红缨浑然一色。我从她外突的脸蛋看出,她在笑。我为这孩子的胖而喜,为其面庞之红而喜。倘若是我的女儿,必为她起名为年画,譬如鲍尔吉·杨柳青·年画。红红绿绿的年画在毛茸茸的雪里蹒跚,向学校走去。

雪就这么下着?

就这么下着。

入夜,把小窗打开,飞入的雪花滑过台灯的橘色光区时,像一粒粒金屑,落在稿纸上,似水痕。纸干了之后,摸一下如宣纸那么窸窣,可惜我不会操作国画,不然弄一枝老梅也好。

在雪的绵密的前奏下,我不知会发生什么事情。事实上,生活每时每刻发生着许许多多的事情。但愿都是一些好事,我觉得这是雪想要说的一句话。

雪地篝火

我想起以前在雪地燃起一堆篝火，离林子不远。

那时节，在做一件什么事情已经忘记了。燃篝火是在事情的开始，也许是结束之后或中间，但这与雪和火无关。

天空郁郁地降雪，开始是小星雪，东西不定，像密探，像飞蛾，像悲凉的二胡曲过门前扬琴的细碎点拂。散雪试探着落在河岸的鹅卵石上，落在荒地如弃尸般倒伏的衰草的茎叶上，落在我脸上甚至凝不成一滴露水。

我坐在杨树的树桩上，看天空越发阴沉的脸色。雪成片儿了，急急而降，像幕侧有梆子骤催。鹅毛雪应该是这样，使人看不出十米外的景物，邮票大的雪片一片追着一片，飞钻入地，像抢什么东西。不知一片雪由天而落需要多少时间。地面白了，因而不荒凉。树枝分叉的角度间也垛着雪。秋天翻过的耕地，如半尺高的白浪头。

我到林里拣干柴火，找一处开阔地拢火。我把皮袄脱下来当扫帚清理一块地，掏出兜里的废纸引火。初，火胆小，不敢燃烧，经我扇动鼓吹，慢慢烧起来。干柴火剥剥响几声，火苗袅娜扭捏，似乎于雪天有什么不妥。火苗的腰身像印度人笛声下蛇一样妙曼低回，我不断扔干柴，火像集体合唱一样坦荡地烧起来，庄严典雅。

在篝火的上空，仿佛有一个拱形的金钟罩，把雪隔开了，急箭似的雪片仿佛落不到这座火宫殿上。我默默地看着火，透过火的舞蹈竟看不到雪的身影了，如同透过雪的身影看不到树林的背景。

想起一位法国人说的话："火苗总是背对着我。"当你在野外观察篝火时，的确觉得火苗是背对着你。它们手拉手跳呼啦圈舞，最得意的那束火苗扭着颈子。

篝火不时坍下来，炭红的树枝挂一层薄灰。火堆边缘的泥土融化了，黑黑的如感动的面孔。土地也许认为春天来了，因而苏醒，用潮湿的眼睛看我。

黑湿的土地和雪形成圆的边缘，彼此不进不退。我的篝火仍然不知深浅的高扬，它们也许幻想可以把雪止住吧。

在火周围，雪片仍然肃穆降落，仿佛问题很严重了。虽然惹不起火，但该下还是要下。那些不幸跳入火里的雪片，是惊是喜呢？但雪们谁也没想到这时候大地上竟有一堆火。那时，我穿着白茬羊皮坎肩，腰扎草绳，坎肩里是志愿军式的绗竖线军棉袄。我坐在树桩上，用木棍扒拉着篝火，也许在想家，也许在揣测爱情。总之，我现在已经忘了，那是知青时候的事。

火势弱了，火苗一跳一跳。雪片压下来，落在炭上遂成黑点，伴着微小的声音。我懒得再去弄柴火。雪最后把灰烬覆盖，一切归于平静。

往回走的时候，我发现雪已淹没了大头鞋。抬眼，身后不冻的茫古木郭勒河在夹雪的两岸流成了黑色，它沉缓涌流，间或浮溢白雾，仍有广大的悲凉。

许多年之后，在办公桌前填什么表时，面对"业绩、贡献"一栏，我真想填上："在雪里点起一堆篝火"。

下雪时，我仍有这样一种梦想。

雪地狂草

今年沈阳的雪一场连着一场,如果这是兆丰年的话,已经兆了好几次了。马路上的雪被铲过或化过,黑黑白白地斑驳一片。而我家北窗对着的自行车棚恰像一个雪情的记事簿。这个绿色石棉瓦的斜形车棚,上面覆盖着像辞海那么厚的白雪,有如割过的切口,静静地始终未化。

天黑的时候下班,几家饭馆的门口又添了一景,即酒客的溺迹,在雪地上黑白分明。这种痕迹与饭馆明灭的灯光与酒人的声浪仿佛很相衬。

我想起在村里当知青时,早晨上工在雪地上闷头走,偶尔也见这种溺迹。大滩的是马尿,小片的则是狗溲。狗解溲似乎比人尿得更冲,一种急不可遏的形势,雪地黑窟洞然。狗撒尿时像舞蹈演员那样扬着后腿也很有趣,莫非它怕脏了那条狗腿?

开一个小饭馆,必备吧台、大理石地面与影碟机,但不一定备厕所。因为租来的房子要视原来的情况而定。然而台面的扎啤机并不管这些琐事,金黄带沫的液体照泻不误。饭馆最不宽容与最宽容的两件事便是结账与找地方撒尿。倘在冬天,吃了一肚子涮羊肉与喝入大量啤酒的食客,踉跄推开玻璃门,见漫地皆白,也有了几分诗意。在雪地上,寻个地方使膀胱畅达,边尿边看地上图案,摇着晃着,脑里想着乱七八糟的事儿,也就行了。

　　我还目睹一位酒人,在雪地上且走且尿,左右挥洒。我疑心他练过张旭的狂草。

雪不是一天化的

雪不是一天化的。春节过后，雪有步骤地减少。大街上的、马路牙子掖着的、树坑里的雪如按计划撤退的士兵，一块块消失，空气湿润。西墙和北墙角的雪比煤还黑，用铁锹掏一下，才见白心。环卫工把雪掏出撒在大街上，像撒盐。我忽然想起，冬天一直有雪，地面被雪覆盖了两个多月，麻雀到哪里觅食呢？

我从不清楚城里的麻雀靠吃什么活着，草和草籽被雪覆盖了，它们吃什么呢？飞行消耗的热量比行走更大，没看到哪一只麻雀在天空像慢镜头一样飞，也没看到哪只麻雀饿得一头栽下来。实话说，鸟栽下来，人也注意不到。

麻雀一定掌握好多秘密，比如在大型超市的门前，有儿童洒落的面包屑，或者它们熟知沈阳市皇姑区有多少卖粮食的门市。鸟们了解鸟的秘密。人不妨养成这样一个习惯，在外衣兜儿扎个小眼，临出门抓一把小米放兜里，边走边洒。大街上——即使是雪地——隐隐约约看得到莹黄的小米粒。商店门口，这位白发西装的男人走过,身后有一点小米;那个烫发时髦的女人走过,小米落在脚印上。

雪化了,我看天空的麻雀越来越少,属实说连一只麻雀没看到。我希望立刻有人纠正我,说麻雀数量并没少,它们飞到了乡村的田野。天道厚朴,给一虫一鸟留出了生路。

都说人乃万物之灵,灵在哪儿?人会造火箭,会给心脏搭桥,会作曲,这一类机巧的事情是万物之灵的例子,可火箭与曲都不是我们造的,是别人。搭桥也是别人搭的。应当说——极少的人是万物之灵,多数人像泥土一样平凡。如果人真的那么灵,能不知道大雪遍地,麻雀是怎样活下来的吗?

人不知道的事太多了。据说月亮圆的时候释放了许多能量,人却察觉不到。惊蛰这一天,小虫身体像被引爆了一样,腾地翻过身,人也没察觉。冬至与夏至这两天,是天地的大事情,人跟没事一样。人觉得股市、楼市才是大事。

巴赫的音乐里藏有多少秘密?我们感觉得到却说不出。耳听旋律与织体环环相扣如流水一般流走了,啥也没听出来。我读巴赫的乐谱,想找一些蛛丝马迹,找不出来。听,它们是铜墙铁壁,听不出头绪。巴赫的音乐像 DNA 的图谱一样严密。我甚至怀疑世上是否有过约翰·塞巴斯蒂安·巴赫这个人。如果没这个人,这些音乐是从哪儿来的呢?他的帕蒂塔(德国组曲)、他的小提琴与人声的奏鸣曲是从哪儿来的?巴赫的后人今天在哪里?能跟他们合影留念吗?这里面的秘密比麻雀在雪天觅食还复杂。

早春的雪化了,水淌进树坑,夜里又结冰。树坑里的冰片不透明,像宣纸一样白。结着气泡的圆,一踩就破了。冰比煎饼还薄,在早春。

春天伊始,土地不知暴露了多少秘密,每株草冒芽都泄露了一个秘密。老榆树像炭那么黑,身上结碗大的疙瘩。它们头顶飘着轻软的细枝,像秃子显摆刚长出的头发,这是柳树的秘密。人坐在墙边晒太阳,突然见到一只甲虫往树上爬,真吓人一跳。在花没开、树没绿的早春,它是从哪里来的?冬天里没这个甲虫,春天还没到。会不会有人从海南捉来这只虫,装进口袋,坐飞机飞回东北,偷偷放在这棵树上呢?

辑四 夜

穿上夜色出行

夜是树木华贵的礼服。夜的黑金丝绒遮去了杨树身上的疤节和斑痕，夜色把它从头包到脚。每一片树叶的正反面也遮盖了夜色，防止水分流失。杨树，还有椴树、槭树都穿着这样的睡衣进入梦乡。在梦里，它们模仿乌鸦在金黄的麦地里飞翔。无论怎么飞，睡衣都没被风刮走，还紧紧地裹在身上。树叶虽然在风里哗哗响，但刮不走夜色。树叶的正反面同样黑，如同乌鸦背上的羽毛。

白桦树每到夜晚都要犹豫一下，它问有没有白一些的夜色，或与它树皮颜色一样的睡衣？夜不回答任何问题，它默默包住桦树的树干和树枝。桦树看自己一点点黑下来，先是灰色，后来变成深灰色，跟其他树没什么颜色上的区别。它很怕别人管它叫黑桦树，虽然俄罗斯和呼伦贝尔有这种树，但不是它。白桦树要永远白下去，夜懂不懂这个？不懂当什么夜？夜没时间管这个，它甩一下大氅的左襟，包住一半山河，甩右襟包住另一半山河。万物在夜色里变得矮小，灌木本来矮小，夜里显得更矮，根本看不出是树，倒像草墩子。夜用大襟扇动,搅拌夜色,夜色越来越浓。黑过松树的树干,黑过渍酸菜的石头,黑过大酱,黑过黑莓,煤堆在夜色里失去了轮廓。夜的被褥在大地上铺好了边边角角,"世界是你们的,也是我们的",归根结底,在夜里世界只属于夜。夜没用水也没有水就把夜灌满了大地和天空,没被夜色淹没的只有星星。

　　小甲虫披着夜色行走,不仅凉爽,而且隐蔽。甲虫早就厌倦了身上花哨的、带斑点的外壳。这样的外壳,除了轻浮,还有哪样好处呢?夜色多么深沉,它让甲虫像一只黑钻石。不睡的鸟儿也不敢吃一颗黑钻石,那会噎死它。甲虫觉得自己爬行如一颗钻石爬行,其他生物都会让路。它看到同样乌黑的甲虫爬动时,以为见到了梦游的自己。兔子在夜里跑得更快,它庆幸自己每天晚上可以换上一身黑兔的皮草,它比白皮草更光滑,跑起来阻力更小。在夜里,黑兔子无论打滚、拉屎或竖耳朵都不会暴露目标。黑兔子靠在松树边上站立,看上去就是松树的一部分。如果不伸手摸,谁也不知这里有一只兔子。黑夜毫不费力就把兔子变成一块石头,一个树桩或一只狐狸。在夜里,兔子跑起来跟狐狸没什么区别,都是一道黑影,除非狐狸用放屁证明自己是狐狸。大部分鸟儿有夜盲症,夜里不飞,怕撞到树上。我看到夜里也有鸟儿在飞,可能是治好夜盲症的鸟。它们飞起来像乌鸦,听得见翅膀拍打树枝,却见不到踪影。一次有鸟群从夜空飞过,星星和月亮显出了它们的轮廓。它们急促地扇动翅膀,如躲藏,飞过的夜空有一些发白。

　　云在夜空上依然很白,夜色包不住云,云和星月一样,仍在夜里面。夜有夜的不足,虽然白桦树变黑,白兔变黑,但云彩仍然白着,仍然在天上飘。云并没因为黑夜而降落到大地上睡觉。白云变黑无须夜色帮忙,雨来之时,云变灰,变蓝,甚至变黑,但还没有黑牛那么黑,却比老榆树还要黑一些。白昼的雨云俗称乌云,它乌而低而翻滚。如果下的是雷阵雨,太阳一出来,它立刻变白,比通常的白云还白,如蚕丝一般。我的理解是:它把雨水泄尽就白了,但雨水并不黑呀,它身上的黑去了哪里?我在黑夜里没见过乌云。夜里下大雨时,看不清天上有云,也见不到雨,只听到雨声。清朗的夏夜,天上的白云比白天更悠闲。一般说,夜里白云不多,只有几朵值班的云,它们飘得也不快。月亮钻进云里好长时间才钻出来,证明月亮和云移动得都不快。夜里没什么事,太快没用。月亮边上的白云如一座岛屿,它的大小对月亮刚刚好。你可以想象那片云是月亮的温泉。

　　风穿上夜色出行。夜色是风最好的衣衫,比丝绸柔软,比风还轻。如果拿一立方米夜色和一立方米风在秤上称,还是夜色更轻。风觉得夜色是天生的翅膀,宽广而适于起伏。身穿夜色的风钻过树林竟无声音,也不担心被树杈刮破衣衫,因为前方的夜色会为风打好补丁。风想象自己的拖地大氅很长,扫过草地,收拢更多的夜色。风跃过山冈,纵身跳入河流,衣衫丝毫无损。在夜里,风攒到堆积在水面上的更多的夜色。水仍然是透明的,但夜色让水面看上去有一点凝固。水有皱纹但夜色无纹,因此河水看上去流淌缓慢。河流慢慢地把夜色推到岸边,让星星回到原来的位置。风把大氅盖在水面上,飞进山里。无论从哪个方向看,山里都藏着最多的夜色,如沉淀的古墨。

谁在夜空上写字

夜里,登上汗乌拉山的山顶,风吹石壁,仿佛已经把山推出了很远。站在山上看远方的星空,如平视墙上的一幅地图。夜空像百叶窗一样倾泻而下,不用仰脖子。这样慢慢看就可以了,先做的事情不是辨寻猎户座在哪儿,以及牛郎织女星的位置,它们跑不掉的。先看夜幕有多大,这像一只蚂蚁探究沙漠有多大。大地之上皆为夜空,眼前的不算,夜从头顶包围到我身后。转过身,夜又从头顶包围到我身后。这么大的夜,却不能说是白天变黑了。我宁愿相信白天和黑夜是两个地方,就像大海与森林不一样。

流星划下,由天穹划入霍林河方向。我以为它落地三四秒后会发生爆炸,起火,照亮那一小片地方。但没有,我在心里重新数了三个数,还是没有。流星也不一定诚实,或者它掉进沙漠里了。科尔沁的沙漠漫无边际。在流星划下那一瞬,我觉得有一个高大的神灵在夜幕上写字,刚才他只写了一撇,他的石笔断了一个碴,化为流星。为什么是撇呢?他可能想写"人"。人没意思,神怎么会写人呢？他不一定写汉文，天神写字最有可能写回纥文。这是神奇的文字，催生了藏文和蒙古文。它的字形更接近自然，像木纹、冰纹或绳索的纹样。

面对这么一幅夜空，难免想在上面写写画画。汗乌拉山顶的灌木如一簇簇生铁的枝叶。风钻进衣服里，衣服膨胀为灯笼。夜色最浓重的部分由天空滑落并堆积在地平线，那里黑重，堆着夜的裤子。夜在夜里裸露身体，否则谁也看不到星星。夜只在傍晚穿两件衣衫，入夜便脱掉了。没有人能在夜里看清夜的身体。横卧的银河是天河的身体，夜在澄明中隐蔽。虽然有光，夜在光里交织了无数层纱幔，黑丝编造，细到了纳米级，让人的视力不管用了，兽眼管用但兽对夜不起妄心。风吹到山顶后变得无力，软软地摊在石头后面，往下走几步，便感觉不到风的气流。河流白得不像河了，如一条蜿蜒的落雪地带，雪花满满地堆积在河床。

天比地好，它不分省市县乡，我眼前的夜空应该比两个县大，但它不说自己属于哪个县，也不设天空的县长。以后官不够当了，也许会在天上设省和县，让后备干部先当天上的省长和县长，慢慢过渡。夜空上面的群星，我以为跟星座什么都无关系。把星星拟分为星座，不过是人类的臆想。星星是密码，是航标，是人所不辨识的天的文字。人类从古到今所看到的星空只在一个角度，是扁平的对望。而进入夜空，譬如上升到一百万公里之后看星星，看到的就不是什么大熊星座、猎户座了，序列全变了。星星像葡萄一样悬挂在眼前，在运行中变换队伍，传达新的密码。星星把地球人管它们叫大熊星座当成一个笑话。近看，星星有粉色、蓝色和地球人没见过的颜色。地球人离星星太远，星星仿佛是白色，实际这仅仅是光亮。正像灯光所发出的光，与白无关。

群山在夜里隐藏得最好，巍峨陡峭。这些外貌全被夜色藏了起来，山的轮廓变矮，只是稍稍起伏一下作罢。山坡的树终于变成跟山同样的颜色。月亮照过来，树林的叶子竟白成一片，像飘在树顶的河流。山石变成灰色，山上的泥土变成黑色。枭鹰的叫声如同恐惧于这样的寂静。风再次吹来，仿佛我是麦子，把我一吹再吹，让我成熟。我想如野兽一般从风里嗅到五十里外其他野兽的气味，但嗅不到，只嗅到苔藓的腥气。谁忍心和这么大一片星空道别？星星眨眼、荡漾、飘忽、航行。在无人的夜里，在山顶对星星打什么手势都被允许，与它们对话却显得徒劳，太远了。看一会儿，我大体的想法是星星散布得不够均匀。一是头顶少、四外多；二是东南少、西北多，窜一窜不行吗？远方的河水只白不流，如果走近，见到月光拦腰横在河面上，不让流。我知道狐狸、獾子、狍子在树林里活动，那里很热闹。又有流星一头栽到地面，太快，没看清这只流星多大个，也看不清它落到了哪个旗县。天上又有人写字了，折断的石笔头落在人间，它写的字在哪儿呢？

屋顶的夜

　　夜是什么？首先它不是一个对时间的描述。时间是穿过夜与昼的钎子，既不是日，也不是夜。夜是光线缺席？也不是。人们所说的光指太阳光，它只是光的一种。夜里亮起一盏灯，照亮墙壁和书本上的字。但夜还在，灯光撵不走夜。

　　夜像太阳和露水，每夜来到人们身旁，来到草的身上，站在大路两边。夜色为眼睛而不是手而存在，手摸不到夜的身体，夜在人的眼里像漆黑的金丝绒，像山峦，像典雅的雾。

　　月亮从东山俯瞰山路，夜藏在鹅卵石和树干的背后。夜没有影子。烟囱和院墙的影子是月亮的随从。无月之夜，夜把丝线缠在每一根树枝上，让黄花和蓝花看上去像一朵朵灰白的花，让人感到狗看东西的局限——狗的视网膜看不到彩色。夜站在山坡，跟松树并排站立，看公路睡眠的表情。

　　夜没在河里，夜进入不了水。夜看见无数大河在峡谷奔跑，像一条条宽阔的道路，且平坦。河水没被夜色染黑，不像草和树，它们每一夜都穿上夜送来的睡衣。

喜欢夜的不光是小偷，还有猫和猫头鹰。猫在夜里走路舒服，毫不费力地上房和上树。夜对猫头鹰来说是巨大的游泳池，被染成黑色的空气是池里的水。猫头鹰每夜游过十几个街道，体验有氧运动。

有几次，我后半夜在大街上走，遇到了更多的夜。它们站在玻璃幕墙的大厦的边上，趴在没竣工的楼房窗台上向外望。被月光漂白的草坪下面，潜伏着夜的碎末。我在马路中央的双黄线上行走，谁都没走过。我大声唱歌并朗诵，没人阻止我，路灯躬身聆听。我说——夜！叫上去像是——耶！再说一遍"夜"还像"耶"。在这么好的夜里人们为什么执迷不悟，钻进被窝里睡觉呢？

夜来自一个未知的地方。那个地方如此之大，可以装下密密麻麻的夜。黎明前，夜悄无声息地撤离，干脆利落，没给白天留下哪怕一小片条缕。它们以吸铁石的方法集结撤退，所有的夜被吸入一个折叠的口袋。

夜站在屋顶，像一层庄稼，风吹不散，它们认得每一片瓦。夜在瓦的下面做上记号，第二天看一下有没有虫子爬过。

钻入屋子里的夜安静，能忍受鼾声和难闻的酸菜味，它们在床上、桌上随便睡下，熟悉人的气息。外面的夜高大，监管着每一颗星星的位置，校正星座与地面的数据。

夜在哪里休息？绵绵不断的夜趴在花朵下面和向日葵脸盘子上打盹。夜走过昼的日光走过的所有的路。夜知道所谓人生历史与时间的背面都贴着一个标签，上面写着："夜"。夜比昼更享有恒久。

夜河两岸的灯火

坐船在夜里的河流里航行，船往东西南北哪个方向开都无所谓，这件事船长知道就好了。我希望船长迷路，开回去，然后再开过来。我曾到前舱隔着玻璃看船员开船，他们双手把着舵，认真地目视前方行进。我觉得不这么认真也是可以的。他们用力看着前方，实际上什么也没看到。河水只在船灯照耀的地方闪耀碎光，而正前方是巨大的黑暗，我们认为那都是河水。船似乎并没走，而仪表证明着它在走。坐船感受不到坐车才有的车轮轧在公路上的实在感，船漂浮。发动机以巨大的轰鸣声证明它在行走，在巨大的黑暗里行进，我替船想象船首分开波浪，本该是白色的浪花在黑夜里无声无息。

在这么宽阔的大河上，夜里只有一艘船行驶，仿佛它去的不是一个码头，而要把船开进更深的夜。城里的夜不深，像给夜上漆的人半道跑了。城里的夜色没等堆积到土地上就被车冲跑，夜只在城里的树冠和灌木里藏了一小部分，大部分夜还在笔直的高楼墙壁上爬行，常常爬不到楼顶就溜了下来。夜被酒吧和大卖场的灯光晃得睁不开眼睛,只好转身跑掉。更多的夜躲在下水道里,等待汽车和人的喧闹停下来之后回到地面。夜的听觉器官敏锐又容易受损伤,同样容易损伤的还有夜的金丝绒礼服。它们的礼服不怕风,甚至有防雨的功能,像鸟儿的羽毛那样。但这样的衣服怕沾上餐馆的油烟子味,怕车辆冲撞。在闹市区,夜的衣衫被车辆刮得像笤帚一样褴褛,挂在树梢。夜因此显出白,其实是薄了。夜的衣服不够穿,才会单薄。

河上有真正的夜。它们一层层铺在水面上,幽暗沉重但不妨碍河水流动,也不影响鱼往水面吐泡。像花骨朵一样的水泡被夜一一没收,夜不相信河水能开什么花。河流上的夜色是巨大的黑米面的切糕。我们这条船在分割这块切糕。船在河中心航行,切糕被切成两块,分属两岸。我站在船舷看水,水在哪里呢?天上无月,星星太远,看不清夜色下面的水。我以为,天光会给河的波纹描上银边儿,使水浪如一根根银条追逐。但没有,银子跟杜十娘的珠宝一起沉入了河底。

船离城市渐远,两岸的树林如黝黑的山丘,中间夹杂灯火。远处的灯火给我的印象是十分微弱,仿佛会被大风吹灭。这些光如伫立荒野里的一盏灯,径直点亮。这些发出金色光芒的灯正在观察我们的航船,它们看我们比我们看它们更好奇。我回头看看这艘船,两层客舱灯火通明,还有人在甲板上吃鸭脖、喝啤酒,很壮观。我看到岸上的灯光渐渐离远,就有一些难过。我也不知道为什么难过。这些灯火并不在旷野里,它们来自居民的房子。仿佛我应该走近看一看这些灯光,感谢它们对我们的凝视。灯火一点点隐入树林里,再也见不到了。如果没有河水,跑过去看看这些灯火并不难。

船在航行,没人知道它在向哪里航行。四面八方都是浓密的夜色,但船只往前开。站在船上看星星,那些放射十字光芒的星星也像在夜的河流里航行。它们没有目的地，星星已在夜空的河流里航行了亿万斯年，没人在星星上吃鸭脖子、喝啤酒，星星上也没有船长。船的轰鸣声小了下来，我估计它进入了一条顺流的航道。两岸的灯火居于高处，那是山上的灯火吧。船又开了一会儿，看出衬在夜空背景的山峦。同样在夜里，山峦比夜空更显黝黑，仿佛是不长草木的黑石头。夜空比山峦清明一些，也许因为星星相互照亮，空域无限岑辽。人说大气层之外的空气稀薄。看夜空，最远处的夜色也稀薄。也许到牛郎织女星那里已经没什么夜了，最多是一个傍晚。看星星，如果你在原地旋转仰望，星星会像蝴蝶一样飞旋，仿佛大片的雪片欲落下来却被风吹走。这是跟星星玩儿的方式之一。除此，没找到其他跟星星玩儿的方法，还没人发明出来。船在行驶中微微动荡。河流此刻如果正在沉睡，船行的阻力会比白天大。如果河睡着了，便是巨人的睡眠，从它肩膀后背走过都不会吵醒它。船开得很慢，虽然我不知它有多慢，却能听到鱼儿跳出水面的"扑哧"声，鱼表示有 点点不耐烦。开过山区的航道后，两岸又有新的灯火，它们早早就对我们的船眨眼睛，眨的频率很快，快到岸边时，看到屋舍前长着高大的棕榈树，船行时树木遮住了灯光，如眨眼。我数了数，两岸的灯火数量不一般多，跟路灯不一样。灯火在两岸对视，均含情脉脉。白昼里太阳普照大地，谁也注意不到河边的房子里有一盏灯，它在夜里成了主角，在夜色、河流和山峦里，它们最明亮。

夜空栽满闪电的树林

　　闪电是上帝的胡须，我们终于有机会见到上帝的侧面肖像。相信上帝的人才怀疑过上帝的存在。契诃夫一辈子都在怀疑上帝。他的父亲对上帝过度信仰，契诃夫在打骂和唱诗中度过了悲惨的童年。契诃夫看到俄罗斯农民在信仰中愚昧地活着，没有人也没有神灵帮助过他们。巴斯德是微生物学的创始人之一，发明了疫苗，他总结一生的科学研究，结论是上帝存在。

　　被闪电照亮的地面如果发生了地震，就看得清草的颤抖。闪电下，河流的浪头比白天更多，如同石块倾泻。

　　闪电更像一棵树，它的根须和树干竟然是金子做的。当雷雨越来越浓时，天空栽满了闪电的树林。一瞬间长出一棵。雷雨夜，天上有一片金树林。

　　草被闪电照得睁不开眼睛，手里接的雨水全洒在袖子上。草刹那间看到自己的衣衫变成了白色。秋天还没到，闪电收走身上的绿色。草想象不出自己明天变成一身素衣。

闪电照亮山峰的面孔。山沉睡的时候脸上柔和，崖上的松枝有如乱发。山睡了之后，一堆堆灌木向上潜行。山在闪电里醒来，看清了云的裂缝。云被沉雷震裂，如黑釉的大碗分成两半。

闪电之下，河岸的树林比河水走得更快。明天出现在河岸的树将是陌生的树。人并不认识每一棵树，就像不认识每一只羊，每一只甲虫和蚂蚁。河岸的树趁着夜色奔向了远方，走得相当远。我在贝加尔湖左岸见到一株斑驳的杨树，像我老家的树，摸一下更像。我问它，你到过赤峰北河套吗？树飒飒然，在风中吐露一串话，如布里亚特口音的蒙古语。我看它周围的树，觉得这是个移民部落，阜新的、平壤的，甚至有一棵树来自布加勒斯特。闪电照亮奔袭的树林。树停不下脚步，前呼后拥，枝叶牵携，脚下溅出泥浆。

闪电是天的烙铁。我老家早先把熨斗叫烙铁，其实它们是两种东西。在马的臀部做记号的是烙铁，而非蒸汽熨斗。天的烙铁把云烙得大叫，叫声传出十八里。天为什么在云上做记号呢？怕云跑丢了或云犯了罪？天的事只有天知道，富兰克林用铜线风筝把闪电掐下来，差点被电死。

闪电是天送给地的焰火，让人间娇滴滴的、化学药剂的带图案的焰火显出可笑。闪电是力量，所有力量都带有野蛮特征而不是表演性。闪电多么美，瞬间照亮一切，瞬间收回自己的光，让夜空继续深厚。闪电让夜里的生物清晰。蓬松的泥土里藏着白色的虫卵，松针比松鼠尾巴更蓬松。

闪电是一条站立的火的河流，它不会是上帝的胡须。这条河流分成许多干流和支流，从雷流出，回到雷里。

闪电像夜空突然醒来。

夜 雾

　　夜雾让夜更像水墨画而不是油画。我印象中，雾是早晨的客人，像小鸟和露水都是早上的客人一样。夜雾晚上不睡觉，它们找不到睡觉的地方。山谷被核桃树占领了。核桃的青皮上的刺让雾不舒服。是的，雾怕剐蹭，你可以把雾看成没缝被面的棉胎。棉胎被风的鼓风机吹大膨胀却找不到变回棉胎的办法，只好随风飘荡，不明就里的人名之为雾，那就雾吧。

　　雾在河面徜徉。雾的想法是用一条比羊毛衫还薄的雾被单把河盖上，一是怕鱼着凉，二是让河睡一觉。古往今来，没听说过河睡觉，就像没听说过心脏睡觉。如果雾让河睡着了，便可申请吉尼斯世界纪录。睡觉的河水不再有波浪，连小小的涟漪也止息。雾的薄被单盖在它的身上，河反而觉得身上更凉，但生出睡意。河从降生那天起就开始奔流，它的童年叫作小溪，而比小溪更小的胚胎期是一溜从石缝流下的雨水。雨水汇入小溪，小溪又遇见了其他的小溪。它们匆匆流向低洼处。溪水占满低洼处后外溢，寻找更低的地方停留。低处对水来说意味着长久、存留、安详,因卑下而圆满,相当于人类憧憬高处。无论在哪一个地方,更低处都是河道。溪水在河道汇合,被命名为河。它们最初来自不同的山,不同的云彩,化为雨水洒在不同的树上。如果溪水给自己起名,它不知叫什么名字好。如果把山名、树名、石头名都串联在一起,就会变成"威廉·伯纳德·珀尔·阿德莱德·帕德里特"等,比英王的封号还要长。万千溪水进了河里就只有一个名字:河。就像成吉思汗统一各个部落之后就叫蒙古。八百多年过去,蒙古的名字没被改变,没被分割,没被取代。语言具备超过物质的价值,如蒙古。

河的名字还连着一个字——流,河和流生长在一起,就像无数溪流生长在一起,无法分割。河流一直在流,带着一肚子鱼虾,带着各地的土壤和方言。站在岸上看河流,它争先恐后,事实上它想停也停不下来,就像被裹胁到马拉松起跑方阵里的选手,只好跑下去。后面的水推着前面的水,新水渗入旧水的骨骼和血液里难分彼此,只有跑下去,跑到名为大海的水的平原中。

河在夜雾的笼罩下睡意蒙眬,河流睡一下未尝不可,如此良夜,东山魁夷。写到这里,我忽然想起东山魁夷画的北欧的夜,如香水一般静谧。如果雪花可以提炼出一种香型的话,尽在东山魁夷的画里散发。那是冰雪的气息,清甜,如一个纯洁者的体香。它经受了江河沐浴,大自然赋予它复合的、精微的无味之味,一如夜河的气味。夜的河在白雾的抚慰下酣然入眠,鱼虾亦尽眠。河从此知道睡眠是一件美好的事情。有一位年迈的哲学家被问及一生最美好的事情。提问者以为哲学家会回答结婚、当教授、买车买房、得奖或主持公平正义等豪迈的话题。哲学家答:"此生最好的事情是睡眠。"提问者再问:"那活着与死亡有什么区别呢?"哲学家想了半天说:"不知道,这个问题放到下辈子考虑。"在睡眠里,河流的面容在月色下极为柔和,如婴儿在睡梦中的面容。风吹过岸边的青草,竟无声音。星星踩着更矮的星星下来看河流睡觉的样子。

月光洒在大地,地面呈现两种白色。撒在泥土上的奶白的月色仿佛给土地覆盖一层膜,黎明时由晨光启封。落在雾上的月光呈现锡白色。月亮仿佛嫌雾的颗粒不够密集,在雾的缝隙灌注了月光,二者合一,分不清雾与月亮哪一样更白。河流停止流动之后,雾在大地奔涌泛滥,雾成了空中和地上的河。雾把山的裸露的峭岩包上纱巾,绕山铺一层白莲花的底座。雾冲进树林,淹没了所有的树。树的梢头向夜空呼救。雾在所有的土地铺上白毡子,比哈萨克人的毡房还要白。昆虫和蛇察觉到这条毡子的湿润,以为自己进了澡堂子里面。在这样的夜里,夜色不好意思太黑,天空几乎露出蓝意,星星露出金意。白雾在夜里仍然是白的,它把山峦一座座分开,使之圆润,座座山峰都有白雾的莲花座。刚才说过河流已被夜雾哄睡了,树林在雾中露出一半枝叶,草叶的露珠不再闪光,草叶早被雾气吞没。只有月亮高高在上,欣赏着大地的一切,雾改变了一切,让大地黑白分明,简洁有力。月亮认为所谓艺术不过如此而已。

根河的夜

蒙古史诗《江格尔》里写道：江格尔是唐苏克·蚌巴可汗的孙子，乌琼·阿拉德尔可汗的儿子。江格尔在银白色的额尔敦山的南麓建了一座金宫殿，这个宫殿好高，"离白云只有三指宽的距离"。《江格尔》还说，在江格尔身边围绕着十二员虎将和八千个宝通（野猪）。这么多宝通围着江格尔做什么呢？说下去我们才知道，宝通是江格尔对手下勇士的命名。谁作战勇敢，江格尔就命名他为勇敢的宝通，并允许他住在金宫殿里。

在根河行走时，我每每想起这句话——"离白云只有三指宽的距离"，这是从肚脐眼到下面关元穴的距离，跟一位身高一米六的亚洲女人的鼻长差不多。根河的云朵从养狐狸的砖房的屋脊后面升起，离屋顶的烟囱只有三指宽。云朵掉进葛根河的流水里，离山杨树的倒影只有三指宽。根河境内森林密布，白云好像从世界各地赶过来到这里定居，享受阴凉、鸟啼和干净的河水。从云彩的形状看，有的云正在山脚下卸行李，有的云在天空寻找降落的草地。云在根河的天空显得十分拥挤,而且没有空中管制。有些云互相冲撞却毫发无损且合并为同一朵云,像把一桶水泼进了河里一样。

到夜晚,事情发生了变化。时值七月,之前这里连下了好几天雨,大地上多出来好几千个水泡子,草原开满了小黄花和白色的野芍药花。在根河市住下来大约在晚上九点多,天空并没有人们所说的黑透。粗略说,大地已经笼罩在黑夜里,而天空依然澄明,与黝黑的土地分割清楚。如果你愿意把这一种天色称为深蓝也不算错,但找不到蓝色,只是不黑而已。夜里,天空的云朵明显少了,这证明我所说的云彩来自世界各地的判断很对,它们经过长途跋涉,需要歇着,找地方扎自带的帐篷睡觉去了。夜空剩下的孤零零的云彩只是一些梦游者或掉队的云。我看到,这些云竟然是黑色,它们有黑檀木那样沉着的黑色却不是乌云。所谓乌云是雨云,云层很低,连成片,移动迅捷。而这几朵黑云高悬天心,悠然不动。我明白了,这是根河独有的夜景。这里的天空不黑,白云缺少光的映射变成了黑云。

在这样的草原上夜行,见到远处弯曲的河流白亮如练,我几乎不敢相信自己的眼睛,以为那是白雪堆积在河道。上个月,也就是六月,我在新疆的喀纳斯漫游,看到野花盛开的草原的某一处山坳堆积白雪。这些雪好像与夏季无关,该化的雪在五月份已经化了。但在根河,闪着耀眼白光的河流只是河流,白光只是天光。此景让我非常留恋,黑黝黝的树林和草地里,弯弯的河流闪着白光,白光的尽头即天际,分散着寥落的星星,仿佛是河流的尽头。

夜深了,我沿着公路往城里走。四外虫鸣,那一种晶莹的唧唧声,如同露珠在喊叫。露珠大概在和离自己"三指宽的距离"的另一颗露珠谈恋爱,它们的身子缩进圆圆的脸里,偎在草叶的掌根微笑。虫鸣如同黑暗的草地里藏着一万块瑞士手表,滴答滴答,咔嗒咔嗒，手表的齿轮在赛跑，看谁在天亮时跑到树尖上。城里也有一条河，当地人说这是从激流河引出的支渠。但我看它还是一条河，宽约七八十米，水不深，在鹅卵石的河床里哗哗流淌，水声传出几百米外。

再往前走，闻乐声。循声来到一个广场，见到篝火晚会。看了一会儿，得知这是鄂温克人敬火神的聚会。几根松木支成帐篷形，人们把浇柴油的劈柴塞进松木下的空隙里，火焰熊熊。质朴的鄂温克男女老少手拉手围着火堆起舞。他们先是一个大圈儿，后来变成里外两个圈儿。里圈人步伐急骤，外圈人的动作迟缓一些。好像所有的民族在开蒙初期都有围拢火堆舞蹈祭祀的习俗。火焰驱赶寒冷、黑暗与野兽，熟化食物。如果没有电、电脑和电视机，北方的各族人民现在可能都在围拢火堆跳舞呢。人的脸膛被火光照亮，手拉着与被拉着的认识与不认识人的手向一个方向移动。音响传出的鼓声如同你的脚步声，这比上网有趣多了。鼻子闻到燃烧的松木味道，我抽空看 眼天上那朵黑云，但是天已黑透，像沥青的大锅把小黑云煮化了，整个天空被一个盖子扣严了。我们都跻身一个黑暗的罐子里，等明天的天空把盖子打开。

根河真是很小，我往回走的时候，又闻到了树林的气息。这是樟子松、落叶松、白桦林和山杨树混合在一起的味道，其中掺着土壤腐殖质与河流的气味。灯光明亮的街道上竟然传来了林区的气味，真是幸运。根河小镇是大兴安岭怀抱的小小的孩子，是藏在葱郁的大森林里的几条街道而已。

辑五

昆虫

虫子澄澈

小青虫有跟菜叶同样的质感,浅绿,更多是水样的绿。真羡慕青菜能派生出这样的小虫。如果菜青虫不是菜叶的子女的话,也是它的亲戚,血缘很近的亲戚。有的人对菜青虫吃菜叶子感到愤怒,我不知道这样的愤怒从何而来。世界上无论有多少样山珍海味,小虫子吃到的只有菜叶。它跟菜叶是共生关系,相当于吃它妈的奶,你生什么气?一只小虫子能吃多少菜叶子?尽其一生,也吃不下一片菜棒子。它的生命那么短,吃着吃着就死了。听不到它鸣叫、哀告,死在一个人们不知道的地方,也可能化为露水。菜青虫不吃法式牛排,也不吃宫保鸡丁,即使你掏钱请它去吃它也吃不下。如果把它放在一盘子宫保鸡丁上,它以为是受刑,熏也熏死了。只有人类吃各种稀奇古怪的东西而不会死,什么生蚝、海胆、牛鞭、燕窝。如果拿这些东西强制喂食牛羊,一定会喂死它们。人为自己能吃许许多多的东西并不死而怡然自得,他们把吃东西当成地位的象征之一。

小青虫在菜叶子上爬行，它这辈子不想离开菜叶而去其他地方，最可庆幸的是它没理想，菜和其他虫子也没强加给它什么理想。它只在菜叶子上爬，吃吃菜、喝喝露水。太阳照得暖和时睡睡觉，就这些。它听从老天爷的安排，用流行的话说叫"一切都是最好的安排"。

没在菜叶上爬过其实不知道菜叶并不好爬，菜的绿叶部分如同泡泡纱，在上面匍匐很磨肚子。小虫无脚，只好用肚子走路。大肚子人假若肯于匍匐前进，肚子也会扁平化。虫子知道，世界除了菜叶之外空无一物，它没时间仰望星空与城市的灯光。虫子的大床是一张青玉案，饿就吃这张床。虫子把菜叶咬出斑斑点点的小窟窿，正好透点凉风。它从窟窿眼里往外看，下面的菜叶层层叠叠，不光吃不完，睡也睡不完。菜青虫再一次满意自己是生在菜里的虫子，它不想让别的生物知道它的幸福。如果人也躺在菜叶子上，就太没意思了。人还是去自己的房子里待着吧，他们身上的颜色跟菜叶子对不上。

菜青虫从菜叶上爬过来，像菜叶活了——菜叶卷起一滴清水，然后爬动，这不就是小虫吗？拈过一只青虫看，它通体澄澈，看上去比人干净二十乘二十倍。它没有腰椎（也没腰椎间盘突出症）这类东西。是的，它只是一包清水。小虫子吃菜叶长大，身上除了水还能有什么呢？菜叶上的小虫如一小节挤出的牙膏，然而它会爬，与人无害地在菜叶上蠕动。它的意思是从菜叶这一段爬到那一段，其实都一样，它视力不行，可能以为前面有比菜更好吃的东西。什么东西，难道是肉吗？上帝赋予菜青虫的爬行速度是每秒一微米。这个速度怎么能保证它这个种物不灭绝呢？它没被灭绝的原因第一它不好吃，第二它不是蛋白质，第三它不是药材尤其不是中药材，第四有伪装色，第五耐饥渴，第六有剧毒，第七攻击力强。小虫具备了其中四项，可以勉强活着，但免不了被鸟儿吃掉，然而最可怕的不是鸟儿。上帝不会在安排鸟儿吃虫子的同时又安排老虎、狼和狐狸都去吃虫子。那样有多少虫子也不够吃。比虎、狼更冷酷的是农药，尽管小青虫只是一滴水，有伪装色又不是药材，但农药仍然会准确无误地杀死它。不是杀个半死，是全死。这就是人办的事，农业大学农药系正在培养这些刽子手。

  小虫子没有胃肠肝肾这类复杂器官，也没脑子。其实不是所有生物都需要脑子。本能足以让一条命活下去，该经历的苦难不是有脑子就可以回避的。人因为有脑子才去上大学，但大学往他脑子里装了一堆狗屎，还不如没脑子的好。我看一些人一辈子没活好，是因为脑子没用对。小虫子想长脑子也没地方长，它身体里到处都是来自菜叶里的水。风从它身上吹过，它以为下了雨。雨浇在它身上的时候，它以为自己钻进了湿润的菜帮里。小青虫在菜里生活了一辈子，并不知菜叫"菜"。它以为菜是一颗星球，夜里可以在天空发光。菜叶的大地碧绿无垠，除了小虫，竟没有其他主人。菜叶被风吹动卷起来，小虫认为那是大海掀起的波浪。小虫爬行，失足掉进菜心里，它才知道嫩黄的菜心比菜帮更可口。菜青虫吃到菜心后，套用人类表决心的话说，叫"下辈子还要当小虫"。

小虫看佛像

春天,岸边的柳枝爬上绿苞,所谓"东风柳枝长"。叶苞好像从伊水河里爬上柳梢,为了看一眼龙门大佛。奉先寺的卢舍那佛像四季安详,对眼前景物视若不见。春天不一样,大佛喜满身心,看万物生长。伊水河的水量在春天大了,生灵们开始活动,小鸟儿飞来飞去,在空中结一张透明的网,兜住春色。小虫子从冬天醒过来,缓缓地爬向石窟。龙门石窟存佛像十万八千尊,最小的佛只有两厘米。小虫要找小佛像。

小虫拿佛菩萨当作自己的朋友。两厘米佛像的洞窟是菩萨的家,也是小虫的家。这里清凉,远处的伊水像漫过了对岸,其实只往前流。水流到洞龛这一段,慢得像集合的队伍散开了。河水慢慢看这些佛像。佛像经两千年人间风雨,庄严如故,俯视有情国土。小虫觉得佛像等待与自己相逢。佛也这样回答小虫:为了等你,化为石像。小鸟儿也飞到佛像的龛里歇脚。无数翠鸟从四面八方飞到这里,在佛像脚下、肩上,好像长出了一簇簇绿叶子。

大佛年年看到此景，嘴角些微含笑。佛对一切生机无不欢喜。草芽、叶苞和小鸟遗落在空中的羽毛，都在宣扬生的美。生命，仅就美这一项就是一个宝，而生的意义可谓贵。多么卑下残缺的人，他生命的价值对亲友都宝贵。人看佛像，佛像看人，均栩栩如生。卢舍那佛是龙门石窟里保存最好的大佛，高十七米多，唐皇李治、武则天夫妻像凿成于六七五年。卢舍那的梵文意思为"遍体光明"。在一千四百年间的每一个早晨，第一抹朝晖里的大佛如披金纱，景色一定动人心魄。阳光把佛像一点点照亮，金色一点点加深。唐朝的工匠们看曦光中的大佛眉目清晰，眷恋这一块土地。杜甫诗"孤舟一系故园心"，就是在洛阳。佛的面庞和衣褶上，滑落过工匠的泪珠和汗滴。我们走走站站看大佛，却说不出佛的表情里的深蕴。宁静里、庄严里、亲切里还有更深的意味，对这些，佛不从表情里透露。每个游人带着对佛的印象回家，一人一个印象，都喜悦。雕像达到这样的境界不可思议。如果没有龙门石窟，中国就没有在人类历史占有顶峰位置的石雕艺术。

春天里、晨曦中、月夜下看奉先寺大佛，最为殊胜。

花大姐

我想不明白,瓢虫哪儿像大姐呢?个头、动作?但民间给瓢虫起的外号就叫花大姐。

瓢虫在虫里属于精致的一类。它像最小的纽扣,钉在袖子上都嫌小,却可以嗖地飞走。人觉得这甲虫爬得这么慢,像冻僵了,似蠕动,没想到它还会飞。人觉得会飞的生灵,翅膀应该像木梳一样别在身体两侧,如鸟。不一定,瓢虫没看上鸟那套。它的翅膀是它的花衣,是彩釉的倒扣的碗,如塑料制品,正是它嗖地带瓢虫飞走。飞的时候不需要如大雁那样排队或扇动翅膀。飞就飞呗,扇翅膀干吗?

像小扣子一样,像纽扣电池一样的花大姐飞到哪里了?我每次都没弄清楚。鸟飞之后,天空还有影子供我们双目追随,瓢虫说没就没了,很像飞落在你衣服的后领上。夏天,我有时会看到人类的纱裙或白短袖衫上落着瓢虫,它跟着他们走。这时我想笑,瓢虫并不知道这个人去哪里,跟着走啥?这跟坐蹭车一样,能省点儿劲儿就先省着，但失之于盲目，瓢虫盲目。

目是说眼睛。花大姐有没有眼睛，我不清楚，也不想就此查百度。我不想当一个查百度的写作者。瓢虫背上的黑点，曰七星、三星，都像眼睛但无视力。瓢虫身上带着自然界最美丽的色彩。瓢虫的橙色是最准的橙，胡萝卜和荷兰足球队队服都没瓢虫的色彩纯正。准此啊，准此。黑底红星的瓢虫典雅极了。是谁告诉它，黑红搭配的典雅？瓢虫它们家谁在学美术？

我喜欢家里飞来一些瓢虫，几星的、什么颜色的都不挑剔。让它们落在家具上做点缀。它们那么小，小的东西都惹人怜爱。又会飞，在各处布置色彩，对人无害，是好东西。它们因此得到儿童的喜欢，"花大姐"即带着儿童的语气。

我姐塔娜小时候喜欢花大姐。她把从花园里搜集来的瓢虫装进一只火柴盒内，里面铺着玻璃糖纸。她慢慢地拉开火柴盒的抽屉，说"珍宝"。我第一次见到瓢虫，以为真的是珍宝。命名对一个人大脑的烙刻作用是强大的。如今我看到瓢虫，脑子里先于瓢虫出现的那个词是"珍宝"，继之删除，然后才是瓢虫。可见我们小时候接受的关于"红太阳光芒万丈"的教育将跟随我们一生。我现在见到哪个人手上戒指镶的宝石都觉得它会动，早晚会从戒指上走出来，嗡地飞走，或回到塔娜的火柴盒里蠕动。塔娜有意捉一些瓢虫放在她的白底红花的裙子上，当摆设。如果我家炕上的蓝塑料布上有花大姐爬，我知道那是塔娜的珍宝，它们来自长途汽车站的花园里。

夏天，长途汽车站的站台上有赤峰市少见的鲜花，朱槿花、唐菖蒲，还有扫帚梅，开在绿窗黄墙的日式建筑的窗前。坐汽车的人从如城墙般高的石砌站台走下去，穿过花丛，走进停着的圆鼻子的长途汽车。塔娜的同学赵斯琴、吴明艳、玲玲弯腰采花朵，塔娜独自对着花笑。我知道她在对着花大姐笑，心里一定想把橙色的、红色的、黑色的如瓷器一般光洁的瓢虫装满两只红双喜牌火柴盒。

瓢虫既可以慢吞吞地爬行又可以嗡地飞到空中，却不见人们观念中的翅膀，此为可喜者一。它把它精致的身体全部塞进美丽的圆壳里，比我们往旅行箱里塞衣服还要利索。人所看到的只是一个壳，见不到它的面孔、羽毛以及螳螂式的刀枪，它是温和的种群，此乃可喜者二。瓢虫无毒，瓢虫可以飞进人的鼻孔里但不干此事，此为可喜者之三、之四。瓢虫从天竺葵的叶子上爬过，不会发出沙沙的声响。我翻过瓢虫看它的内容，它平坦的腹部只有六足。我把两只瓢虫扣在一起，像给盒子盖一个盖，看上去真像一个珍宝。但瓢虫各自离去，不想当假冒的珍宝。

瓢虫的壳比人类的衣服还有用，其色彩斑点有美术与迷惑天敌的功能。这个壳保护它的身体，又是它的翅膀。壳挨着脖子根的地方有折页，打开与关上一点不费事。总之它是个利索人儿，也是温和安静多功能的人儿。

每当我家里的窗台或墙壁上出现了瓢虫，我觉得离大自然又进了一步，好像住进了林场，或者住在离长途汽车站不远的地方。小虫和植物是生存的共同体，花朵和树一定喜欢这个小小的、无害的、又有美术特色的小虫，让它跟自己生活，人却不能。

上帝的伏兵

有一只粉色的小虫子在空中旋转,好像它是一只小虾,在空气的水里下沉。这是我在桑园练拳时看到的。但我知道,谁也不能摆脱地心引力,包括虫子,它的头部或尾部必有一根丝悬着。

我俯身,看它舞蹈。此物也是壮士,从口里或腹内泌出绳索,且出且下,转着圈儿,不惧脚下深渊,也不怕这丝半道不够用。但我还是看不清那根丝,近视。

雨后的太阳迸然而出,像把云彩的棉絮挣破了。阳光洒过来,照见虫子上方一根银丝,闪亮。

我把树枝小心抬起,看丝缚在哪里。却见:这个宽如老鹰翅膀的树枝下面,悬藏着密密麻麻的雨滴。我惊讶了,这些雨滴向我闪烁千百只眼,而且圆圆的要坠下去,警告我松开手。是的,我发现了造物的机密,便战战兢兢松开手,仿佛掉下一滴水都是我的罪过。

它们是上帝的伏兵,正在监视那只粉红的小虫往地面降落。

虫鸟记

无事的时候,在桑园里看到蚂蚁、雀和毛虫,有一种见到亲戚朋友的感觉。蚂蚁最忙,分秒东奔西走,看着心怜,我帮也帮不上它什么忙。想过从家里带点饼干渣子给它们,老忘。蚂蚁知道此事肯定不满意。那天看电视,知道蚂蚁本事大到让人吃惊,会放养家畜,古人谓之为"牧"。把家畜即大毛毛虫放到树上,蚂蚁兵分两列,毛虫委曲其中,阵式俨然,很严肃。毛虫吃了一天树叶,蚂蚁吃它晚上分泌的浆。你一想,这是高科技的事情,蚂蚁让人敬重。我在桑园坐着,对蚂蚁说,你们的事上电视了,蚂蚁照样埋首忙碌,所谓宠辱不惊。人要是上一回电视,不一定乐啥样呢。蚂蚁的事迹也说明,动物、昆虫的能力不一定比人类差,以后咱们应该更加谦虚一些。

再说鸟雀。我不通鸟经,见着红鸟便叫红鸟,记不住名儿。也听说过鹩哥、靛颏、画眉这些名儿,对不上号。就像日前某人拉着我手,说,哎呀,早听说你啦,对不上号。我不喜欢笼子里的鸟,憋屈，笼子再好（清末旧王孙的鸟笼精美到奢侈，如紫藤鸟杠）也是给鸟造监狱。你说听它唱歌，它再能唱（吾乡谓之"哨"）也没人家歌剧院的人唱得好。买点CD不结了吗？真正热爱歌唱艺术的国度，如西班牙、意大利，街里没拎鸟笼子的人。所以玩鸟是奴役心理，官小，奴役不着人，奴役鸟。因此说你看玩鸟人的表情，那个样，是不是？我最喜欢鸟从天空飞过。唰，一道弧线。啥呀？鸟。鸟就这么神奇。因而人们把鸟当成自由的代名词。蹲监狱的人也最仰慕鸟。世上有许多好东西，美女、金钱等，都不能唰地从你头顶掠过，且唱着歌。鸟在桑园里啄食，一蹦一跳，轻巧顾盼，并看一看我。当时我在练八段锦，寻思：放心，我不跟你抢草籽吃。说着，鸟蹦过来了，脊背是红的。我说，嗯，这鸟没准跟鲤鱼有点亲戚。说着，又出来一只。好看的玩意，一旦有两个，就让人高兴。双胞胎鸟投奔我来了，时有剥啄。我不练了，屏息站着。好像有人说，受动物亲近，说明你是好人。我这人其实不算太好，自己知道。但鸟在脚下钻裤而过，看得你脖子左转右转。挺高兴又挺紧张，鸟看得起咱们，知道咱们不是荼毒苍生的坏种，而是朴素的人。鸟像叩首似的左啄右叨，像地上布满了好吃的东西。我瞪眼看，也没啥呀，都是土。我这架势端不住了，一挪腿，鸟飞了。我心里说，明天此时还这儿见。估计它俩不能来，毕竟有语言隔阂。

　　鸟飞了之后，我接着练八段锦，舌下津液泉涌，卷舌吸气缓咽，体会道家所说"甜"字。发现地上有一毛虫柔软拱腰，黑红两色条纹。人要是披这么个大氅多么贵族。又想，这老兄若如马那么大，在街里蠕动可不得了。想起刚才养画眉那人说，画眉吃虫乃如过年。他手里拿个盒子，打开全是人工孵养的虫子。"没营养。"他说，"还得是自然界的虫子，真虫子。"这家伙，连虫子界都出假了。我抬眼看他找"真虫子"，并往这边走来。心说，毛虫你快爬吧，这么显眼。那人近了,我赶紧找草棍把它挑到树丛里。养画眉人问:"看着虫子没有?"我说:"没有啊。"他皱眉说:"现在的虫子太奸,找半天也找不到。"我说:"那是,傻虫子早让鸟吃了或被人踩死了。"心里对这位穿黑红格裘皮大氅的虫子说,这回我救了你一命,下辈子若你为人我为虫,你也想法救我,拜托。后来想,啥呀,就这么一挑,没准闪断人家的腰呢,真是。

蜜　蜂

蜜蜂丢了什么东西吗？它们匆匆忙忙，像寻找。

故事说，蜜蜂寻找着一封古代皇帝留下的信件，信上写着小蜜蜂怎样可以变成一只飞越大海的鸟儿，变成鱼或一头大象。

虽然大家认为当一个蜜蜂已经很好了，轻盈，而且芳香，但蜜蜂还是愿意变成更大的动物，跑来跑去或游来游去。

传说这封信藏在花朵里面，当然它很小，只有一滴水的十分之一左右，上面的字小得只有蜜蜂才能看得清。

蜜蜂们——我说的是所有的蜜蜂——找遍了天下花朵，找不到，就在空中嗡嗡地抱怨一番，接着飞向另一朵花。

每找过一朵花，蜜蜂做一个记号。但花朵实在太多了，它有时来不及做记号，所以，时常返工，把花蕊重新翻捡一遍，弄得到处都是花粉。

它们太累的时候，吐出蜜来。对蜜蜂来说，蜜就像一个日记本，记载着每一朵花的形状和颜色，包括花瓣的长短和花粉的味道。

有一天，一个蜜蜂老了。它的薄翅有许多地方已经残破，修补不好，飞不动了。它伏在槐树的枝上打瞌睡，看到许多年轻的蜜蜂飞来飞去，一时替它们惋惜。

它想告诉年轻的蜜蜂——当然这是善意的——不要再找那封信了，也许压根就没有这封信。但年轻的蜜蜂没时间停下来听老蜜蜂的劝告。也许就在听它劝告的时候，恰巧找到那封信了。

老蜜蜂想，找就找吧。如果不这么奔忙，蜜蜂会胖得像一只大白蚕，也不会留下这么多蜜。花朵为蜜蜂而开，把花的话语带给其他的花。这是一个造物主的秘密。

这个秘密包括，让蜜蜂永远相信可以找到那封信，然后变成更大的动物。

黑蜜蜂

黑蜜蜂无牵无挂，孤独地飞在山野的灌木上方。一只肚子细长的黑蜜蜂在岩石的壁画前飞旋，白音乌拉山上有许多壁画——古代人用手指头在石上画的图形符号。我觉得像是古埃及人来蒙古高原旅游画的。黑蜜蜂盯着壁画看，壁画上有一人牵着骆驼走的侧影，白颜料画在坚果色的黑石上。黑蜜蜂上下鉴赏，垂下肚子欲蜇白骆驼。古代骆驼你也蜇啊？我说它。黑蜜蜂抻直四片翅膀，像飞机那样飞走。

草原上有许多黑蜜蜂，长翅膀的那种大黑蚂蚁不算在内。盛夏时节，草地散发呛人的香味，仿佛每一株草与野花都发情了。它们呼喊，气味是它们的双脚，跑遍天涯找对象。花开到泛滥时节，人在草原上行走没法下脚，都是花，踩到哪朵也不好。花开成堆，分不清花瓣生在哪株花上。野蜂飞过来，如里姆斯基 - 科萨科夫在乐曲里描写的——嗡，嗡，不是鸣叫，传来小风扇的旋转声。黑蜜蜂比黄蜜蜂手脚笨，在花朵上盘桓的时间长。我俯身看，把头低到花的高度朝远方看——花海有多么辽阔，简直望不到边啊，这就是蜜蜂的视域。蒙古人不吃蜜，像他们不吃鱼，不吃马肉和狗肉，不吃植物的根一样。没有禁忌，他们只吃自己那一份，不泛吃。野蜜蜂的蜜够自己吃了，还可以给花吃一些。蜜蜂是花的使者，它们穿着大马裤的腿在花蕊里横趟，像赤脚踩葡萄的波尔多酿酒工人。晚上睡觉，蜜蜂的六足很香，它闻来闻去，沉醉睡去。蜜蜂是用脚吃饭的人，跟田径运动员和拉黄包车的人一样。

草原的晨风让女人的头巾向后飘扬，像漂在流水里。轧过青草的勒勒车，木轮子变为绿色。勒勒车高高的轮子兜着窄小的车厢，赶车的人躺在里面睡觉，凭驾车的老牛随便走，随便拉屎撒尿。黑蜜蜂落在赶车人的衣服上，用爪子搓他的衣领，随勒勒车去远行夏营地。月亮照白了夏营地的大河，河水反射颤颤的白光。半夜解手，河水白得更加耀眼，月亮像洋铁皮一样焊在水面。那时候，分不清星星和萤火虫有什么区别，除非萤火虫扑到脸上。星星在远处，到了远处，它躲到更远处。虫鸣在后半夜止歇，大地传来一缕籁音，仿佛是什么声的回声，却无源头。这也许是星星和星星对话的余音，传到地面已是多少光年之外的事啦，语言变化，根本听不懂。等咱们搞明白星星或外星人的话，他们传过来的声音又变了。

黑蜜蜂是昆虫界的高加索人，它们身手矫健，在山地谋生。高加索人的黑胡子、黑卷发活脱是山鹰的变种，黑眼睛里藏着另外一个世界的事情。他们彪悍地做一切事情，从擦皮靴到骑马，都像一只鹰。黑蜜蜂并非被人涂了墨汁，也不是蜜蜂界的非裔人，它们是黑蝴蝶的姻亲，蜜蜂里的山鹰。蜂子们，不必有黑黄相间的华丽肚子，不必以金色的绒毛装饰手足。孤单的黑蜜蜂不需要这些，它在山野里闲逛，酿的蜜是蜜里的黑钻石。

一位哈萨克阿肯唱道：

"黑蜜蜂落在我的袖子上,袖子绣了一朵花。
黑蜜蜂落在我的领子上,领子绣了一朵花。
黑蜜蜂落在我的手指上,手指留下一滴蜜。
我吮吸这一滴黑蜜,娶来了白白的姑娘。"

  晨光在草原的石头缝里寻找黑蜜蜂,人们在它睡觉的地方往往能找到白玉或墨玉。黑蜜蜂站在矢车菊上与风对峙。它金属般的鸣声来自银子的翅膀。图瓦人说,黑蜜蜂的翅膀纹络里写着梵文诗篇,和《江格尔》里唱的一样。

蜂 蜇

我得了类风湿关节炎之后，去敖汉旗林家地镇温泉治疗，当地人叫热水汤。那年我十七岁。人们最早发现这处温泉是在冬天。冰天雪地，这地方冒出的是白色蒸气。有风湿病的人奔着蒸气来到这里，用石头砌池子坐浴，当地人叫"坐汤"。汤在古汉语里的意思是热水，子曰："见善如见不及，见不善如探汤"，但没说多少度算汤。林家地的温泉超过一百摄氏度，红皮白皮鸡蛋放进泉水里一会儿就熟。

我每天下池泡我的类风湿，主治双手双脚红肿，身上其他地方没风湿也跟着泡。有钱人花一元在镶白瓷砖的池子泡，水湛蓝。没钱人花五角在黑水泥的池子泡，水如乌鸡汤。床钱另算。我下五角的池子，疗养院里看得见病成奇形怪状的患者，手脚强直、肌肉萎缩、行走艰难。所有的人都希望这据说含着氡气的温泉能治好他们的病。有人好了，有人没好并死了。我看到的最惨的病人小刘颌关节强直，不能说话，也不能进食。他后来饿死了，只有十六岁。小刘颌关节不能开合，说不出话，但能呵呵笑。我学小矮人行走，拼命逗他笑。他痛苦地说，别让他笑了。他的颌关节连笑都笑不了了，像长了锈的门折页。

看到他们的惨状，我十分恐惧。这或许就是我的未来——不能行走，进而不能翻身，不能笑。最后，双臂抱着蹉起的双腿，如关在瓮里的人。这是许多重症类风湿患者最后的样子。

我拼命锻炼身体，到山下的公路上跑步。第一天跑步，对面开过来一辆北京吉普，这是大官坐的车。车到我身边停下，下来一个微胖的大官，问我："你干啥呢？"我说："跑步锻炼身体。"大官说："你不是乌云高娃的儿子吗？咋上这儿跑步来了？"我说："我类风湿坐汤来了。"他说："可怜啊，上车吧。"我坐上吉普车。头一回坐，我以为吉普车在碎石路上的颠簸是故意设计的，属于享受的一部分。转眼间，车把我拉回了疗养院，大官说："下车吧，你要休息，别跑步。坐汤本来消耗体力，跑步不更消耗吗？"大官当时是敖汉旗委书记才吉尔乎，是我妈在林东老盟政府时的领导。之后我不跑步了，怕被大官看见说我不懂事。我改登山，还要下蹲、举石头等。但类风湿没见好也没见坏。这时候，有人告诉我，治类风湿最好的方法是让蜜蜂蜇关节，但一般人适应不了，太疼。

大凡小孩子都怕激将，那一句"一般人适应不了"让我生发自残的豪情。疗养院建在山上，周围有大片的野生苜蓿草还有椴树，常见南方放蜂人的蜂箱。

我来到苜蓿草地。蜜蜂在淡紫色的小花上忙碌，并不知我是来受刑的。一般人小时候都被蜜蜂蜇过一两次，于无意之间。而我要自蜇，这多少需要有一些勇气。我伸手想捏住蜜蜂们的薄翅，却犹豫，想起病友们蹒跚的步履，毅然捉住一只蜜蜂，把它弓起的肚子放在我红肿的中指上。蜂针蜇进肉里，中指更肿了，回不了弯。我看到自己的中指怎样迅速变成了一根胡萝卜。疼是疼，说钻心还不够。疼劲过去后，我再捉一只蜜蜂，蛰在我左手拇指的第二关节上。这一针厉害，拇指肿如红薯，比刚才那针疼多了。我心想蜂针的毒素难道不一样吗？看来不一样，刚蛰这针药效是双倍的。一般人被蜂蛰多在手指肚。这个部位没有关节缝疼。我往回走，边走边看手。这只左手整个肿了起来，红而亮，疼里含着一些麻。回到疗养院，这只手攥不成拳头了，端不起碗。我觉得不是我疼，是类风湿的毒素在疼。只不过我知道了它们是怎样一种疼法而已，想到这儿，十分欣慰。

之后，我每天去野地里自蛰。有一回把蜜蜂惹急了，蛰在我的前额上。蜜蜂在我的前额蛰的那个针算白蛰了，头骨硬，针没蛰进去，也没起包。慢慢地，我学会用左手提蜂，蛰右手五个指头的关节。总之我的十指被蛰了个遍。来自革命老区江西吉安的放蜂人见我必伸大拇指，他说他爷爷、他爹和他常年风餐露宿没得风湿病的原因就在于被蜂蛰过。而我，是他见到的第一个自蛰的人。蛰我的蜜蜂都死掉了，蜂针带出它的肠子。但放蜂人一点不心疼，他说蜜蜂多得很，随便蛰。交谈间，我们一同品尝了蜂蜜，还嚼了嚼蜂蜡。蜜蜂那时候归集体所有，放蜂人只挣工分，没损失。

我的类风湿慢慢好了，出院后插队到当铺地当知识青年，干再重的农活都无妨碍。蜂蛰对治疗类风湿关节炎是否有效，我拿不准。这只是久病乱投医的措施之一种。我觉得我的风湿病好转主要是吓的。

人看到自己的同类被某种疾病折磨得惨不忍睹时会产生两种效应。一种是被吓得免疫力低下，凭命运摆布；另一种是激发了免疫力，把命运的船头生生掰过来了，我可能属于后一种。

蝴蝶一如梦游人

　　会飞的生灵里，蝴蝶一如梦游人。它好像不知往哪儿飞，断断续续。鲍罗丁有一首曲子叫《我的生活》，听过，搞不清他的生活是什么样的，醉醺醺，有一点混乱，甜蜜忧伤各半，如蝴蝶。

　　蝴蝶蹁跹，像找丢失的东西。仔细看，它啥东西都没丢，触须、肚子和翅膀是它的全部家当。它飞，一跳一跳，像人跺脚。也许，它视陆地为海洋，怕浪花打湿衣袂。

　　蝴蝶有大梦，伏落灌木的时候，其实是在工作。梦里飞飞，直至被露水凉醒。诺瓦利斯说："如果在梦中梦见自己做梦，梦就快醒了。"它梦见城市的水泥地面长满卷心菜，楼顶冒出清泉，空气变好了。蝴蝶对空气很挑剔，它的肺太纤弱。蝴蝶梦到太阳跟月亮商量，替它值一个白班。月色昼夜相连，雾一般的蝴蝶弥漫城市上空，如玉色的落叶，却无声息。

　　人愿把蝴蝶想象为女性，正如可以把鸟类想象为男性。鸟儿笔管高飞，一如士兵。蝴蝶一生都在草地灌木中。蝴蝶假如不怯生，从敞开的窗飞进人类的家里，那么——

落在酣睡的孩子的额上，有如天使的祝福。

落书页，好像字句开出素白的花。

落碗边，仿佛里面装满泉水。

落鞋上，这双鞋好像刚刚走过鲜花的草地。

落于枕旁，人梦见青草像一片流水淹没大地。

蝴蝶落在墙上的竹笛上，笛孔屏息，曲牌在一厢排起了队：平沙落雁、阳关三叠、大起板、鹧鸪飞。

蝴蝶飞过人的房间，看人的床铺、厨房、牙刷和眼镜，缓缓飞出窗外，接着梦游。春天是做梦的季节，边飞边梦，蝴蝶就像年轻人。

蝴蝶的折痕

　　未经政府批准，我私下里把蝴蝶称为开关。开，蝴蝶的翅膀打开。关，翅膀合上。蝴蝶是生物界的奇迹之一。一条虫子，后半生长出了翅膀。虫子成了蝴蝶之后就变成国王陛下与王后陛下。像茶花一样的白蝴蝶落在红牡丹上，站不稳，晃上几晃，开开关关，使花看上去更红更娇艳。蝴蝶不是鸟，却可以飞来飞去。人看够了人，看够了牛马毛驴之后，看到轻盈的蝴蝶就会感到安逸。它们不怕人，不躲人，又不啄人眼睛。人常常忘记蝴蝶是昆虫，觉得它是信使与精灵。蝴蝶脑袋太小，脸更小，它不依赖脸吃饭，吃的是翅膀饭。人们还没看清蝴蝶面孔长什么样就已经喜欢上了它，不用再看脸长什么样了。只要蝴蝶胆怯地、试探地、如邮递员一般出现在花丛时，我们觉得空气些微颤动，春天被打开了开关，流出了青草和更多的花。蝴蝶富于表演性，那么弱不禁风却要飞起来，分明惹人怜爱。蝴蝶飞出每一寸似乎都会累得吐血，然后摔下来，然而它一直在飞。蝴蝶如女人一样没有方位感，它们似乎不知道自己要飞向哪里，东一下西一下，像找不到下脚的地方。最可怜见，它落下便关上翅膀，仿佛方便小孩子把它拈起来。蝴蝶，被拈起来你就完了，你知道吗？蝴蝶似乎是聋子，什么都听不见。

飞行的生物多携利器。如蜂刺、鸟爪，蝴蝶有什么？它们只有花纹与粉，没被麻雀吃掉已万幸，没被马蜂蜇死更万幸。不过，好像没听说哪一类生物吃蝴蝶，文艺类的虫鸟味道都不好。就肉而言，文艺与味道成反比。

蝴蝶开开，蝴蝶关关。蝴蝶掌管着春天的阀门。蝴蝶为每一朵花做示范动作，让花朵学着它们的样子开放。在伊犁，我看到一片黄花开在两山之间的河谷里。山上青松苍郁，背阴的地方还有雪，而黄花在河谷里浩荡奔流。我从远远的地方走过去，走到黄花前。黄花打开翅膀飞走了，露出它刚才覆盖过的小白花。往左右看，这一片河谷落满了黄蝴蝶。它们的翅膀开开关关，试图在微风中的花朵上站稳。哪儿来这么多蝴蝶呢？真让人目瞪口呆。

我恍惚觉得蝴蝶会发出歌声，只是没听到。蝴蝶飞过来，如在虚空蹈水，空气里有看不见的波浪涌过来，使蝴蝶一耸一耸穿行，怕湿了脚和袜子。蝴蝶的歌声细小呢喃，多半是歌词不熟。它的歌大致可以分成几类：一是花朵类，描述花蕊的细嫩与露水的清凉；二是灌木类，生硬的灌木是蝴蝶的崇山峻岭，刮破翅膀的事情经常发生；三是情歌，蝴蝶跟人相同的地方是爱唱情歌，不相同之处是几乎什么都不相同。蝴蝶的情歌连唱带舞。它似乎并没有意中人，又似乎眷恋一切。这是谈恋爱的基本要素，随时分手，随时结欢。

蝴蝶的情歌还没被科学家翻译出来。也许已经翻译出来，但内容露骨，科学家不好意思写出来。蝴蝶对所有生活的描述和期待都以一个夏天为界限，相当于人的一生。它们的歌声故而伤感，如西班牙的情歌。蝴蝶也因为悲伤而飞得很慢。蝴蝶飞着唱着，落在树枝上竟会死去，一碰掉在地上，翅膀再也关不上了。其他蝴蝶还在飞，翅膀越扇越用力，仿佛虚空里的浪头越来越汹涌，淹没了它们细弱的歌声。

蝴　蝶

没有什么生物比蝴蝶更了解空气。透明的空气在蝴蝶看来,像海浪一样,是浩浩荡荡的。于是你看到蝴小姐在飞翔中起伏、躲闪。我对一只空中的蝴蝶说,喏,好大的浪呀。蝴蝶像遇到知音一样,频频扇翅。

准确地说,蝴蝶之翩翩不能叫作"飞翔",它也没有鸟儿强劲的胸肌与骨骼,唯此,蝴蝶让人珍怜。虽然科学家提示出它的真相,蛹蛆之类,煞风景。但我们相信它只是蝴蝶。蝴蝶使人间有了一些天堂的意思,特别是在有草坪和鲜花的人间。它飞得不快,透露眷恋,仿佛一切无不美好。对人的视网膜而言,蝴蝶之扑翼刚刚好,使人们能凝视看清它。而鸟儿像箭一样掠过,使人茫然。

我在桑园里发现了一只蝴蝶,橘红之翼,镶着黑边儿。因为是秋天,它已经不躲闪了,落在槿树的叶子上。我走近树,蝴蝶把双翼小心合拢,仿佛是为了让我捉。我把手缩回,更不好意思把它们用大头针钉到墙上,尽管它是一条蛆,但它有更多的神性。我低头看这只蝴蝶,双翼上的粉隐隐闪着光,但它并不看我,我的确没什么可看的,也不会飞。我庆幸这时没有小孩从这条小路走过,蝴蝶可以多喘息一些时刻。孩子们固然可爱,但多数孩子天性中有虐杀的因子。他们如果在路上发现一个昆虫,会抢着把它踩死,然后扬长而去,或者把线勒在蜻蜓的脖子上,拎着走。

列那尔说,蝴蝶是"对折的,找不到投递地址的雪白的信函"。蝴蝶送信已经送了整整一个夏天,在花朵或黑松的针叶上,把这些"信"打开,可惜没有人认真读过。

蚂　蚁

它在人类看来是最小且最忙碌的生灵，是人类能看到的生活最无意义的生物体。人类对蚁类的轻蔑见诸语言则如蚁族，命贱如蚁。

而蚂蚁仍然在忙碌，我看它们是最有喜剧感的昆虫。两头大、中间小，有哑铃式的细腰。蚂蚁终日在地上爬，仿佛叩谢什么，祭拜什么。它忙来忙去，谁也看不到它吃什么，却活着。人经过百般进化，变为五十至八十公斤，一米五至一米八的生物体。他们对其他生物的恐惧首先是从体积开始的。虎的体重一百五十至二百公斤，又有斑斓皮毛，其可怕自不用提。狼体重三十公斤，以食肉为生也可怕。动物的体积小到老鼠、麻雀以下，方可解除人类对异己的恐惧感，因此看得见人类追打老鼠、麻雀。小于鼠雀的生物如昆虫，人之杀戮更是不在话下。儿童——他们承载着最多的人类原始本能，见到虫子，见一个踩死一个。一半是厌恶，一半是快感。人对自己瞬间灭杀另一个生命有莫名的成就感，特别是他们看到一个蠕动的昆虫化成了一摊水。昆虫倘若有害，人类反而敬畏，马蜂体积不大，但人人见而避之。

　　蚂蚁的身长短到不及人类指甲的长度，体重到不了一克，因此常被人类踩死。人类把大脚踩到蚂蚁窝上，一脚踩死几十个蚂蚁也无困难，这是一些人自豪的理由。既然踩不死一窝虎崽，踩死一窝蚂蚁也可证明能力。虽如此，蚁类实为人类最贴近的写照，蚂蚁的生活比狼类、羊类、猫类更像人的生活。它们终日在泥土里忙碌，农民不正是这样吗？蚂蚁忙东忙西，但似乎不知自己在忙什么。常常站下来想想，再接着忙。蚂蚁在停下想完之后也没改变自己的生活方式，没去飞翔，没下河游泳，没上花朵采蜜。蚂蚁不管停下来多少次，想多长时间，最终还要按本能的指令在土里奔跑觅食。蚂蚁忙到了没时间思考自己为什么是蚂蚁，因为它们忙不过来。

　　按生物学的解释，蚂蚁不具备思考的器官，上帝没给它们安装这个软件。它们只知道执行，接受指令的方式是同伴传达的生物信息。这些信息以化学气味组成。蚂蚁接受信息之后便着手执行。它们没安装不执行指令、删除指令的软件，也没安装自私自利的软件，只知道执行。蚂蚁不思考生命之长短、伙食之优劣，没这个软件。它们终日奔跑也不为减肥（蚂蚁的腰够细了，不能再细了）。蚂蚁甚至跑不成一条直线。我一直希望看到一只蚂蚁沿一条直线爬行，爬到一个它从来没去过的地方，错了。蚂蚁群居且穴居，沿直线或曲线误入其他蚂蚁的领地就踏入了不归路，蚁蚁见而诛之。蚂蚁在看似一无所有的大地上设计了化学信息的国界和围墙，翻墙者杀无赦。蚂蚁不靠大脑（无脑，更谈不上大）而由化学气息决定它怎么活，化学气息已画好死亡的边际。蚂蚁跑跑停停之停，是在整理一下安装在口腔里的化学气息接收器，看它灵不灵，按太阳照射的夹角确定一下自己的位置，接着跑。在其他蚂蚁面前，一只蚂蚁如不显露跑姿，如慢条斯理地踱步，如晒太阳，如躺在石头上睡觉，如嬉戏曲，如研究与己无关的草和叶子，就离死不远了。蚁类个个是劳动力，个个也是行刑队员。

　　人只看到蚂蚁的渺小，而未理会它造型的恐怖。上帝没把蚂蚁体积制定到牛羊那么大完全出于仁慈。蚂蚁如果像羊那么大是十分吓人的，它的六只爪子完全是凶器，只有机器人可与之抗衡。它的头颅看上去没有一点理性与表情。就脸而言，昆虫的所谓"脸"都让人难以理喻。牛羊这一类脊椎动物的脸能让人看出一些表情，而外骨骼的昆虫根本没表情。虾是什么表情？蜜蜂是什么表情？它们的表情能吓死你。按人的标准看，蚂蚁缺了许多软件，最缺的是那个叫"我"的软件。它们无我，"无智亦无得"。它们忙，但不知谁在忙。它们凶恶，但其他物种都比它大，它们搞不死比它们大太多的异类。它们奔跑，建设那个谁也不明底细的庞大的王国。

蚯 蚓

蚯蚓多么温和，一生待在土里蠕动。它一辈子走过的路程也超不过一百米，大地是蚯蚓的家。土，说起来是坚硬的东西，用铁锹挖一锹土，土上带着切痕。但蚯蚓能在土里行走，这又算一个柔软胜刚强的例子。有人说蚯蚓食土为生，如果这样就太好了，它永远不愁吃的东西。土虽多，蚯蚓却不见长胖，它懂得节制。或者，土吃起来很慢，蚯蚓沙沙地咀嚼，一天吃不了多少就饱了。

蚯蚓身体粉红，跟人的肉色接近。它的身体干净。这样的身体表明土地原本不脏，即使吃土也可以长出人肉的颜色。而人需要吃粮食和肉才长出人色。光吃菜，人脸偏绿，人身上的血红细胞减少，转为血绿细胞，接近于螳螂的气色。二十世纪六十年代初，满街都是这种颜色的人，走路东倒西歪。

我见到蚯蚓先想到蛇。蚯蚓跟蛇有多少亲缘关系？它们相似但蚯蚓比蛇少一层皮。蛇皮，中药称蛇蜕。它是蛇的盔甲，而蚯蚓没有。上帝为什么不让蚯蚓长一层甲虫的甲呢？蚯蚓一定在什么地方得罪了上帝。它藏在地里不出头也可能是怕被上帝发现。上帝惩罚谁，一般用两种方法，一是让它基因缺陷，二是让它干一些自不量力的事。然而基因有缺陷的生物大都本分，譬如羊不想吃狼肉并且远离狼。人的神经系统不敌毒品，这是基因缺陷，但有人尝试吸毒挡都挡不住。

蚯蚓没见过蛇，蛇只是一个传说。蚯蚓觉得下辈子变成蛇也不迟。这辈子做一个安分守己的蚯蚓已经够好。它的天敌，比如鹰或鸡轻易吃不到蚯蚓。泥土的堡垒让蚯蚓十分安全，而蚯蚓也没想出去抓鸡或吃人。蚯蚓吃土的口感好像吃饼干，沙沙响。蚯蚓觅食无须像牛羊那样翻过一个又一个山坡，它抬头就有吃的，食品同时是被子、褥子，还是房子和床，总称土。蚯蚓喜欢土地的黑暗，静谧安详。土用臂膀护住蚯蚓，因为它没盔甲。蚯蚓偶尔也到地面上走一走，它觉得没什么意思，一来阳光晃眼，二来道路不平。蚯蚓在地面辗转不安，不如回到土里舒服。蚯蚓学不会蛇的灵巧。蛇哆嗦一下钻进草丛，再哆嗦一下钻进石缝。蚯蚓觉得蛇如果不吃药根本做不出这样的动作，这类似于麻痹震颤症。

有人听过蚯蚓的歌声，在雨后。说蚯蚓的歌声细弱如丝，像吹一片树叶子。蚯蚓唱歌做什么？雨浇湿了泥土，也浇湿了蚯蚓的身体。它听到沙沙的声响并非口腔咀嚼而来自雨，不禁惊呆，仿佛雨在吃土。每一片草叶都对雨滴做出回音，蚯蚓终于在沉默的大地上听到了歌声，随之合唱。

不知道蚯蚓怎样在泥土里寻找自己的同伴。它生来孤独，如果有一天听到隔壁泥土松动，那一定是客人来访。两只蚯蚓缠到一起拥抱，有说不完的话，话题是土。蚯蚓想不出离开土还能说什么话。除了土，蚯蚓还谈到雨和庄稼的根须。蚯蚓在地下跟草和庄稼的根须握手，它们洁白的根须散发甜味。对蚯蚓来说，穿过这些根须相当于穿越森林。如果进入一片玉米地，蚯蚓毕其一生也走不出这片地下的森林。土里还有什么？蚯蚓见到最多的是蚂蚁。蚂蚁其实很凶恶，孤零零的爪子长在机器式的身躯上，头颅似乎没有一点理智。蚂蚁贪财，搬运一切东西。

蚯蚓走路离不开扭捏。其实它只会掘土，并没有学过走路。它不知学会走路有什么用处，蚯蚓哪儿也不想去。大地温暖安全，适合于一切爱睡眠的生物，其中有蚯蚓这样连皮都没有的，露出赤裸鲜肉的温和生物。

蜻 蜓

  它们是吹不破的肥皂泡,在低空飞行。在全世界,蜻蜓为儿童而生而死,唯有儿童才注意到世界上有一种翦翦而飞的漂亮生物叫蜻蜓。

  大多数生物的肚子只为装食物,而蜻蜓的肚子似乎是为了美,它的肚子如此细长多节,如此鲜艳,超越了果腹的功能而进入审美。

  儿童被蜻蜓的肚子所吸引,儿童们说的蓝蜻蜓、绿蜻蜓、红蜻蜓说的都是蜻蜓的肚子。它的肚子如火柴棍一样细、一样长;如果装食物,装的也是一些甘露,无须蛋白质和脂肪。

  蜻蜓与蜜蜂、蝴蝶一样,是夏季的绣工。蜻蜓在草地上摇摇晃晃,草地上亮起一片丝线,如水面的反光。与鸟翅相比,蜻蜓的四片(比鸟多两片)翅膀过于梦幻,好像不是用来飞,而是工艺品。蜻蜓的翅膀如同做了脱水处理的透明树叶,放在书本上,能够透过它的翅膀看清书上的字。黄昏时分,蜻蜓扇动翅膀,让远山再次降低。蜻蜓没有嗡嗡,不善酿蜜,不会蜇人;在人类眼里,它属于没用处亦没能耐的生物。蜻蜓到底在做什么呢？人看到蜻蜓忙碌，会发出这样的疑问。除非，它出人意料地酿出一滴蜜，蓝蜜、黄蜜或红蜜。人的思绪是围绕人的利益而结构的。他们想不通，蜻蜓活着只不过活着。不再干点啥吗？然而大部分人活着也只不过是活着，也未酿蜜，更不会飞。

小时候，我见到蜻蜓款款飞行，为之惊讶，想到大地上一定安住着神，否则怎么会有蜻蜓与蝴蝶翻飞？当我彻底弄明白蜻蜓并不是蝴蝶的变种时，我感到世界的丰富性永远无法被世人理解。蜻蜓与蝴蝶仅仅是两种可以放在一起比较的昆虫，它们在相近中又有鲜明的差异。在森林里，岩石中不知有怎样的多样性与多变性。而人所受的教育大多着眼于功与用，封闭了人的视野。人在蜻蜓的飞行中看不到美，因为没人告诉他们无用的东西也有美。纪录片《舌尖上的中国》在电视上播出引发超乎寻常的关注，我觉得这近于恐怖。一个十几亿人口的民族如此嗜吃，他们全神贯注于有人教他们怎么吃动物和昆虫，这部片子得奖，人们以荣誉的口吻谈论"舌尖上的中国"，我替他们脸红。

厨师的食谱上还没发现蜻蜓，它空灵无肉。油炸的话，剩不下什么残骸。这真是好事，它可以在舌尖的中国的国土上懵懂飞行。雨后，蜻蜓翅膀的反光比玻璃更明亮。

有些生物天生是儿童的朋友，如蜻蜓、燕子、羊羔。另一些则成了敌人，如狼与狐狸。其实狼满冤枉的，如果没有动物园，狼与儿童终身也见不到面，何来敌人？狼的相貌凶残吗？它与人类的宠物——狗很相像。儿童文学为孩子从小树立了一个观念——敌人，好坏。借此，人类的仇恨能力开始滋生。蜻蜓是另一回事，它们的可笑无须儿童文学的培养，它们比儿童更弱小无害。蜻蜓的飞行高度可为儿童所触及，它们机械僵硬，它们好像没脑子，最重要的是它们漂亮。由于成了儿童的捕杀对象，在蜻蜓眼里，人类的儿童全是狼。每个儿童心里都有嗜杀的因子，儿童杀不到虎豹豺狼，就去杀昆虫。死在这班小刽子手里的无辜者是蚂蚁、蜻蜓、蝴蝶和蜜蜂。如果有能力，儿童会弄死一切生物。他们手里假若掌握原子弹按钮，早就发射许多次了。为追击树上一只乌鸦，他们也会动用原子弹，像放一枚爆竹。

　　有一次，我在新疆喀纳斯那边的禾木河边上看到了蜻蜓王国的集体活动。六月份，山顶背阴处积雪，地面黄色和红色的野花迎风怒放。我看到一群蜻蜓飞向河边，开始没想到这是蜻蜓群，它们如一片肥皂泡在空气里飘浮。走近看见蜻蜓的翅膀笔直排列，它们像侵略一个更加弱小的国家的飞机，机翼如一战时期那样。它们降落，如同融化在河水里，不再露头。而新的蜻蜓群又低空飞临，阵式严肃。我当时想太多的蜻蜓如果叮一个人可以叮死他。我如雕塑一样注视而不是打扰它们，流露岩石的表情。蜻蜓的翅膀折射炫目的光，十字形的光影遮挡了地上的花朵。蜻蜓无声地飞向河中央，也许是对岸。它们干什么？对岸比这里好吗？蜻蜓娇小的肚子在风中飘摇，如草棍或黄的蓝的花蕊。它们踩着看不见的空气的台阶，降落到清澈的、非常凉的禾木河水里。后来，它们也许冰镇而死，也许去了另一个地方。

蜻蜓折腰

小时候见两只蜻蜓一齐飞,未在意,以为一只累了,另一只背它飞;又猜想是哥哥驮着弟弟玩。前几日读《绘图儿童动物辞典》,图画阐释:甲蜻蜓用前爪控制乙蜻蜓的头,乙臣服,又将长肚子柔软后弯,触接甲尾。书上说,做爱啊。

它们做爱如此高难度,不能不使人(至少是我)产生仰慕之心。依愚见,后腰弯一百八十度,是功夫到家的体现。而做爱,显见又比杂技演员弯腰叼手绢更有意义,这是生产,非局限于艺术。况且此境并没有影响蜻蜓飞翔,属实"革命生产两不误"。

我幼时练武术,搞过弯腰活动,行话叫"下腰",这是练后手翻即"倒猫"的必要环节。双手上举,投降一般后仰。方法是反握一根旗杆,双掌寸寸下挪,哆里哆嗦撑地片刻,搞成赵州桥的样子。此刻,不光腰难受,天地在眼里颠倒亦不愉快。我个高腰硬,下腰多不成功。有时下去了,自己不能复原,由师兄弟用白蜡杆挑正当。

女子的腰好下,可能是"水做"的关系,弄个前桥后桥容易。

前桥是前手翻,一脚落地,腰成拱形,后脚甫至;后桥是向后翻。

　　人不如动物乃至昆虫的地方有很多。人倘若具备某项技艺,也是练出来的。而动物是"生而知之",乃"上智"。狗鼻可嗅百种味道,实在是比人更宜充美食家。人吃许多东西真是瞎了。猫在夜里善察,不知节省多少烛光,只可惜它不读书。我亲戚家的猫竟喜欢看电视,尤钟爱歌舞小品,真是怪哉。而蜻蜓的令人佩服之处大约只在折腰。想了想,又不佩服了,它是无脊椎类的昆虫。有脊椎而善折腰才是本事,虽然困难,但有意蕴。至于将此姿势引入性爱,属旁门,不提倡。

说　蚊

　　说到见闻，人多是远的清楚近的糊涂，知道别人的事多，了解自己的事少。例如，知道孔子近仁，不知人（及灵长类）何以睡午觉；知道秦始皇统一六国，不知胆固醇到底是干什么的。然而去学习，越学离想知道的东西就越远。

　　眼下近夏，又见蚊子。蚊子于我，是十分想知但始终无知之物，每年夏天都花费精力琢磨它。蚊子属卑下物，计划内没打算钻研，一旦被咬，耳边一嗡，甚至眼前一掠，无论在做什么，都放下"当下"拍打捉拿。说到认真，我看人打蚊子最为认真，聚精会神之至。我最近小住的地方工人多，用金受申的话说"劳动界的朋友"多。临晚，各家开窗亮灯，赤裸汉肃立壁前，眼盯墙而不转瞬。墙上并无文人碑帖与作战地图，找蚊子呢。这人双手在腰腹抓挠，由腰上的痒处找蚊子的落点，然后瞻仰。这里用"瞻仰"很恰当，"瞻"指"往前或上方看"，"仰"说脖子的角度。边瞻边仰，到脖子不可企及的角度，转身，从刚才目光的接头往另一方向寻找。但找蚊子并不容易，所找到的只是自身的小肿块。即使找到了蚊子，也打不着。蚊子就这样，使人气馁。

我到图书馆，至生物部——当时想借蚊子方面的科学书籍，心里酝酿了一下措辞。

问："有蚊子史吗？"

那位反问："配药啊？"

我废然而退，他故意听成"蚊子屎"，没办法。不如说"九十年代蚊蚋学流变概论"，我记得鲁迅曾将蚊子称蚊蚋。蚊子属昆虫，即生物类，不知有没有人高深于此道，所谓蚊学家。院士中不知有没有搞蚊学的——这个离我们太近、所知太少的领域。记得看过一篇文章，说苍蝇起飞角度为四十五度，蚊子三十一度。文章说，打蚊子要侧击而不可正拍。我认为这是宝贵的知识，人的一生不知有多少时间浪费在不正确的击蚊动作上。

齐白石画过蚊子，蚊下一蛙睽视。白石画虫，工中带写。蟋蟀、蜻蜓、纺织娘，无不传神。虫腿画得最好，有力，关节交代清楚。带翅膀的虫，白石画蜜蜂最好。他在生宣上用净水晕出湿圆，点淡墨，蜂的翅羽如闻其声。他这只蚊子画得不太像，介乎蜻蜓与蜜蜂之间。题款说，此乃第一次画蚊，又说"万物富于胸中"。白石老人作画从不避俗，菜刀、算盘都画过。

去年，沈阳电视台播一条新闻，大东区一下水道的窟窿眼里窜出蚊子，冒烟似的，一尺多高，不绝如缕。出来冻死了，地面落厚厚一层。电视台记者请专家讲说。专家很严肃，双手攥在西服下摆处，扶一扶眼镜，说："蚊子遇冷空气后造成死亡现象。"现象在地上摆着呢，不用说。记者问："蚊子为什么要钻出来？"作为观众，我还想问：这个下水道为什么藏着这么多蚊子呢？专家说："这是由于一种特殊的原因。"记者问："什么原因？"专家扶一扶眼镜，说：

"科学还解释不了。"他说的科学不是空气动力学或妇科学,而是蚊学——其蚊学还不到家。如果人像喜欢蛐蛐一样喜欢蚊子,肯定说明得很顺达。

前天出版的英国杂志《自然》(02/05/20)刊登文章,说科学家通过修改蚊子的基因,使其不传播疟原虫。目前,世界每年有二百七十万人死于疟疾,多数由蚊子传播。俄亥俄州洛雷纳领导的研究小组(大蚊学家)培育的蚊子携带缩氨酸基因,它阻止了疟原虫孢子体从蚊子的消化道进入唾液腺,无法转移到人体。这种基因被注入"生殖体系",可以通过繁殖传给后代。就这样,新蚊子——也可说善蚊子——诞生于凯斯·西保留地大学的研究室。我想发 e‒mail 给洛教授,凑一下科学的热闹,修改蚊子基因时,请考虑我的两个建议:一是修改一下它们的唾液腺,除去使人发痒的化学成分;二是改变蚊翅的扇动频率,不要搞大轰大嗡,或者,干脆把蚊子修改成蜻蜓,款款低飞,或蓝或绿,小荷才露尖尖角,早有彩蚊立上头。

蚊学虽不可得,但年年与蚊度夏,没办法,其超然、诡诈为一般生物所不及。我印象中可悲的是钻入帐中的蚊子,恣意饮血,虽然占了大便宜——吸一肚子血,却飞都飞不动了。及晓,被人捉住打死无疑。我就打死过好几个。说到此,想起占大便宜的人,恣意虽恣意,能逃得出帐吗?如胡长清、慕绥新。这么写,觉得像杂文了,杂文就杂文吧。

剿蚊记

不仅鲁迅先生憎蚊，厌其一边吸血一边锐声议论。我们这些微末的人也一律对蚊子怒目。我恨蚊子并不是心疼自己的血，吾血如涌泉，蚊蚋吸一夏天尚不及在医院化验抽的一针管多。关键是痒，吾乡叫"刺挠"。古人说"痛可忍，痒不可忍"。不忍，就挠蚊子叮的大包；少顷，痒已转痛。蚊子用心多么险恶。夜晚最宝贵的事情是睡觉，上帝创世时分出昼夜，就有这个心思。上帝都让人睡觉，蚊子却不让。你不失眠，但它失眠。我最气愤的时候，恨不能拎着蚊子的腿放在铁砧上，将十八磅大锤高举过头，砸！对每个蚊子我均想如此——砸死，累点不要紧。我想过，在动物界（蚊子属昆虫，也算大动物范畴，如同大文化范畴），凶猛者虎豹，丑恶者熊黑，奇臭者黄鼠狼，都没有妨碍别人休息。蚊子太不叫玩意儿。明年高考的作文试题应为"我恨蚊子"。

夏夜，吾与妻并排于榻上，想谈点理想人生什么的，蚊子来了。嗡——其声骤远骤近。我媳妇"啪!"小手拍在自己的脸上。我问：

"打着没?"她回答:"嗯。"我在黑暗中窃想:那蚊子带一点血迹,连同长脚瘪卧于媳妇的脸上。吾妻平素何尝以掌自掴击?此刻不得已出此下策矣。过一会儿,蚊子复至,估计来为亡友报复,嗡——我揣摩它正与脸前耳畔作眼花缭乱之舞,没声了。我腾出手,照脸上"啪!",比我媳妇"啪"响亮得多,蚊声复起焉。没打着,我脸皮粗厚,搞不清蚊脚的起伏。一会儿,我媳妇又"啪!",我说:"你小点劲。"她说:"不行,小劲打不着。"吾妻精通运动力学,盖速度与力度成正比(太极拳的内功除外),出手迅捷,力量也就大了。就这样,我们在夏夜里令人痛心地修理自己。

当然我们有蚊帐与灭蚊灵。挂蚊帐使夏夜的闷热更闷。一次我半夜醒来,见月光浴于帐上,竟看呆了,今夕复何夕?后来才知道是蚊帐。况且睡时若以脚趾触蚊帐,帐外之蚊必咬得你缩脚,脚上之痒甚于脸上。蚊子咬人竟不择地,一次叮在吾女鲍尔金娜的眼皮上,越日有升旗式,她乃大队委员,要主持此事。校服书包披挂整齐后,吾女一目圆睁水灵,另一眼帘红肿下垂,这都是蚊子的孽迹。而灭蚊灵,我以为不可以轻用,"滋滋"喷完之后,不禁引颈深呼吸,蚊子当然也窒息了。这不算高明。

关键的问题在于打,主动消灭蚊子的有生力量。不要把打蚊子当成一项事业,而作为一种娱乐,身心并用,利国利民。蚊子活动的规律(书本上说)多在夜间,待"嗡嗡"之声响起来后,亮灯,目光炯炯扫视四壁,发现敌情,执苍蝇拍趋前。看啊,那蚊子轻巧的高脚蛰伏壁上。屏息挥拍重扣,"啪!"整死一个,我为什么说这是一种娱乐呢?打蚊子练眼力,又练判断力和身体的柔韧协调能力。比如,蚊子自以为聪明,常匿身暖气、字画、窗帘甚至东汉时期的广腹陶瓶后面。轰它们,在运动中消灭敌人。它们被迫起飞落在墙上,黑白分明,一拍即矣。有些更狡猾的蚊子落在电线和灯具上,以为人们怕触电或击落灯而不敢动它们，没那个。你踩着凳子向它们宣战，蚊子纷纷起焉。在半夜打蚊子的时候，不妨打开视野，不能因为蚊子咬你小腿就在小腿上打蚊子，要观察顶棚，它们往往在顶棚上窥视你。

　　一次，在纱窗上生擒一活蚊，属于探马之类，不禁欢喜。先用胶水粘住它，翻抽屉找放大镜仔细观察。蚊子原来也是漂亮之物，翅膀精巧，长脚轻捷，只是嘴的探针长了一些。我用指甲把"探针"掐去，观其颜面竟搞不清眉目在哪里。此蚊被我用打火机烧死了，虽然我不知道它咬没咬过我。几日前读佛偈，言"何苦杀生"。我心存不服，它们叮我痒我。佛说，蚊不曾杀你。那么，这种剿蚊的娱乐属于一种罪过了，阿弥陀佛。

苍　蝇

读《史记》能增添男人的悍气，很想蓄起秦人的一字胡，时不时按一下腰侧的佩刀。这感觉很壮烈，沈阳话叫"支棱"。

说着，屋里冒出一只苍蝇，其嗡嗡之声让人怀疑它安了一个发动机，或昆虫界的BP机。按说各不相扰，我不应倚仗自己块儿大而生杀机。但——我说过——刚读过《史记》，气大。拍案而起，执蝇拍取它首级，什么发动机不发动机。想起鲁迅为讥刺徐志摩而虚拟的神秘诗歌，如时下青春派散文，即"青春美文"，"……慈悲而残忍的金苍蝇，展开馥郁的安琪尔的黄翅。"该苍蝇喧嚣虽甚，却极尽眼花缭乱之能事，我根本摸不到它的线路图。非洲有一种鹿狂蝇，飞得比喷气机还快。有人用计时器测算，它一分钟飞过约二十千米。真是行行出状元。我上下扑打这只苍蝇，按说已应将它拍死十次了，但嗡嗡之声依旧。

我在无计可施之际，妙事发生了。

此物落在苍蝇拍上。

这不是骂我吗？它不是一般苍蝇，是苍蝇王，大智大勇。举例说，倘若它被推举为什么委员，我均膺服。

我用苍蝇拍端它到窗前，此虫歇了一小会儿，越窗而出，投入新生活，并不理会我的注目礼。

蛛网上的星辰

雨停之后，阳光从云层里钻出来，蛛网上钻石闪烁。我宁愿把这些雨滴看成是钻石，不然见不到这么大的钻石。女人手上戴一个戒指，依稀镶着米粒大小的石头，对你说：这是钻石。你连眯眼带聚焦也没看出上面还有光芒，钻太小。但人家说，钻石就这么小，大钻石被戴安娜戴走了。

过去，我妈有一颗钻石胸坠，比黄豆大点，切割三十二个面，拿手上稍动，钻石放射彩虹光，我以为神奇。那时候连我妈都有钻石，可见此物便宜，工农干部都买得起。资料说，"文革"初期，红卫兵在全国抄家收缴一百一十八万两黄金，可见民间有过一些财富，之后被剥夺了。后来，我妈的钻石消失了。我家虽然也经历过抄家，但它不一定是被造反派收走的，可能自己弄丢了，我妈则认为是我弄丢的。有可能，它太小，装衣兜里摔跤的时候就没了。

从小时候起，我开始喜欢有三十二个面的东西，稍动就射出光芒。但只有钻石如此，玉米面窝头和腌大萝卜怎么转都不闪光。煤块的面超过五十个，却无光。直到有一天我在桑园见到蛛网上的雨滴，心想钻石出现了。雨滴不转，我转脑袋，蛛网晶莹放光，真美。三十年前我写过一组诗，名叫《假如雨滴停留在空中》，想知道雨滴停留空中的景象。这么多年过去了，一直没看到。但这景象宇航员在太空舱就可以见得到——水滴抱成团，像傻子一样在空中晃来晃去，重力定律失效，所有东西全散了架，在空中随便飘。而在雨后，空中有雨滴的展览会，布展人是蜘蛛先生。水滴被蛛网收留，保持一个圆形，滴溜溜地闪光，四周草木葱茏。

每逢雨后，我都去公园里看蛛网上的钻石展。别人问我干什么，我不与之透露。不是怕他们看，雨滴看是看不坏的，我怕他们一巴掌打破这个网。网是蜘蛛的厨房和粮食，把它打烂，你得到什么好处呢？要想看大蛛网，就要到森林里。大网像锅盖，如八卦阵那样一个圈环一个圈，经纬联络。蜘蛛在自己结的网上漫步，如同走在星光大道上，一足抓一根丝，六足抓六根丝悠游，迈螃蟹步。我猜测螃蟹跟蜘蛛有点亲戚关系，只不过出了五服。螃蟹去海里发展，吃喝不愁。陆地的蜘蛛则要织网收小虫果腹。蜘蛛织网比渔民还早十万年。渔民网鱼和螃蟹，蜘蛛网虫。跟其他昆虫比，蜘蛛的谋生方法可归于智慧，前提是肚子里有丝。狼在跋涉中寻找食物，经常挨饿。蚊子无血不成席，每每有巨掌罩过来，"啪叽"。有人发明了电蚊拍，蚊子在电网上抽搐爆裂。死去的蚊子如果喝过人血，爆裂后会发出恶心的焦煳味。如果喝了低密度胆固醇偏高之人的血，味更难闻，油大。一次，我无意触到通电的电蚊拍，肚子万幸没爆裂，手忽抬二尺高，不知道的人看到会以为我在练武功。蜘蛛清白，没人"啪叽"它也没人电它。拿电蚊拍电蜘蛛就太过分了。蛛网是蛛之家，它在树叶里另有一个家，网是它的餐厅和广场。蜘蛛像一个风餐露宿的全真派道士，安我于灌木之巅兮，望我大树，树大招虫兮，喂我蜘蛛。太阳、月亮、星辰、露水，蛛网上一个都不少，都光顾到了，特别适合养生。我观察落在网上的小虫，一些绿颜色，没什么脂肪，一咬一包水。蜘蛛看日出、网白露，卧在这个高弹的蹦床上，比《离骚》对湘夫人起居的描述还舒服。下过雨，网线有点滑，但蜘蛛出门从来都系安全带，肚子里好几捆。蜘蛛从网上滑落，马上有丝承接，比阿迪力安全。蜘蛛配得上一个"蜘"字，是昆虫里面的大知识分子，相当于院士。它会结网、会养生、会走高空钢丝自备安全带，牛大了。前两天，有人在食堂告诉我，材料科学将是电子信息科学之后更伟大的一次革命。他说，蛛丝的坚韧性、弹性和轻质，胜过人所能制造的所有绳索，是最优质的材料。但蛛丝之谜还没被破解，不能仿制，其科技含量远胜马迹。

在虫鸟之间重温大师语录

我在千山住过一夜。傍晚,从旅舍出来,准备穿越公路去对面的庄稼地。玉米秀出流苏般暗红与白金色的须子。那里响起昆虫的大合唱。母鸡在地边埋头啄食,公鸡警惕地眺望四周的治安状况。

然而公路上车多,准确地说是车速太快,没有横道线,只好等。这时,屋舍的人字形尖顶反射夕照,空气中传来仿佛只在夜里才有的露水的气息。我无意间低头,看一只小虫已经从马路对面爬了过来,就像踩在上帝的脚上。小虫一寸长,栗子色,蓬张金红的须毛。

小虫太勇敢了,无视卡车、出租车和农用四轮车的飞驰。一只白色的小狗,刚刚被桑塔纳撞伤。小虫爬得很慢,显出优雅。它怎么能从车来车往的公路上爬过而毫发无伤呢?我甚至想把"庄严""大义凛然"这些词献给它。

我想起福克纳说:"我对我们的评价是以我们做不可能之事所获得的辉煌的失败为基础的。要永远梦想,永远定出比你所知你的能力更高的目标。"(《创作源泉与作家的生命》)福克纳认为,人生的底牌就在"不可能"三字上,人所做的一切都在挑战不可能,包括一次又一次的失败。小虫如同千山版的小福克纳,我按照军委最近颁布的新共同条令向它致帽檐礼,小虫还我行进礼。

我遇到的第二件趣事跟麻雀有关。我家后面的废园里面野草疯长,有一株草(我惭愧于没有植物学知识,不知何草)直不愣登长了一米多高,旁叶无出,顶端有穗,如军乐队的指挥棒。一只麻雀俯冲落上去,草低头,就在麻雀要掉下去的时候,它飞开,再俯冲。我以为其乐趣超过荡秋千。隔一会儿,麻雀找来一只伴侣,它俩对冲落草,两力相抵,草竟不晃。于是两只麻雀快乐地大叫,重新玩这个游戏。如果两只麻雀落在草上的时间不一致,草弯腰,而其中一只麻雀会扑空,再开始。当它们稳稳地共居一草时,便大叫,炫耀胜利。

没想到麻雀竟会搞游戏,我以为它和老鼠一样,只为生存奔忙。麻雀不仅游戏,而且幽默,有搞笑态度。过去我小看麻雀了。它不仅懂得生存,还懂得"生活不过是游戏,艺术也不过是游戏,虽然是高尚的游戏。我们生活在一个喧杂的时代,要想逃避它,只有一条出路,那就是做梦。我们在梦中见到这个坚不可摧、玄秘深奥和清晰可见的世界"(博尔赫斯《文学只不过是游戏》)。这段话我刚刚读到,但废园的两只麻雀估计早读过了,且实践之。

福克纳和博尔赫斯提到了梦想、游戏、可能与辉煌的失败。我读过似懂非懂,以为翻译得不对劲。而小虫和麻雀以简单的行为告诉我,没啥不对劲,如泰戈尔访问日本时在演讲中所说:"在真理中发现美,在美中发现真理。"

白蝴蝶的波浪

二〇一三年六月二十四日上午,我们在呼伦贝尔草原的根河市坐车游历。下午两点半,所乘面包车由金河林场前往阿龙山鄂温克人驯鹿点,路上遭遇蝴蝶袭击。车行一路,雪片翩跹。

这一段路的路面不宽,只容两车交错而过。路旁长满白桦树和山杨树,树下青草及膝,在草上跺一跺脚就有水渗出来。车从开阔的草原地带开过来,经过激流河的一座大桥,走入这段夹林公路。这时,车窗两边腾起白蝴蝶的波浪,像爆炸一样。我们注视面包车的前窗,从司机的背影朝前方看过去,玻璃前方是白花花的蝴蝶。显然蝴蝶被惊扰了,它们原来伏在路面和路边的草里,被车轮惊醒,腾飞到半空,撞在车身上。我们认为这可能是一瞬间发生的事,只是个偶然,以为再也看不到此景并准备回忆。但事实向我们证明,这不是几百个蝴蝶的瞬间爆炸。一路上——此路长达八十多公里,有无数蝴蝶被车轮惊醒、飞撞,如同满天的雪片。"雪片"一词是说蝴蝶全是白蝴蝶,无一只黄蝶或红蝶。它们的数量如此之多,在车轮碾过的道路上，布满蝴蝶的遗骸。刚下过雨的道路的黑泥里，掺进了一多半白色。我知道这样说不浪漫，有人会联想起梁山伯与祝英台。但我说出这个奇遇，证明我的惊讶还没有消失。

世上有浪花一般层层叠叠的梁山伯与祝英台吗？如果有，天下痴情男女何其多也。当年，佛陀问弟子："世上的海水多，还是世人流下的眼泪多？"弟子答道："人于无数轮回中同父母、子女、手足、亲眷分离时流下的眼泪比海水更多。"佛陀曰："此谓无常。情何其浅，爱何其短。"那么，公路上有万千蝴蝶结对翻飞就不奇怪了。可是，它们在公路上做什么呢？

不消说，车上的乘客都在为此惊讶，拍照、停车观摩，然后车行驶，仍有那么多蝴蝶围着车旋转，撞在玻璃上，落入地面。车呼啸往前开，冲入无尽的蝴蝶阵，我感到司机是一个古怪的人，或者说他是没安装情感软件的机器人。他似无所见，虽然他眼前全是遮蔽了道路的蝴蝶。蝴蝶扇着翅惊恐乱飞，这些对司机一点影响都没有。我觉得车上会有很多人恨这司机，仿佛他老婆立刻跟他离婚才对，为着他的不浪漫。然而时间长了，我们也开始麻木，仿佛此车已化为木舟，在牛奶的海洋航行，蝴蝶只是乳汁溅起的浪花。再过一会儿，我甚至感到车的前窗和两侧的窗子变成了电脑显示屏，浮现蝴蝶飞飞的屏保画面。人正是这样麻木的，他们早忘了梁山伯与祝英台。车上惊呼的人越来越少，"哎哟，啊呀"这些惊叹语被沉默所代替。当大家都看见奇景的真实之后就无奇了，谁再继续喊"哎哟"就像无病呻吟。可是，面包车如此长久地惊起与碾压蝴蝶阵营也引发了人的不安，这时候，保持沉默而不喊"天哪！"似乎也不对。这一车麻木的屁股底下的橡胶车轮正压过蝴蝶的薄翅往前开，你们安之若素是正当的吗？经过这一路，所有的屁股都沾满了罪恶。这么说没错吧？可对于旅行者来说，他们又能怎么样呢？

车窗外的白色不光有蝴蝶,还有林梢的云彩,几乎每一片树林都戴着白云的冠冕。蓝天总是在游人的头顶蔚蓝,云朵从树林上方和山峰间迂回飘游。林子里的白桦树三五株结伴生长。"结伴"这个词说白桦像人一样悠游,它们像等待什么。每当我来到白桦树边,总想起这句话——它们在等待。它们靠着彼此的肩膀,有的树从其他树干身后探过身来,它们带有人的气味。白桦好像在往远方瞭望,像累了,像要过河。对我来说,来到它身边,除了伸手摸一摸树干,还应该拿什么东西送给它们才对。把一只银锁挂在它的枝上,拿一块蓝绸子包在树上都好,可是我没有。在所有的植物面前——无论青草与鲜花——我每一次都感觉自己是一个贫穷者,我的身体和身上的东西都比不上这些带露水的生灵。白桦树比其他植物更有灵性,它们好像是树林里的鹿群,温驯灵慧。

　　配得上白桦的是漫天飞舞的蝴蝶。蝴蝶不怪,白蝴蝶也不怪,但见到蝴蝶像流水一样袭来就有点怪了。这一种怪会激发人作诗的欲望。我看到蝴蝶在八十公里的路上翻飞,觉得世上有一种人名为诗人实在是得体,他们作诗更是理所当然。我作不出诗,我暗暗猜想诗人见到这一景象会作怎样的诗呢?想不出来,却想起雷蒙德·卡佛诗集《我们所有人》中的一句诗:"所有的诗歌都是情诗",对蝴蝶来说也是这样。它们的蛹在泥土里蛰伏了好多年,此刻化蝶交配,几小时内死去。此景被人看到,惊呼继而沉默。人们目睹了大自然的情诗。

飞灯笼

呼伦贝尔亮天早，五点钟就亮到了十点钟的程度，山川草原显露无遗。我开始跑步，唰、唰、唰，刚跑三步，见头顶集结一个三十厘米乘三十厘米的蚊子团，它们翻滚着叮我。快跑快跟，慢跑慢跟。过去我只被零星蚊子叮过，没见过大规模的蚊子团。我狂奔，蚊子跟随我一点不费事。你站下骂它，朝它吐唾沫都没用。要是有毒蛇唾沫就妥了，咱没有。

"往坡上跑"，一位牧民指导我。

我顺公路跑上一个高坡，坡上风呼呼的，妥，蚊子没了。小破蚊子那体格根本不抗吹。站在高岗往下望，草原宽广起伏，坑坑洼洼都长满了草，看哪儿都柔和。大河舍不得一下子流过草原，于是弯到不能再弯的程度，深深的河床露出泥土。我往坡下跑，刚跑又遇到蚊子团，不知道是不是刚才那个。这个事情很麻烦，就像有人在你的头顶拎个蚊子灯笼。我在地上拔了一棵大艾蒿，对这个灯笼劈下去。蚊团变成两段，马上复原成圆。艾蒿呼呼挥舞，蚊子好像没牺牲几个。我想起工人用的冒蓝光的电焊枪,一道光一片煳味。可惜没有。我挥舞艾蒿退回旅店,站在门口看,那个蚊子团在前方滚圆地转,不进屋。这里面有奥妙。它们为什么纠结成团?它们怎么传达指令?谁是头?它们飞得那么快,是怎样保持圆形呢?蚊子们多么团结,用艾蒿也抽不散,它们这么团结有什么用呢?

辑六

草

草

北地,当冻土显露黑色,微微有一些潮湿的时候,土仍然坚硬,而草芽已经钻出来了。人实在无法想象,柔软像纸一样的草,怎么能钻透泥土的封锁;无法想象水洗过一样新鲜的草,是怎样度过漫长的冬天的。

草在出生的时候,抱紧身体,宛如一根针,好像对土地恳求:我不会占太多的地方。而它出生的土地,总是黑黑的,这是它的产床。黑色总是令人感动,好像泪水盈满了土地的眼眶。草是绿色的火,在风和雨水里扩展,一丛一丛的,它们在不觉中连成一片。在草的生命辞典里,没有自杀、颓唐、孤独、清高这些词语,它们尽最大的努力活着,日日夜夜。长长的绿袖子密密麻麻地写着:生长。

青草出生的土地,散发着草的汗香。

惠特曼说,草"是一种统一的象形文字,它的意思乃是:在宽广的地方和狭窄的地方都一样发芽,在黑人和白人中都一样生长"。面对着草,能体会出谦卑的力量、贫贱的力量、民主的力量。这些观念像草一样，在静默中，分分秒秒都在生长。

"现在，它对于我，好像是坟墓中的未曾修剪的美丽的头发。"（惠特曼）我想起齐白石在晚年也说过：让我的坟头青草茂盛。这句话同样是一句诗。他们——这些洞悉人生的艺术大师，都穿越了生死之门，看到了草的生生不息。坟上青草，是生与死的美丽的结合。齐白石宁静地说出这句话的时候，仿佛看到了自己墓边的绿意绵绵，而把死已然忘记了。如惠特曼说的"这最小的幼芽显示出实际上并无所谓死，……生一出现，死就不复存在了"。

惠特曼的诗中无数次出现过草，而且他的"话语像草一样朴实"。在他的笔下，在密西西比、棉田黑奴、巴门诺克、精神、流动、气概这些汹涌的词汇中，有蓬勃的草叶长出来，缠绕着这些词，如同花环，散发芳香。

草言草语

对春天，阿斯汗说："草暴动了。"

我当即对他刮目相看，说："你说得挺好。咋想起'暴动'这个词了？"

阿斯汗显见没有批评家的诠释才华，说："你看，这不是，哪都是草，包围咱们了。"

"草包围咱们了，说得好。"我对敝外甥进行鼓励，说，"你呀，好好念书，长大……"

"咦？"阿斯汗从地下捡起一个瓶盖，大声说，"这是雪碧的盖。"

我的表扬连头还没开呢，不说也罢。对儿童，在许多情况下，赞扬都不如雪碧的盖更有价值。我们穿过火花路，再往前就是煤厂，顺墙根一直走，就直接上南山了。

到处都是草，草不择地而生。在人们看来是肮脏的墙角，草伸出干净的叶子。如果没有人的践踏，没有水泥和沥青路面的遮蔽，草会长满所有的土地，像练字的人不放过纸上的每一块空隙。草爱热闹，是群居的生物。它们相互拉扯着袖子与衣襟，挤满了土地。

草的突然出现，好像让人相信一个道理，什么道理？不一定能说清楚，大约是在我们看来无生气的大地上，始终流动着数不清的生命。在我看来，冰雪没有把草冻死是一件奇怪的事，也是让人感动的事。这里面的道理不是斗争，而是和谐。大自然是最为高明的精算师，在妥协和激进中让所有的生灵都有一个位置。

"草暴动了"，这是阿斯汗对春天的一种比较吓人的说法。看到草和树上懒洋洋的杏花，我觉得春天也暴动了。如果看到开河的江水，冰块汹涌而下，更能体会暴动的力量。

在春天，还有什么没暴动？昨天我甚至看到了一只蝴蝶，它像一位初愈的病人，在灌木丛中软弱地飞舞。

说来说去，是说人对春天不能无动于衷；面对着草——上天在一夜之间送来的如此众多的礼物，也不能无动于衷。想说却说不出阿斯汗那种别致的话——草暴动了。小孩真敢说。

南风里有青草的香味

黑黝黝的灌木丛冒出一层暗绿的芽苞,横竖都成行,像一封信,密密麻麻的字写在灌木的手心里。

叶苞攥在灌木的手心里,掰也掰不开,除非春天真的来临。

春天与人间的通信,字迹是绿色的。在柳树那里,枝条边写边蘸浮雾袅然的池水,不然,字迹绿得不深。

在这封信里也有插图——当苏醒过来的土地写信写得手腕已经酸了的时候,就随手涂画。

插图是树上的花。

杏树把花朵高高地举在头顶,这是对节令最沉挚的感激也是对天的膜拜。

天也许在春季才睁眼俯瞰下界,那么杏树赶紧举起花朵,一个春天也不敢放下。春天看到了杏花,就会如约而来,蜜蜂与蝴蝶都如约而来。

这时,人们相信,天和地都如此诚实。

当灌木写信的时候,春天会为此感动得流泪,泪水被风飘成雨丝,把灌木的信笺打湿了,字迹洇染之后,整个信都绿成一片。

因而春天始终没看清灌木的信,它安慰自己:明年还能看到。

蚂蚁认为是它把春天惊醒了——在蚂蚁纷沓的足迹下,草叶探出头来观看,一瞬间,草叶像森林一样围绕蚁穴。

风开始从南方吹来,把寒意赶回北地。而北地也有杏花的手势和河水的奔走声。南风吹在墙上,拐弯而走,扑在脸膛如流水拂过,脸庞和鼻孔里灌满了青草的香味。

风吹草动

五月上旬的一个星期天,我骑车去辽宁大学,去操场跑步,没按惯常路线走,转道从礼堂那边绕行。接近篮球场时,看到方形草坪上,草叶闪闪发光,马兰在树墙外悄悄开放蓝花。老校丁在剪树。

草坪的草是咱们说的进口品种,娇嫩翠绿如染织的地毯。而比地毯更高明之处在于草们在风的驱赶下做出的精致舞蹈。洋草修长柔韧,色泽是画家笔下才有的晶莹的浅绿,而草叶背面在绿中衬一抹银灰。透明的风在这里和草开展欢愉的游戏。有时草叶急急如"之"字蛇行;有时像波纹一圈圈荡开,仿佛投入了石子,或者如体育场上的观众臂膀相牵而此起彼伏的场面。面对这些美丽不知疲倦的草叶,你尽可以想象它们在骑马、哗变、演习八卦掌(团体项目)与诺曼底登陆。谁知"风吹草动"四字在此竟有如此生动的演示。这与我在草原和乡村看到的草景都不同。后者是民众,这边是草舞蹈团。我甚至想冒着挨骂的危险说:"还是外国的草好啊!"或"还是外国劳动人民的草好!"

此时是下午，天边摆满五月的白云。雨才歇，蝴蝶和蜜蜂都没有出来，楼角上的广播喇叭里传出学生播发的知识稿件——海洋资源远远多于陆地资源。与"草舞蹈团"隔一道树墙的是一排马兰，开着淡蓝的花。它们像一群蹑足而走的乡村姑娘，十七八岁，想引人注意又怕异样的目光。我忽地想起萧娴笔下的兰花，也是这样轻盈淡雅。此画是一本杂志的封底，二十年前糊在我家裂缝的门板上挡风。我为想起这幅画以及萧娴的名字而惊讶。在都市里，一个人被裹胁于车水马龙之间，偶尔脱身却见马兰花静姝一隅，你甚至不好意思自己东奔西走。我蹲下，专注于花草。老校工环臂持大铁剪"嗒嗒"开合，然后俯察，如理发师侧首找寻那头上的杂毛。我恍然，马兰花、老校工弯腰的姿态和草的舞蹈，是一幅让人屏息而视的画面。在平静的生活中，天地间会突然出现美不可言的胜境。我庆幸看到了它。

　　这时，老校工回头看我，汗里的盐使他的眼角眯着，表情似有不悦。一人站在另一劳动者身后无理由地观望，当然令人不悦。其实我想多看一会儿。老校工二度一瞥，我走了，美丽的草和马兰都是他的。日常景色在朴素的外表下会突然爆裂内里的美，明灿高扬。与之遭逢已经很难，而遭逢之后无法勾留则是另一种无奈。人们跋山涉水去拜谒天下名景，譬如泰山、峨眉，究竟有多少人看到了它真正摄人魂魄的美？美像闪电一样，不可能总是出现。它的出现，必有晨夕、明暗乃至风与雨的组合，像盛装的大师出现在舞台上。而多数人在泰山、峨眉所遇，仅是一场没有演出的空寂剧场而已。

　　有人说，一个女人最美的时刻，只在某年某月的几天，最多一个星期便寂落了。人们娶来的妻子，多数已经不包含这几天了。如同花朵在空谷里的绽放，它的美属于神，而非男人或女人。

青草寂静

早上，山坡上的青草刚刚醒来，张着晶莹的眼睛向四外瞭望。山下的小河拐弯流过去，好像故意不肯走一条直路，我外甥阿斯汗小时候，如果在路边发现一个坑，大喜，一定从坑上纵身跨越才称心如意，小河跟儿童差不多。早上的河水连一丝波纹也没有，白云在河心庄重地移动。河岸的青草纷纷探过头来观看云影。

在微风没有吹来之前，青草上的露珠是它们的眼睛。山坡上，常有鸟儿飞过来，像抢什么东西，不到一秒钟又飞走了。鸟儿落下时，翅膀向前兜拢，如放出降落伞增加阻力，像小扇子一样打开的翅羽精巧分明。

青草像站队，又像散开；像漫步，又像等待。看到青草，我想到的另一个词是寂静。没有河水流动，没有树叶喧哗，草的一生处于寂静中。或者说，没有哪一种生物像青草这样度过寂静的一生。它们出生不叫喊，死亡也不叫喊，在缄默中保管着青草的秘密。没有什么地方没有青草。在一个开窗又不住人的房间，地板的缝隙都会长出青草。楼顶上，隆隆驶着火车的铁轨的中间，都有青草的身影。草是最会串门的人。只可惜书页里长不出青草，我最喜欢的三部诗集——惠特曼《草叶集》、杜甫诗选、希梅内斯《小银和我》也没长出青草，这些诗集的每一页，实话说都应长出青草，开放戒指大小的鲜花，像豆芽那样从书页里钻出。

说到花，青草的花像青草一样朴素。把小黄花送到鼻子底下，闻到一股苦味。牵牛花不分瓣，它们的花不仅像喇叭，还像裙子穿倒了。或者说穿粉裙子、紫裙子的精灵一头栽进花里。

我在青海湖的山坡上见到一只山羊，兀自站立，被风掀起胡子。那时候，我觉得青草是它脚下的臣民，山羊仿佛领着无数青草跋涉至此，下一步的任务是领它们渡湖。山羊表情静穆，它如果想的不是渡湖的事，又有什么事值得它长时间思考呢？机关造公文的人爱说一个词叫"观点"，它在考虑什么观点呢？

青草让山坡的线条柔和，山的所有的坡度都被青草包裹的如在眼前。从山顶背后露出的云团像是从青草里冒出来的。而野花如奔跑。在我的记忆中，穿裙子的小女孩都喜欢奔跑，裙子上的花太漂亮，不跑腿不得劲。野花的花瓣在风中俯仰摇摆，像笑得直不起腰。而青草如山羊一样静穆地看着野花笑。天最热的中午，蚂蚱如触电一般蹦远。我研究过蚂蚱，它的后足比四只前足长十多倍，中间折叠。谁长这样的腿都没法走路，只能蹦。蚂蚱动作的突兀给人感觉它没脑子，细看它脑袋挺大，方型。这种脸型适合戴黑框眼镜。

葡萄牙诗人 Ramos Rosa，我译之为罗萨。他有诗云"我所认识的天使伫立在青草和寂静之中"。这个诗好，更有趣的是他说"我所认识的天使"，可见每个人认识的天使都不一样。

有钱人认识的天使在银行，官员认识的天使是大官。实话说，我没见过长翅膀从天空飞下的天使，以后也许会见到。但如果把天使这个词稍微泛化一些,天使太多了。我家房后有一家房子涂得五颜六色的托儿所。九点钟,刚会走路的幼儿出来做操,他们手拉着前面小朋友的衣襟,齐步走、向左转、神态宛然。我视为天使下凡。这些天使会跌跌撞撞,会摔倒哭鼻子马上又笑了,会太兴奋、太胆怯,会向栅栏外围观的人群投来哀怜的一瞥。我不止一次在心里感叹,在这里工作的阿姨们会青春永驻,会长生不老。单是摸摸这些孩子的小手,我心里就感到幸福。小鸟儿也是天使,从这个树杈飞到另一个树杈,距离虽不远,也并非人类所能企及。齐白石画的小鸡雏怒气冲冲地抢蚯蚓,也是天使所为。齐白石的晚年,心里住满了天使。天使说到底,就是美嘛。白石最爱美。他说"坏东西不能在我笔下活着"。他觉得他泄露了造化的秘密,既得意,又恐折寿。他说"故夺鬼神之工",喜欢被人称为夺山翁,又自称借山翁。山即天工鬼神造化,齐白石坚决相信"丹青胜天工"。他说"画荷,雨气从十指出",又说"大家作画,胸中先有所见之物,下笔有神。匠家作画,专事前人纸本,所画非所见"。如今的画家,有几个见过自己所画的东西?对照片画的都是少数,更多的人在对别人的画作摹写,画虎、山、松之类,得不到天工之助,心里也住不下天使。白石说,他观察鸡的时间比画鸡多百倍。

　　罗萨所认识的天使在青草与寂静之中。寂静中的大自然千变万化,每一个细节都不会重复。日本的临终关怀护士大津秀一记录了一千例患者的临终遗憾,述说自己一生没做并为之后悔的事情。包括没去过想去的地方旅行,没看到孩子结婚,做过对不起良心的事却没忏悔等。大津秀一归纳总结的事情一共二十五项,都在自己与人际关系范围,而没涉及大自然。我以为,没和大自然亲近是人生至为遗憾的事,相当于三分之一的生命虚度了。大自然有美,有爱,有和谐的秩序,还有罗曼斯·罗萨所说的天使。我过去在文章中引用过一句话,在这里再引用一下——爱大自然的人都是好人。

艾

艾的身上挂不住露珠，它的香气里包着远方的秘密。五月，山坡上的草全长齐了，高的矮的草都封了顶。艾像灰色的云，在绿草里环绕，它们有意站在了道边，等人采集。艾的归宿不在山野，它知道它会插在人家的门楣上。在五月或六月，艾斜插在门上，如朝远处走来的人招手。

门多好，门比草地好。房子的表情都在门上，这是一块平平的木头的脸，被日光晒成灰白色，在雨中是褐黑色。端午时节，艾草插在门的鬓边。

不用手指揉搓，艾草也有香气。书本称之为芳香型挥发油，书本讲话太没意思，不如直接说艾草有情，情意绵绵不断。然而所有的香气都是断断续续的，如同我们在日光灯下挥一下手的映像，手臂的影子也是断续叠加的。鼻子里的嗅觉神经捕捉到的气味如光一样，它也是波长。在古老的遗传基因里，气味是报警系统，生死攸关。先人们从空气中辨别天敌到来的信息，决定跑还是不跑。可惜人们今天丧失了这个能力,他们要到报纸上寻找敌人,当然这是经过他人煽动的。

草木的香气松弛人类的神经。香气不是波浪,不能像水一样覆盖人的全身。它是一条线,从鼻子直接走进心里。一颗颗香的微粒从线上走过来,如走钢丝一般,落在人的心里,在心里打坐。香味断续,断的时候,人动员神经去捕捉它,所幸它又续上了。然而歌声也是断续的,人耳听不出断,只听出颤而已。人在香气中启动了上古的记忆,他已经找到了香气的线索,它是广大的草木中的一种。但这个线索在视觉记忆中是盲区,因为形象不遗传。

艾有绒。在草里面,它是穿外套又带绒衣远行的旅人。陈放五年的艾绒变成了金黄的绒簇,它好像由草变成了绒布。这个时候,艾展示出它通灵的另一面——在火里铺开一条路,让灵魂袅袅上升。说艾有灵魂自然是一个借喻,否则怎么说呢?在火里,艾绒安详地眯着眼,飘出的轻烟如纱。艾绒的烟,说飘不如说分泌,它编织出一条一缕,蜘蛛吐丝,不过如此。艾的烟精致、舒缓。你看到杂草在火里冒的烟多么急躁,就知道艾在燃烧中这样优雅,实为道行。在火里,凡可燃烧者无不暴躁,因为这是火。艾绒边燃烧边思索什么,好像打了一个瞌睡。在艾绒眼里,生活是一层又一层的灰烬,烧透了,它就与躯体剥离。灰的意思是,它不再握紧什么。草握着叶子和秸秆,毛握着皮,皮握着肉,肉握着骨头,人一辈子握着"我"。人为"我"而尊而卑,打了一辈子工却不知为谁打工。

人把镜子里那个人的脸皮,反复无常的心念和姓名当成"我"。"我"躲在人心里指挥这个人做东做西,人为"我"的际遇恼怒欣喜。然而真的找"我"是找不到的,一找,他像跳蚤跳走,过一会儿又回来了,没皮没脸。一次,我翻看合影竟找不到"我"了,请别人找。别人指着"我"说:"这不是你吗?"我才算找到了"我"。

贤人王凤仪说，人之好命无非像灰一样，不执着，不顽固，顺乎自然顺乎风。灰乘着风势飞扬是福分，散落各处也是福分。对卑微的解读，草木灰是恰切的比喻。人难免高看自己，也高看人这个物种。其实不过尔尔，所谓血肉之躯遇到了火，还是灰。

烟有无数舞蹈。烟从诞生伊始即开展舞蹈生涯。它永远不急，急的是水，是风，而烟于静止中变化，于变化中静止。所说凝思、淡定、静默都可作烟的注脚。艾在它的绒里藏了多少火，又藏了多少烟？它的烟气如大理石的花纹，如树的枝条，如水纹，上升扩展。观望艾绒的烟，你如同看到舞蹈和武术，领悟前后可以转变，左右可以转变，里外可以转变。刚才的"有"马上化为"无"，而"无"中又有新"有"（这话好别扭，却不知怎样说才好）。人的思维觉得烟的变化一定要变出一个什么来，或者冒完烟之后会怎么样，即有一个结果。呵呵，没结果。烟不知去了何方。烟一定还是在的，在哪里却不知道了，而烟之外是一摊与烟毫无关系的艾灰。人执着于结果是教育造成的观念，大自然从无结果也毫无结果，只是变化而已。

艾沉思已久，关于中医或经络的事。经络是暗物质，人类看不到。艾早已把经络看得清楚分明。中脘、气海、关元，它们就在那里，营卫气血。艾走通了所有草木走不通的路，其谓经络。经是大道，络乃小街，像一个网，编在人的身体里。艾在人体的经络里环游，经络的迷宫比游乐园的迷宫更有趣，艾的脚步写着"到此一游"。

艾绒的烟飘走了，灰落地了，是谁去了经络，是热量吗？人洗热水澡热量更多，为什么不祛病呢？经络的门为针为灸而开，山上的艾草知道吗？人类知晓的事情草木不晓。草木知道的事，人类断然不知道。天地留了一手，屏蔽了人类的一部分知觉、视觉、嗅觉和听觉，人类觉醒了一点，隐约感到身边有一种看不见、听不到、闻不出、摸不来的东西，却不知它们是啥。

城里的荒草

我常常留意城里的荒草，管这些草叫流浪草或自由草亦未尝不可。它们两三株、四五株或一株长在你想象不到的任何地方，如楼顶。草需要多少株长在一起，取决于它们脚下占有多少泥土。

荒草长在居民楼墙根，长在车库的檐下，长在街道红的、灰的地砖的缝隙里，长在雨搭上面。广场水泥板的凹槽，如果被风刮进一些土，又下一点雨的话，就有草，当然是荒草，也叫野草。步行商业街游人稠密，人把街踩得溜平，但踩不死荒草。草从座椅下面、垃圾箱边上长出来。威严如政府的院子里也有野草，这种地方，流民进不来，荒草进得来。政府院子里栽着花钱买来的体制内草，像穿塑料制服的学生。体制草的任务是排队，碧绿和身高一致。有人给它们浇水施肥但没自由。跟这些尤物比，荒草太寒碜了，虽然也绿，但色泽暗淡，且衣袖太长，像卖唱的艺人伸出手来。但荒草有本事待在它们喜欢待的一切地方，尽享逍遥。我从食堂六楼往北看，看到一个神秘的院子，楼顶立着白底红字的牌子，一牌一字，写着

"政治可靠、严守纪律"等训令。院子里看不到人,楼顶长满了荒草,我替这些草高兴,就像替公安部院里的野猫高兴,没人打扰它们。该部到了午饭时分,特别在第一拨吃完饭的人走出饭堂后,野猫漫不经心地围拢来。这时,有人把从食堂带出的食物谦恭地放在猫前——鸡腿、牛肉或其他。野猫毫无感恩之心,低头嗅一嗅,吃或不吃,也不抬头看这些警察的官职。公安部院子大,草木茂密,还有一座受保护的王府,猫在此尽情飞蹿攀爬,打斗恋爱。也有人带猫粮放进树下的塑料碗里,野猫冬夏饿不着。

荒草比野猫幸福——这是我的看法。草不需要吃什么,自给自足。天下的生物,大凡需要张嘴吃什么就陷入被动,必用全身的力量去喂这张嘴。人或动物活得难,难就难在有嘴,因为嘴下面接着胃和肠子,是无底洞。谁不吃?不吃长牙干啥?荒草自给自足,不仰他人鼻息及一切事物鼻息。它的粮食来自阳光和一点点水。草用自己的衣服或者叫袖子就把饭做熟了。阳光普照万物,照在石头上,照在大楼上,地上有狗屎就照在狗屎上。阳光无偏私地照在大地每一寸地方,只有植物捧起阳光把它变成了饭,这个能耐是大能耐。上帝让草活,给予它这一套能耐。随你践踏,随你轻蔑,荒草不以为然,它有能耐还比人禁活。而且我们永远也不会知道它从阳光中合成的营养吃起来有多么甘美,如果不是,植物怎么会开出那么好看的花呢?人吃什么猪蹄子、鸭脖子,啥都吃而脸上什么花都开不出,吃花也开不了花。人跟草根本不在一个档次上。

荒草在大街转角、废弃的工厂、"政治可靠"的院子里、无人认领的自行车中间、广场和楼顶上迎接日出,它们眯眼看东方射出微弱的光,这些光难以置信地扩张泛滥,照红了广阔天空。太阳又来了,它每一天都没爽约,给荒草带来了粮食和点心,带来驱寒的火炉。太阳实为全自动与多功能的供应站,此时荒草比谁都高兴。没见过哪个人因为太阳升起来而高兴,草天天为这事高兴。荒草散在各处,它们不孤单。脚下哪管只有一寸泥土,对草也是大地。荒草把脚伸进土里,掏出水来。土是贮水罐,存一次雨水够喝一个月。当一株荒草有什么不好吗?它不知什么叫作"不好"。它们看天空的月亮如剪纸,风没有眼睛,常在墙上撞昏过去。跟荒草一样自由的还有小鸟。

对啦,是风和小鸟把荒草带到了城里。风仁慈,它不愿让草在乡下待一辈子。草籽坐上了风的透明火车进城,相中哪儿就在哪儿落户。小鸟吃草籽,没消化的草籽随鸟粪遗留各地。鸟衔着草籽准备下咽时,会因为一件事突然起飞、突然鸣唱,把草籽遗落在一个不知名的地方,那里成了荒草的产床,成了它的家。

拉拉蔓

桑园里没什么野草,更没什么野菜。洋草成了主人,草叶粗细如一,颜色如一,把灌木衬得像一个个傻子。

也有人在这里挖野菜。

老大妈手拎防雨绸兜子,走走,猫腰挖菜,目光飞掠前后左右。有一次,我吃鱼肝油丸,掉地上一粒,也用这种眼神寻找。

挖半天,大妈把野菜放花坛上晾。婆婆丁、蓟菜,拉拉蔓的白根最好看,细长雪白,像小朋友把衣裳撸上去,排队等着打预防针。

我小时候也喜欢挖拉拉蔓,尤喜欢用茶晶色的黄玻璃碴挖。拉拉蔓被挖出来之后,像一个单腿的人没穿裤子,上身穿绿小褂。没穿裤子是因为它没想被挖出来,而且,在土里埋着,穿裤子也是浪费。

把拉拉蔓按大小排好,这是在体育场的看台上。吃,甜而微辣;嚼半天,你以为咽下去了,一拽缨子,又出来了,骗过喉咙。为让根看着更白,在渠水里洗。第七小学门前有渠水。渠水真清,缓缓流,像不想流。渠水里的草周身聚集水泡,砖头在水里也红润。拉拉蔓洗净之后,放在水面上,像一小孩坐着,绿短裙漂起来,下露一单腿直立。它们假装会游泳,而且是踩水。拉拉蔓要去一个新的地方,我心里特高兴,在岸上追随,盯着它们,嘴里出声"呜——"。

后来,它们真到了一个地方,我现在也不知是哪里,七小的西边,有菜地、油库和日本人的旧碉堡,还有一座铁路桥。过火车的时候,整座桥都在哆嗦。拉拉蔓要遇上,单腿一定会吓得更白了。

青草和星辰

青草离星辰仿佛太遥远，仿佛没关系，而我觉得它们是天生的伴侣，就像藏在岩石里的黄金跟太阳是伴侣，风跟水波纹是伴侣，钟声和融化的积雪是伴侣。青草和它身边的草只是邻居，它的目光在远方。每天夜里，青草举起双手仰望，看见星辰比它更小，躲在深蓝的帷幕后面。星辰也在天上俯察青草，青草如此之多，和天上的星辰一样多。青草以为星星就是夜空的草，白光是露珠，正如同亮是天上有树的圆窗。天与地相隔一层透明的水，白云是日夜不息的画舫。

青草在夜里发出芳香。所谓芳香只是对人类的嗅觉而言，用更高级的解码器解码，草香还是一种声音，或者叫语言。这些话语如同多轨混录的唱片，记录了草的歌声。青草的歌声节奏明快，伴奏乐队是弦乐而非弹拨乐，衬托草叶的童声。在天空的乐队里，星辰也发出童声。星辰的声音像河水冲击水晶铃铛，像花瓣被冻成了冰片。

星辰歌唱遥远，青草歌唱遥远，遥远和永远在夜空相遇。遥远能让心躺下休息，所有跟遥远相关的歌声都潜伏着美，也有忧伤。忧伤像花朵，一边零落一边开放，伤感却不绝望。岁月不许美占有太多的时光，也不许一人一物、一花一叶、一晨一夕独占美，自然界的美就是轮流坐庄。青草在夜里跟星辰相会，它们不觉得彼此有多远。在牧区，夜里到外面看星星，看一会儿就觉得星星正在降落，它越来越大，甚至会砸在自己身上。蒙古高原的星星童真，它们以玩为主，以蹦跳、到河里洗澡为工作。青草只要瞪大眼睛不眨眼，星星就来到了面前，嘻嘻哈哈。它们讲述只有青草和星辰才能听得懂的笑话。一株草拿两只碗找月亮借水，月亮只给它一碗水。草回到家，一碗水变成了两碗水，因为下雨了。青草和星辰比试夜视力，看谁先发现睡觉的松鼠把那只耳朵贴在树枝上。天际泛白，星星一跃上天，白茫茫的露水是它起跳甩下来的汗滴。星星要在夜色收拢之前钻进它的大氅里，星星是大氅里的钻石，随夜回家。青草的家在土里，它没有大氅。青草无眠，夜里凝视星辰。白昼遥望云朵，唱各种歌。青草充沛的精力来自阳光的能量，人吃粮食吃的也是贮存在植物种子里的阳光。草有力量日夜歌唱。人把草称为小草，实在是小看了草，草不生病虫害，草遭碾压不死，草无须播种年年复生。草的歌声广阔，可惜人类的耳朵没有闻听草之歌声的解码器。人不知星辰和青草是朋友，不知河水和灌木是亲戚，人不知道的事情实在有很多。

铁轨中间的草

坐火车看车外风景,风景是"嗖嗖"而过的电线杆子、缓慢移动的庄稼地,还有连绵的、相貌类似的群山。

车停的时候,人们下车看车站、月台的钟和上下车的人流。

有没有人看铁轨?除了铁路工人之外,没人看铁轨,也没人注意到铁轨中间的草。

一个车站,十几条铁轨闪亮甚至交错延伸到远方。在站台,我看到铁轨中间怡然生长的野草。

野草长在灰色混凝土的枕木中间。它们在累累碎石中长出来,让不自然的铁路添了一些自然的气息。

此后,我常站在火车车厢的门口朝外看铁轨间的草。行驶中,若遇相邻的铁轨,低头看,当然看不到草,路轨白花花地掠过。

山野的铁轨间长着野草。草,甚至长在城里楼顶水泥的裂缝中。我还见过木制电线杆裂缝中长出的草,它们像顽皮的儿童做捉迷藏的游戏,说"你不知道我藏在哪儿",但它们还是被我看到了。

铁轨中间的草,假如有一株是我,我断然不敢长在那里。钢铁的怪兽日夜从头顶掠过,吓死了,更不要说生长。

而这些草——如我在车站看到的——与别的地方的草一样的舒展安然,并没有缩紧身子或躲在石块下面不敢出头。

它们比山野的草更胆大。

环境没办法挑选。风把草籽带到这里。它们也面临二选一,要么死掉,要么活在这里。

活,是覆盖所有道理的大道理,是前提,是后果,是话语权,是青山和柴火,是太阳照样升起,是晚上脱在床下的鞋第二天还能穿上,是朝夕相处,是一张无论多老都健康的脸。

诸如种种,全胜过"音容宛在"。

至于怎么活,是自己的事。把铁轨的草栽到盆里就好吗?这要问草。

那些铁轨中间的草,我看到有细长的瞿麦,有蓬勃的花草,有夏李的黄花,还有紫苑以及地榆。我揣想,它们仰视着列车自头顶呼啸,甚至会得意,你走你的,我长我的。列车带来的机油味和冷风只为短暂一瞬,更多的是阳光和夜晚满天星斗。

这是一丛丛骄傲的生灵,在铁轨中间安家,比走铁轨的儿童更骄傲。都说火车风驰电掣,它们的轮下其实还有娇嫩的草。

草在铁轨间摇动身子,像嘲笑所有的怯懦。

草木结霜

草并不知道，秋天，它们要披上白霜的铠甲。

草出生之后被称为青草，它们身穿绿衫在天涯奔跑。草给黑色、红色和黄色的泥土打上绿印，绿是植物的命，是无处不在的生长。天下没有黑草，就像没有绿色的煤炭。只有绿才可以打通阳光的能量通道。绿把阳光变成蛋白质，草们吃阳光，喝地下水，草的生活方式至简、至净、至广大。

草在绿里安家，绿色的脉络里有水渠和马路。草的叶子既是肉身也是房子，自己住在自己身上，不假外求。这一点比人强多了，自由从此诞生。春天起，草一直生长。它早上还是夜里长？草什么时候都在长，如同听过"草活一秋"的咒语。人的一生如果只活三个季节，他一定拼命生长，而不去打麻将、喝酒、看电视剧。草所做的只是生长，它只会生长，那就一直生长。生长很舒服，它觉出自己的腰拔高了，阳光拢在叶子里，暖暖洋洋。草不悲观。悲观是干什么？是跟自己作对吗？大凡生长者都不悲观。当你无选择地置身足以悲观的处境里面，先要剔除悲观。我相信草在短短一生看到的东西比人一生看过的更多。草看到天鹅绒的黑夜镶满银钻。草看到雨水在空气中亦疾亦徐地跳舞。草看到白粉沾满蝴蝶的翅膀。草看到阳光从天边爬进自己的脖子。草看到风伸开透明的手指却抓不住任何东西。草看到鸟儿在飞翔中相爱。草看到老鼠的眼珠亮比钻石。草看到云彩打墙阻挡河流。草看到月亮的山谷堆满黄金。草看到波浪在河里回头瞭望。

秋天到了，草停止生长。草长了一生也不过一巴掌高。它们站立不动，一如等待判决。它不知是谁、是什么不让它们继续生长，是立秋白露，还是欧阳修的《秋声赋》？自然界，不生长就意味着凋亡。但草不知道什么叫死，太阳照耀它，雨还在下，土地还有许多地方没长草。草离开此世，世上似乎什么都没少，草没有草的遗产，没有草的车辆和文字。只不过，没有草的土地露出了土地。草站在秋天的驿站张望等待，这时候五谷丰登，果树挂满亮晶晶的水果取悦人类。草在告别，一身之外一无所有，甚至发不出一声鸟鸣来辞行。

草叶等待霜降。霜降之前，天要下上几场雨，为霜准备原材料。土地变成一片烂泥之后，白霜从天而降，于子夜，于星星全体明亮之时，草换了衣装。它们白衫白冠，凛然发亮。这是要出征吗？每一根草都像一位士兵，披着亮甲，茎叶有如银枪。这是去杀谁呢？草有什么可杀的东西吗？大地沉寂，无物可杀。阳光转过来，每每融化草的刀枪。至凌晨，它们再度披霜。

白霜冻不死树木与河流。它之降临，只为让草退场。霜让绿色从草的身上飞逸，为每一株草换上黄衫。阳光从此停止与草的能量交换，草的叶子呈现白金色——人类高档时装的颜色。从此，大地长出一层迷蒙的金羊毛，曰枯草。在落日边上，枯草看上去像血流遍地，像炭火暗燃，像鲜艳的毯子。

秋日里，山坡的枯草以黄金的色调显示高雅。枯掉的不过是草的躯壳，草的绿色灵魂升上天庭牧场与上帝欢聚。风吹不走草的白金躯壳，它站在它原来站立的地方。草一生未走半步，却早把种子送往四面八方，换来成千上万条命。于是，枯萎的草仍然优雅，在冬日越来越近的夜晚，它们披挂白盔白甲，尔后在阳光下卸妆。

跑步时，我见到北陵后面结霜的草。结了霜的草似乎比原来高了。它们好像刚从西伯利亚回来，好像在卸车，好像张着毛茸茸的睫毛。我放缓脚步并庆幸我还没结霜——跑过这些草的身旁。在近于黝黑的松树下面，霜草如同下了半场雪，比夏天在松树脚下环绕的雾气更白，却不像雪那么呆板。太阳出来的时候，草叶上没有一滴水，依然干净。

苏 醒

沈阳下第一场雪的时候,已经是十一月末了。人们换上羽绒服,小心翼翼地在冰雪路面上滑行,一如狐步。这时,草们——包括散草和草坪里优雅的洋草——都埋在大雪里。再见到你们,要到明年春天了,我对草说。

有时候,阳光也有充分的幽默感。今天,也就是雪后的第三天,阳光大力而出,何止暖意融融,它们鼓足了马力倾泻在雪上。仿佛太阳不想过冬天了,冬天没意思。雪只好大忙,一层层塌陷着,安排小沟小渠把水流出去。屋檐滴滴答答。大街变为醒目的黑色,人们抱怨,深一脚浅一脚地踩在肮脏的冰激凌式的雪泥里,上班或干其他什么。

我看到了最美的景象——

草们苏醒过来。它们刚要被冻死,就被阳光大佬抢救过来。或者说,它们在雪被窝里才做了一个梦,就被刺眼的阳光吵醒了。我看到,草的腰身比夏天还挺拔,叶片湿漉漉的,好像孩子们破涕为笑时睫毛挂的泪花。

　　大雪刚来，土地原本没有冻透，还在呼吸，为草暖脚，往它们脸上吹气。雪一融化，就像在游戏中你把一个藏着许多孩子的被单突然掀开，它们笑着喧哗而出，大摇大摆地走在屋檐下面，砖垛旁和高尚的草坪上。

　　原来，我一直感受到草的谦卑。草在此刻却傲慢而美丽，像身上挂着许多珠宝跳舞的康巴汉子。

　　最主要的——我觉得草们，至少是我家屋檐下的草——像我一样愚蠢，它们以为春天来了。它们仪态的娇羞与庸倦，和春天时分一模一样。我指着手上的日历表告诉它们，有没有搞错，还没到十二月，怎么会是春天？草，要不怎么说它们是草呢，根本不理我，以为春天到了。

　　你听到河水的声音了吗？

　　你看到大雁的身影了吗？

　　我还是很感动。我觉得我对自己的生命的看法没有像草那样珍惜与天真。能活就活，每天或者说每个小时都旺盛着。死根本不会是生的敌人。那几天，沈阳真是美丽极了，在未化的白雪之间，一丛丛草叶像水洼一样捧着鲜绿。而我，骑自行车吹着口哨检阅了所有的草，穿行在它们的梦境里面。

字在纸上长成青草

我一直在稿纸上写作，爱用每页三百字或三百六十字的稿纸，面对稿纸上密密麻麻的方格子，感觉很新奇。字写满一张纸后，我感觉这页纸活了，好像它在森林里睡了几十年的觉，这些字在它脸上爬，由于发痒而醒过来。

我相信字有灵，"林""春""水""天""地"这些字与它们包含的内容有关联。"天"这个字比你更了解天，"春"这个字也比你了解春，而"春"所知道的事情只跟米有关。虽然长得相像，但"春"和"舂"之间并无血缘。

这些字在稿纸上相遇，互致你好，问你从哪里来，你来这里多久了。我已经看到它们彬彬有礼，所以我尽量把字写得好看些，让它们见面时能够互相欣赏。字之貌，不一定长得都像王羲之、赵孟頫，像人不必都像电影明星。我喜欢"露水""月亮""鲜花""虫子""鸟"和"鱼"这些汉字，写到它们就想到它们，后来我干脆以它们为创作内容，这样就有机会多写到它们。如果没内容，在稿纸上写一百个"春"字很像精神病。

　　我觉得我写的字也愿意被我写出来,它们像外边的人来到有林木阴凉的花园逛一逛。从书法说,我的字好也好不到哪里,但不生硬,不凌厉,不义正词严,比较内敛。这样,字和字相处起来舒服一点。那些气势凌人的字搞在一块儿肯定要打起来。有人喜欢以霸气的字体写什么"豪气"啊,"拼搏"啊,听着都吓人,把这些字放在一起早晚出人命或字命。

　　我喜欢写天空、大地、河流、草木。路在青草的山坡转弯,竹林里的小鸟如喉咙里含了露水一样啼鸣,星星趴在银河的堑壕里朝这边看,潭底的游鱼尾巴甩一下才不至于让人误以为它们是黑色的石头。我觉得这些事都是大事,正如有些人认为这不算事。我认真地办这些事,书写大自然,这是多大的事啊!粉色小虫子从树叶上爬过;草原上的星星好像会在后半夜发出蒙古栎树的气味;猫从灌木里窜出并回头看,它肯定没干什么好事;红瓦因为吸足了雨水而鲜艳;牵牛花像留声机喇叭,感觉它听到莫扎特的音乐脸会发烫。我慢慢写下这些情景,虽然别人觉得这是一些小得不能再小的事,但我一写就感觉自己是一个办大事的人。有时路过商店的玻璃橱窗,稍微看一下身影,有点像办大事的人。

　　这些字曲曲弯弯地在稿纸上爬行,如同蚂蚁的行军队伍。作家不就是蚂蚁吗?每天奔波,搬面包屑作明天的粮食。即使有的作家自感气势干云,他也不过是文章蚂蚁。一个人如果真的气势干云(干树梢已不错了)就不去写作,而去别国侵略了。字被写好之后,它们会在黑夜里串门,黑墨水写的字在夜里活动不容易被发现。它们像蚂蚁一样爬到别的稿纸或别的文章里看一看、嗅一嗅,挑挑毛病。字变成蚂蚁之后,每个字都像"兆"字,有些像"究"字,这是字里的大干部,头戴珊瑚顶子的冠冕。想到这个事,我心里很高兴，虽无高官厚禄，但有文字蚂蚁，它们代表着星空、青草和牛羊。我的书桌可称蚂蚁窝，简称"蚁窝"，但不可称"蚂窝"，好像我跟蚂蟥有什么默契。

如果你观察过脚下的青草，会发现一株草长一个样，草叶的长短，俯仰都不一样，如中国画兰草的撇与捺。草——好听点叫青草，世俗点叫杂草——从脚下长到天涯，有山它们能翻山，有河它们过不了河。它们无边无际，没完没了，不怕烧，不怕踩，更不怕风吹日晒，这是一些卑微的生灵。我之作文虽写天空大地，却没因此得到高度和厚度，我只是写大自然。我写它们是喜欢并尊敬它们，它们不会赏给我钱，因为它们不是企业也不需要广告。大自然是卑微的，它们只用自己那一小份——无论是树还是草，它们安静，比人更有理性。中国古代哲学家把自然界呈现的理性称为道，人无论如何也得不到道的。而动植物无一不得道，否则一天也活不了。道是本分、节制、无妄想乃至一切杂念，唯其卑下微小，而得广大充盈。我的字或者叫文章内容，也叫归于卑微质朴之类，像地上的杂草。如果真像杂草倒好了，随时随地可生，也没人去挖去卖去熬汤，去扮演残疾的盆景。曾有人质问我，你怎么写得没完没了。我不理解他这问话的含义。难道我不应该写散文而是卖拉面吗？是不是打麻将更符合中国人的人性？然而我不打。要打也打坐，打太极拳。青草不是每年春天都出来吗？它们不会延迟也不会早到。青草遍地，你看上去多，其实它们不多也不少，只有那么多。就像蚂蚁看上去多，其实也只有那么多。世上不光有青草，还有高大的乔木；不光有蚂蚁，还有大象。让蚂蚁和大象各得其乐吧！

凹地的青草

春凌水漫过的丘陵地，冒出浅青草。春凌实为春天的洪水，带着冰碴，也带肥黑的土。土把这片丘陵地的沙子踩在脚底下，土好像自己身上带着草籽，在无人察觉间悄悄冒出芽。凹处的草芽尤其多，长得高。草像埋伏的士兵，等待初夏冲出去和草原的大部队会合。

我在河坝上走，看远处走过来一位羊倌。羊倌肩上背半袋粮食，肋下抱一个旧电视机，几只羊跟在他身后。我弄不清他到底在干什么，是领着羊上公社开会，还是拿旧电视机换羊。

三只大羊紧跟着羊倌，脸快贴到他的裤子上了。羊好像身在城里的大街上，怕走丢了。从大坝上远望，漫一层河泥的丘陵连接天际，青草像被风吹去浮土露出的绿玉。

唯一的小羊羔跟在大羊后面边走边嗅才钻出地皮的青草，似乎检查它们到底是不是一块玉。我觉得羊羔是牧区最可爱的动物。如果让我评选人间的天使，梅花鹿算一位，蜜蜂算一位，羊羔也算一位。羊羔比狗更天真,像花朵一样安静。它的皮毛卷曲,像童年莫扎特弹钢琴时所戴的假发。

羊羔嗅一嗅青草,跑开,去嗅另一片草。

草和草有不同的气味吗?人不明白的事情其实很多。青草在羊羔的嗅觉里会不会有白糖的气息、蜜橘的气息、母羊羊水的气息?不一样。羊羔不饿,它像儿童一样寻找美,找比青草更美的花。露珠喜欢花,蜜蜂喜欢花,云用飞快的影子抚摸草原上的花。纽扣大的花在羊羔的视野里有碗那么大,花的碗质地比纸柔润,比瓷芳香。花蕊是细胺的美人高举小伞。

早春的花还没有开,草原五月才有花。花一开就收不住了,像老天爷装花的口袋漏了,洒得遍地都是。一朵花在夜里偷着又生了十朵花。五月到六月,草原每天都多出几万朵花。鲜花你追我赶,超过流水。五月是羊羔最欢愉的时光。

小羊羔干净得跟牧区的环境不协调。羊羔站在牧人屋里的泥土地面上,仿佛在等人给它铺一块织着波斯图案的地毯。以羊羔的洁白,给它缝一个轿子也不为过。

大羊走远了,凹地的羊羔还在低头看,好像读到了一本童话书,写蚂蚁和蚯蚓的故事。大羊跟在羊倌后面跑,像怕羊倌把电视机送给别人。羊倌走过来。他的裤脚用鞋带系着,戴一只滑稽的绒线帽子。我问:"哪个村的?"他回答:"呼伦胡硕村。"我问:"扛着电视放羊啊?"他答:"从亲戚家搬个旧的,安到羊圈里,让羊看看电视剧。"

牧区常有像他这样幽默的人。

草垛里藏着一望无际的草原

　　草垛如同干草的房子,但里面不住人,也不住动物。这座草的房子没有厅室,没有门,也没有窗户。我在拜兴塔拉乡住的时候,把一扇没人要的旧门摆在牧民额博家的草垛上,远看草垛像一个蒙古包。额博哈哈大笑,说:"你是一个热爱家的人啊。"

　　那些日子,我没事绕着草垛散步。额博的老婆玉簪花说,狐狸才这样围着草垛转,假如有一只老母鸡在草垛里抱窝的话。

　　我不在意玉簪花的玩笑,她的脸上布满雀斑像一个芝麻烧饼。

　　额博有三个草垛,它们是牧畜过冬的牧草。现在开春了,三个草垛只剩下一个,额博家的牛羊在六月份青草长出来之前靠它维生。草垛如一只金黄的大刺猬,蓬松着蹲在瓦房前。房前停一辆蓝色的摩托车,洋井上挂着马笼头。我观赏这个草垛,并不因为它是牛羊的口粮,也没想跟牛羊抢这堆口粮。我在惊异——见到草垛我每每惊异,这么多草从地里割下,一绺一绺躺在一起。草从来没想过它们会像粉条似的躺在这里吧?

我从草垛上看到一望无际的草原。草原上的草不躺着，它们站立在宽厚的泥土上，头顶飘过白云。早上，曦光从山顶射过来，草尖的露水闪烁光芒，好像手执刀剑。六月末，大地花朵盛开，像从山坡上跑下来，挥动红的、黄的和蓝的头巾。城里人习惯用花盆栽花，花在家具之间孤零零地开。草原上，大片的花像没融化的彩色的雪。花朵恣意盛开，才叫怒放。开花，只是草在一年中几天里所做的事而已。

野花夹杂在草里，和草一同嬉戏。花朵如一群小女孩，甩掉鞋子跑到了草叶身后捉迷藏。明明没有风，却看见草叶的袖子摆动。草浪起伏的节律，让人想到歌王哈扎布唱蒙古长调的气息。歌者把腹中所有的气吐尽，吸气时喉间颤动，气息沿上颚抵达颅顶，进入高音区并轻松地进入假声。这种演唱方法如草浪在风里俯仰，深缓广大，无止息。在哈扎布的演唱中找不到一个接头，找不到停顿或换气口，像透明的风，一直在呼吸却听不到风的呼吸声。

风在草里染上了绿色，它去河水里洗濯，绿色沉淀在河底的水草上。水草的大辫子比柳枝还要长，在水里得意地梳自己的辫子，散在斑杂的石子间。水草根部藏着鬼鬼祟祟的小鱼，这些泥土色带黑斑的小鱼只有人的指甲那么长，不知会不会长大。草原的深处，暗伏很多几米深的小河，有小鱼小虾。

草对于草原，不是衣服，更不是装饰。草是草原上最广大的种族，祖祖辈辈长于此地。白云堆在天上，如一个集市。如果地上没有草，剩下的只有死寂。草把沟壑填满，风里飘过一群群鸟的黑影。小河如同伸出的胳膊，上面站立白云的倒影。草的香味钻进人的衣服里，草的汁液浸泡马蹄。

草们如今成了额博的干草垛，它们一根挨一根躺在一起，回忆星光和露水。摸一下，草叶唰唰响，夏天的草发不出这样的声音。

我在心里算计，这些草在草原能占多大的面积，十亩，还是五亩？算不出。只好说，它们是很大一片草。草绿时分，蝴蝶在上面飞，像给草插一朵花，过一会儿又插到别的草上。草根下面爬过褐黄的大蚂蚁，举着半只昆虫干枯的翅膀。不远处，小河在流淌，几乎没有声音，水面光影婆娑。花朵高傲地仰起头，颈子摇动。月亮升起后，草叶沾满露水，如同下河走了一圈儿。

如今它们变成草垛，变成一个伪装的房子，身边放一个油漆剥落的旧门。我像狐狸一样围着草垛转，嗅干草的香味。干草的甜味久远，仿佛可以慢慢酿成酒。

风滚草

　　小时候，我在牧区第一次见到牛、羊、马和狗。之前，我在城里只见过猫和猪，见的最多的是人，学校里全都是人。在牧区见到家畜，心里很紧张。我的亲戚反复解释马、牛、羊都不吃人也不咬人，但我要慢慢分辨它们谁是谁。马并不会见我抬头喊一声"我是马"，羊也不会。观其行而无须听其言。马的鬃毛如围巾一样从脖颈垂下，它载着人飞奔。马群跑过来，蹄声震天动地。羊低着头走路，它们的眼里只有草，羊群移动时分不出个头，如一堆羊毛向前铺展。狗孤零零地站在门口或草地上，如果狗群飞奔或缓慢移动都不可接受。我当时想，狗孤零零地站在羊群边上就是为了让人分清它是狗。小孩子分辨物种的方法还依赖声音。牧区的人说蒙古语，唱蒙古歌，兹证明他们是人类之蒙古人。马嘶如笑，似一种不诚恳却响亮的笑声。羊的叫声卑下，象声词是"咩"，尾音拖得很长。咩？里面好像没意义，却颤抖，有如恐惧。狗叫从无延长音，以音乐术语表述。狗的每一个叫声后面都有休止符，汪！斩钉截铁，汪汪！狗叫狂妄，故而容易染上狂犬病。羊的叫声那么可怜,怎么可能染上狂羊病呢?牛有角,这是它最容易识别的地方。牛的沉重的身躯和喘息都证明它不吃人。小孩子判断一样动物,先考量它会不会咬与吃自己,人在陌生的环境首先要获得的并非食物与水,而是安全感。我那时四五岁,大约用三天时间搞清了家畜之分类,对马牛羊的印象比较好,它们无事便吃草,不干别的事。我一直问狼在哪里,让他们给我指认狼。他们大笑,说没有狼啊。他们说没狼,并不等于没有狼。狼一定待在山里,或在一棵树的后面站着,我不能放松警惕。牧区没有驴。其他的东西不值一提,我家亲戚养几只鸭子,每天摇摆着去屋后的河沟里泅水。我虽第一次见到什么鸭子,但一点不怕它。我甚至想踢它。亲戚说不能踢啊,鸭子身体里装的全都是鸭蛋。它在身体里装满鸭蛋才下河泅水吗?不用管它,鸭子不咬人。

我熟悉了动物之后,开始熟悉人。我大舅昭日格图三角眼,脸上的咬肌咬出棱角。大姑姥姥红兰长得像太平洋岛屿的红种人,高眉骨,上颚突出。她怎么能像太平洋岛屿的人呢?大姑姥爷如婴儿一般蜷缩在炕上自言自语,赞美过人之后赞美猫、天气和窗台。他的下嘴唇因为常年迎接酒盅而下垂很长。牧区就是这些事,人、家畜、草原、沙漠、云和房子。然而有一天我被一样东西吓到。它动摇了我对人类和动物的分类,产生新的恐惧,这是对没有腿、没有头的怪兽的恐惧。

那是秋天。岁月晴好,五畜兴旺。傍晚,秋草金黄倒伏,夕阳从移动的铅色浓云中一阵阵射出光线,如探照灯在海面搜寻水雷。这时,一只怪兽不知从什么地方跑出来在草原上疾驰,也可说跑得脚不沾地,进入河边的红柳处不见踪影。它身后尚有四五个同类,同样疾驰,到河边同样不见踪影。我吓坏了,没见过这种动物,它们比马和狗跑得都快,比狗大一些,身上好像长黄毛。我回家跟亲戚说此事，他们竟困惑。这让我气愤，他们在这儿生活了几十年，竟不知那是什么野兽吗？他们说，这是什么呢？到河边消失了，他们说没有这样的东西呀。我继续气愤，恨不能让怪兽咬死他们。我二舅江格尔说咱们现在上河边找怪兽，我不敢去。他说没关系，把我抱上马，一起去了河边。河水幽暗，水的倒影映照着黑色的草木和紫色的天光。江格尔放声大笑，他用鞭子指着被红柳挡在河边的一个个枯干的草球说："就那个？"我下马看，这个草球有车轱辘那么大，无根。江格尔用脚踢一个草球，踢到高处。草球见了风，嗖地窜向远方。天已经黑了，它的行踪只留一道黑影。这在晚上挺吓人。

那些天，我在草原上看见到许多草球（它叫风卷草，又叫扎不楞）在风中疾驰。白天看，扎不楞显得很愚蠢。一个无脑无脚的草团在旷野里瞎跑，完全不着调，粤语叫无厘头。它们跑跑，停停，看不出快乐还是不快乐。假如一棵小老树挡住了它的去路，它只好等着变风向，等更迅疾的风解救它。它情愿越跑越远，把草杆撒到各个盟，除了河水，谁也挡不住它的去路。

草木终生走不出一步，风卷草却像疯了一样，跑向天涯海角。它身体很轻，扎得很圆，白天看上去如飞驰的豹子。有一天，我在山上看风卷草赛跑，风当然很强劲，我的衣服被吹得像旗帜一样响。七八个风卷草从山坳窜出来，沿直线、斜线飞驰，像围猎一只兔子。后来我真看到有一只黄色的兔子在风卷草之间躲闪飞跑。好在风卷草没灵魂，它们不抓兔子，往西、北及各个方向跑出去。那只兔子在石头后面喘息，它吓够呛。

干　草

干草堆积在仓房，像瓷器沉静地放在花梨木的格子上。干草在这里呼吸、低语，气味微甜而遥远。

干草通过回忆把泥土、河流与夏夜的故事讲述了一遍，既干净又质朴，而它自己惯常发出这么一种甜味。像小米一样浅黄的干草，露出金子把闪亮褪去的黄色，如高级丝绸的质地。它发出的芳香，比青草隐逸。

我喜欢躺在仓房的干草上，架着二郎腿，想各种奇怪的事情。干草在身体下面发出响动，比纸好听。我想，我躺在多少青草上面啊。那些青草在夏天飒飒起舞，开过上百朵的花儿。

可是在夏季，闻不到青草准确的味道——河水、羊粪甚至蛙鸣都混入空气之中，青草的气味成了细小的呼喊。而这里，仓房里传出草的合唱，淡黄色富有光泽的和声，还有弦乐。一丝丝不绝如缕的甜味，自然是小提琴的独语。

从仓房木板的缝隙向外看，现在是初冬，雪在低洼处晾晒衣裳，庄稼被收走了，谷茬划出长长的垅线；天变得浅蓝，像被晒了一个夏天，有些脱色；狗在没有庄稼的地里慌慌张张地跑，追逐落在树上的乌鸦；白雾只有脚踝那么高，像大地披了一件衣裳。

仓房很暖，虽然以后就会冷了。放上一个床，加上煤油灯、猎枪和一本辞典，就能安度悠闲的日子。仓门半开，看日影一点点拉长，门口的猫望着远处犹疑不决。慢慢地，干草的气味钻进衣服和人的身体里，让人清爽健壮、咳嗽响亮；肺里的废气都被干草撵跑，脸色因此红润。

我想象，舅舅仓房的干草里藏着一本日记，记着民初的事情，有多少大烟被土匪抢走，村里的某某实为某某的私生子。而后从草堆里找出一把毛瑟枪，克虏伯所造，已经锈了，还有湖绉手帕裹着的一绺女人的头发，以及地图、鼻烟壶和掏耳勺。把仓房的门用力一关，上面掉下一函王爷清朝呈蒙藏院的密札。

然而，这都不可能。干草是昭日格图舅舅和我芟割的，还有朝鲁。我们在西洼地芟草的时候，马车一侧的轱辘陷进田鼠洞里，翻了，使朝鲁的脑袋缝了六针。在放干草之前，仓房堆着铁犁、马鞍和朝鲁结婚用的组合家具。去年，我在巴林右旗的查干沐沦村住了一个秋天。

芦苇为我指路

博格达山的南边有一片芦苇,风一来,芦苇拼命摇晃,好像想从泥沼里拔出脚来逃走,然而谁都没逃走。

我从芦苇下面的小路往江沐沦河的方向走,但不知走哪一条道。芦苇站满了大地,它们细长的叶子像中锋用笔写出来的,比竹叶温和、比草叶凌厉。芒穗如白鸟的羽毛飘洒。阳光的笔触在芦苇叶子上急躁地涂抹,它们的袖子上滚动水银。

我即使不碰芦苇,它也已经在沙沙响,揪下一片苇叶,看深绿色蜡质的叶面藏着浅绿的脉络,它上面并没有字。秋天之后,至多到明年夏天,这些芦苇就变成纸,对着阳光看,纸里面还有芦苇的纤维。

你猜不到哪些字印在哪些芦苇的叶子上,更猜不出这些芦苇原来长在哪里。何不请诗人到这里在苇叶上写诗?诗和苇叶一起生长,不必变成纸,也不必使用高毒性的纸浆增白剂。

《诗经》曰:谁谓河广,一苇杭之。坐一片苇叶就把河给渡了。

坐（或单脚踩）苇叶渡河的人或许会轻功。他身体的重量比苇叶（约三克）还要轻。他们如何以运气的方法把重量（物理学叫质量）弄没了呢？我在没听说牛顿重力定律之前，倾心于轻功。那时年纪小，心里天天想轻功的事。见燕子飞，心想燕子会轻功。见蜘蛛在网上纺织，觉得蜘蛛也会轻功。我每天提着气走在上学的路上，前心贴后脊梁，腹部有吸气造成的凹坑。我认为提气一旦成了习惯，没准哪一会儿就腾云而起，自己想控制都控制不了。我期望学会轻功之后到屋檐的青瓦上走路，而不必走大马路。瓦片丝毫未损，连瓦上青霜都未留脚印。轻功太高级了，但我没练成，气白提了。在中学的课堂上听老师讲重力定律，说有重量的物体每每遵守重力定律从高处往下落，此为自由落体运动。我从家里的小棚往下跳十多次，每次都落到地面，证明老师没骗咱们。跳并自由落体运动的时候，我还迷上了跳伞运动，手持我爸的红油纸伞与我妈的花油纸伞从小棚往下落，伞也没逃脱重力定律的惩罚，变成一堆竹签子。

一群鸟飞进芦苇。苇的白芒往东飘，鸟飞向西面，逆着风。这些鸟的翅膀从芒穗间飞过，如同穿越芦苇的翅膀。芦苇深处也许有一窝小鸟，张嘴等待哺食。大鸟嘴里含着喂食雏鸟的肉虫。大鸟不能鸣叫，也不可哈哈大笑，捉一只虫子不容易。

太阳离西山顶峰还很高，天空已有微微的橙黄，光线像波浪一遍遍滚过芦苇。芦苇的白芒渐渐化为金黄。这时候闭上眼睛，呼吸三十次，再睁眼看，摇动的芦苇金穗迷茫，比中央银行金库的黄金还多，对我大有安慰。我挥一挥手，一片金穗都不带走。让它们留在这儿的天地间辉煌吧！小路走到头，怎么去江沐沧河？芦苇弯腰为我指路，前边，往右一点。

辑 七

粮食果蔬

把自己甜死的甘蔗

我觉得甘蔗是极为离奇的植物,人如果不把它砍下来,它会把自己甜死。嚼甘蔗时,我一边嚼一边想:这么甜,甘蔗怎么受得了。真甜,太甜了!甘蔗早晚能把自己甜死。

甜死是怎么死的?首先是舌头因狂喜而麻木死掉了,像毒贩子吸食毒品过度死掉一样,然后是主管嗅觉的中枢神经被源源不断的甜给甜死了。这里说的是人,而甘蔗作为植物,我认为它承受不了这么多的糖分。甘蔗的糖是单糖,热量太大,不跑马拉松消耗不掉这么多糖。况且——我稍微卖弄一下——甘蔗只有皮和瓤,而没有肝脏。这就很成问题,没肝脏,就没一个化工车间把这些糖分解成葡萄糖或脂肪储存起来,也没有肾脏把糖尿出去。你不断在甜,你甜无止境,这怎么能行呢?甘蔗没有肝脏,是造物主的疏忽。当然植物们都没有肝脏,正如动物们不会通过叶绿素吃太阳的饭,但其他植物也没甘蔗这么甜。

甜大劲儿了是什么样?就像甘蔗这样,脸憋得紫红(没肝脏代谢），如同喝大酒的人一样。脸紫红且不说，甘蔗把自己甜得身披白霜，这是甜得没法再甜的征象。在南方，我看到卖甘蔗的就赶紧买一节嚼一嚼，让糖分进肚子里待一会儿，否则糖会在甘蔗的肚子里甜爆炸了。

小时候，我唯一的梦想是天天遇到甜。那时候没听过世上还有甘蔗，但知世上有糖块。正是糖让我感到世界的神奇。神奇，说的是世上有房子，有树，有土，有大人和小孩，但他们都不甜。我吃到糖后才感到世界的化学性和神奇性，一块黑不溜秋的结晶体在嘴里，让它在牙齿间叽里咯啷地翻身，我却欢欣鼓舞，觉着人活着真没白活。甜是什么？是热烈到死的密集话语，是稠密的湖水，是欲罢不能，是舌尖上的歌声，是生活的赞美诗，是味蕾的大合唱，是口腔的弥撒曲，是舍我其谁，是"不知有汉"，是玻璃纸里包裹的理想，是装在兜里握在手里的快慰。小时候，衣袋里有糖的孩子谁不快慰？吃进去是嘴里甜过，握手里是早晚要甜。

那时候，如知世上竟有甘蔗，赴汤蹈火亦要取之。人生立志，当什么杨柳松柏？毋宁当一株甘蔗，不管其他，先甜起来看。

人长大竟无趣了，无趣之一是不再崇拜甘蔗。见了甘蔗不景仰，不咽口水，不开口大嚼，此曰无趣。连甘蔗都吸引不了你，还有什么能吸引你？钱？是的，钱了不起，但钱甜吗？钱会造出甜但也造成苦，钱能放进嘴里嚼出甜水吗？人在兜里揣着整齐的钱，莫如在怀里揣一节甘蔗。别人问是什么，你可以说是金箍棒。到无人地带，你可以掏出甘蔗咔咔嚼之，甜水如河流灌溉你的胃与心肠。那一阵儿，你可能会放弃一些无趣的人生规划。总之，你会变成一个跟甜有关的人。

牛羊虫鸟不吃甘蔗，甘蔗的甜在于它和人的缘分。它为了人甜——姑且这么说吧，否则它为谁甜呢？它长在土里，它差一点就长成糖块了。

甘蔗真是个好植物，每一株甘蔗都应该佩戴一朵大红花。

月夜，到甘蔗林里，听一听甘蔗在说什么话，听听落在甘蔗身上的小虫子说什么话。月光在甘蔗身上照不了多久就变成了霜，甜得受不了哇！夜啼的鸟儿在空中兜圈子，呼唤"甘啊蔗甘"。鸟儿被甜晕了，把甘蔗说成了蔗甘。仅仅是甜，就可以改变许多事情。

正像人有偶像，香蕉、苹果、鸭梨的偶像是甘蔗。甘蔗虽然不圆，不挂于枝头，但甜得心满意足，让水果们佩服得五体投地。

桑 葚

早上的风吹过桑树，桑叶沙沙作响，好像树上藏着好几百只蚕。桑叶翻转叶子，像两个人跳舞，女伴钻过与男伴拉手形成的拱门。叶子快要飞出去时，被叶柄拉回来，就像男伴用手把女伴拉回来。桑叶上没有蚕。桑叶跳舞的时候，蚕还在蚕房里睡觉。

我几乎不愿把蚕当成虫子看，虽然它哪儿都像虫子，但它更像蚕。我见过的蚕比虫子们扭捏，这不是因为它有一些胖，虫子们都胖。蚕为着什么而扭捏呢？我想象所有的蚕身上都穿一件透明的、剪裁得体的丝绸睡衣，雍容地爬行。其实不能够叫睡衣，睡衣露不出蚕的一系列的脚，它只是披在蚕背上的一幅披巾，光滑冰凉，没有皱折。蚕的披巾是质量最好的丝绸，好到什么程度只有蚕知道。

黎明时分，天空掀开夜的黑毡子，剩下一层蓝冰似的曙色，星星是蓝冰上的铜钉。冰随着天亮一点点化了，蓝色一点点衰减，只剩下白。天空在白天并不白，它蓝，只有在黎明前的片刻是白的，天空紧接着会掺入朝霞的红色、橘色或什么色。天空在黎明前发呆的片刻，桑树的树干像天空一样白。那时候，我在新疆，我在北京时间的五点钟起床跑步，喀什噶尔的夜比黑毛驴还要黑，跑着跑着，天亮了。天亮之前先有沙枣花的香味被风吹过来，这种香意味沉迷，天竟被如此浓烈的花香给熏亮了。星星、月亮、太阳、镰刀、羹匙、门环和茶杯都会被沙枣花熏得亮光闪闪。喀什的天亮跟我跑步可能也有一点关系。我在喀什人民广场跑四圈，每圈八百米。咣、咣、咣，广场上回响着我的跑步声。隔几分钟，毛泽东塑像下面跑过一个人，跑向西。过一会儿，又有一个人从毛泽东塑像下向西跑去，夜色稠密，看不清是谁，但我知道这都是我。之后，天才一点点亮起来，好看清谁在跑步。我每每在天亮时分见到桑树，阿热亚路边栽了一排桑树，树干如失血色那种苍白。我摸树干，粗糙的树皮把手心蹭得十分舒服。我的目光由树干一点点上移，有时在树叶上发现一只滚圆的小鸟，当地人叫它地雀，背和肚子黑白分明。更多时候，我的目光从树干升到树顶时，树叶里还能看到星星。铁匠的手指把塑料管子的嘴捏细，洒街。铁匠把打制的犁、窗了和刀摆在门口，桑树的树皮越来越白，星星散佚之后，只有桑树独自白净。桑树的叶子不多，在树上挂着，对蚕来说，它们是悬挂的面包和香肠。桑叶不需太多，够蚕吃就好了。况且，许多生长桑树的地方并不养蚕。如果我植桑树也不一定养蚕，假如喝醉了把蚕当成虫子扔掉，岂不可惜？

我栽桑树一定是因为桑葚。桑葚是桑树的鱼子，它的汁液把人的牙和胃肠染上浪漫的紫色。小时候，我们吃桑葚的时候互相看牙。五分钱买的桑葚放在旧课本纸张做的漏斗型包装里，我们把一两颗桑葚扔进嘴里，紫汁把牙齿变成黑色，嘴唇深紫，嘴成了可怕的深洞。人带着这样的嘴打闹嬉笑是最有趣的，这时稍稍的有一点像妖精，小时候，我们都愿意变成妖精。

买桑葚的机会很少，因为没钱。我们去南山仰望那棵桑树。从春天，桑树的叶子刚刚冒出来，我们就去仰望。盼望它早点长出桑葚。夏天，桑葚羞怯地长出一点点，那是绿色的鱼子，我们盼着它变紫。桑葚紫了，如枝头上的黑枣。我们踩着伙伴的肩膀，小心摘下紫桑葚，也就是一人一粒，其他的桑葚还青着。一棵桑葚足以把牙染得紫红，如嚼槟榔的人。我们有意让桑葚的紫汁留在牙上，从南山走到街里，尽情地笑，让别人知道我们是吃过桑葚的人。

可是，蚕宝宝吃过桑葚吗？它沙沙地吃桑叶时为什么不尝尝桑葚？我想象蚕吃了桑葚之后变成了紫蚕，吐紫丝。紫，神秘、妖异、俗艳。一只俗艳的紫蚕吐出的紫丝织出的绸子有多么惊艳，像《一千零一夜》里公主的披肩。几年前，我经过一个村子，见桑树上的桑葚没人吃，掉在地上，被人踩瘪了，泥土开出一块块紫花。今夕何夕？桑葚掉地下被踩成泥却没人吃？我摘下桑葚吃了几粒，我想把所有的桑葚都吃完但吃不完，太多了。我怀着沉重的心情离开这棵桑树，因为没人吃它结的桑葚。

桃　子

没见过哪一种水果像桃子这么性感，这么鲜艳欲滴。像是一个人——显然是成熟的女人——在哈哈大笑。她的笑声停不下来，颤抖中充满了甜蜜。

我吃桃子没有一口气吃下去的习惯，先看一看它怎么回事。孙悟空为什么喜欢吃桃而不是火腿肠。桃子头顶的红晕证明它此刻正在晕眩中，不知道为什么被人摘下来运到这里，更不知道有人要吃它，否则就要生白晕而非红晕。

熟透的桃子像一位穿游泳衣的女人——又是女人——湿漉漉地站在池边。泳衣是由于丰满而非下水弄湿的。秋天里，所有的水果都在成熟，只有石榴和桃的样子在说自己熟透了。石榴熟透由牙齿暴露。古语称：笑不露齿。石榴把这话听反了，让牙跑出来笑，表明成熟在它身体里的震感比地震还强烈。桃子抿嘴笑，满面腮红。桃子的笑容和它甜美的滋味同出一辙。人吃桃无一不被汤汁弄得败下阵来，和吃柿子败下阵来相仿佛。吃桃的时候，桃的衣服一捏就下来——这一点和女人毫无相同之处——于是手无处可放。光溜溜的桃肉根本捏不住。双手捧桃的人像猴，好像唯独他一人没进化到位。人捏着弄着吃这个桃，汤汁沾腮，如儿童一般。桃肉不像苹果那么严谨，吃一块是一块。桃不论块，论堆。咬下这堆桃肉却有丝络牵连，汁水四溅。桃衣早已一脱到底。它不像西瓜皮以一厘米的厚度管理汤汁外泄。桃把人吃的有一点点狼狈，像日本人那样越来越哈腰，吃完赶忙擦腮帮子，狐疑低头看衣襟左右是否沾上绯迹。

桃欢乐，人吃桃从头到尾这套动作，显示着桃的欢乐。桃子有一点恶作剧，有一点大咧咧，但甜美。桃子的祖传家训乃是甜美，用不着转基因再甜美。什么人就是什么人，三岁看老包括桃，岂有他哉。桃子不哭泣，下雨天挂在枝头的桃子也像游完泳的孩子一样欢笑。世上有人哭就有人笑，命运分配给桃子的任务是笑，那就笑吧。哈哈哈！哈哈哈哈！哭不缺少理由，就像笑不需要理由，哈哈哈，我看见桃子就想笑，日本品种的久保桃在中国变成了九宝桃，哈哈哈！我奇怪卖桃人守着喜笑颜开的桃为什么不笑呢？要等到电视里的春晚语言类节目上场才笑吗？中国并没有加入废除死刑的国际公约，为什么舍不得枪毙春节晚会最不可笑的相声小品呢？

很久以来，人类开始鄙视自身的胖。桃不然，无桃不胖。桃明白，牛胖了被宰，牛如果瘦成一条蛇更容易被宰。桃不想像核桃那样用皱纹伪装聪明，核桃如果聪明就不应该香脆而应该像杏仁那样苦。核桃仁的形状尽管像人的大脑但它一秒钟也没思考过。木瓜虽然像人的乳房却一滴乳汁也挤不出来，茄子更挤不出来。

桃给世界带来了什么？甜美的果肉，笑，还有桃花。桃花绯红，如同春天里落地的粉红轻云，十分适合釉上彩。桃花落在渠水里惹人怜惜，桃花落在驿道让人伤别，桃花被风吹到春天的粪堆上宛如命运不公，好像比苹果花吹到粪堆上还不公。可见桃子在桃花时代就引人注目。人类早就用桃花阐释命运。算起来,桃花运不算什么好运,逃离桃花才转好。陶渊明说的那位打鱼人"忽逢桃花林,夹岸数百步,中无杂树,芳草鲜美,落英缤纷"。这片林子走完了,"便得一山,山有小口,仿佛若有光。便舍船,从口入。"是说,世外桃源原本跟桃花林没关系,跟"山有小口"有关,是俩地方。打鱼人从小口进入村里,见屋舍俨然,阡陌交通,此文没再提桃花的事。

杏

小时候，我家那个地方夏天没其他水果，只有杏。冬天跟水果沾边的东西是柿饼子和黑枣，比夏天还多一样。对小孩来说，萝卜、青椒、茄子都是水果。吃到嘴里"咔嚓咔嚓"响的就是水果，同样是水果的还有大白菜、小白菜、圆白菜、酸菜，均"咔嚓"。但真正的水果是杏，它结在树上，须仰望。菜嘛，是低头才看到的。杏仿佛知道自己的珍贵，它是内蒙古自治区昭乌达盟赤峰市夏天唯一的水果，由青而黄而橙黄挂在树上。那时候，赤峰市街里没几棵杏树，中华人民共和国成立之后没把这些杏树砍掉也是怪事。东园子有两棵，西南园子有两三棵，全赤峰的小孩全惦记着这几棵杏树上的杏，成群结队去杏树人家的墙外看杏，指指点点，咽唾沫，问自己"这辈子能吃上杏吗？"离我家近的西南园子的杏树是坐地户的树，树下拴一只大狼狗，红舌头垂在胸前。我现在见到杏仍然会想起狼狗和下垂的舌头，但见到狼狗想不到杏。我们远远望着杏树，慢慢移动脚步，人群变成扇形。脚稍稍一动，狼狗抬头吠叫，使我们退两步。

我们退，狼狗默许，然而移步向前，它一定要吠叫。狗叫为什么要抬头呢，它的嘴冲着天空才叫得出来。离得远，杏们是小黄点，藏在绿叶里。想看细致点儿，狗不让了。有一天狗被牵去配种（在没有微博、微信的时代，狗配种的消息是怎么传出来的呢），我们到那棵树下把杏尽情地看了一遍。熟杏不愧叫杏黄色，除了红辣椒，它比任何东西都鲜艳。杏上仿佛有一层小白毛，又像结着霜。那天杏上挂着晶莹的露水，简直漂亮极了。杏在枝头挂着，已经看出其质地绵软，远胜"咔嚓"。"咔嚓"多么低等。我啃了多半个白菜，肚子已经撑得如皮球才尝到一点点甜味。杏多高贵，挂在树上让人仰望并咽唾沫。狗仰脖子才叫得出来，人仰脖子却咽不进唾沫。配完种的大狼狗美滋滋地回来了，我们猢狲散尽，离开了亲爱的杏树。

那时候，课本上画着别样的水果——苹果、鸭梨、香蕉，它们总是在算术课的加法运算题里出现，我们以为这是不存在的东西，它只在上算术课时才存在。就像凤凰并不存在却有凤凰牌自行车一样。然而杏让我们知道除了糖之外世界还有甜的东西，比如杏。我们知道了杏之后，同时知道了我们的舌头没白长。它除了品尝玉米面窝头之外，还预备着吃杏。眼睛也没白长，可以看到杏。晶莹橙黄的杏挂在枝头，肩膀上挂着露水，狼狗直着脖子吠叫。

我吃过我爸从北京买回的杏但没跟小伙伴们透露。这帮土鳖虫只停留在看杏的阶段就止步不前了。即使他们在讨论中说杏有点辣、有点咸的时候，我也忍住没说杏的真实味道——甜，略酸。杏的妙处恰恰不是"咔嚓"，人吃杏时，别人是听不到声音的，萝卜才是有声食物。杏具有神秘的绵沙口感。没吃过杏的人见吃杏的人一点声音也发不出来，在嘴里抿抿就咽下去了，一定百思不得其解，好像吃杏者嘴里安装了消音设备。这帮馋鬼正打算从吃者发出的声音来判断被吃之物是什么味道，杏让他们失望了。

比品尝杏味更妙的事情是双手掰开杏。杏开了，露出比表面更鲜润的橘黄。杏里藏着俗称杏核眼那种双眼皮的杏核。杏如贝壳一样打开之时也没有声音，杏肉有黏核和不黏核的。这两种杏我都吃过，但没跟家属院的兔崽子们说过此事，他们会恨死我。我把吃完杏剩下的杏核摆在窗台上晾晒，兔崽子们看到，问："这是啥呀?"我支支吾吾说："这是中药。"他们问："啥药呀？好吃不?"我答："治哑巴的药，不好吃。"他们确实没吃过杏，连杏核都不认识。这些人如今快六十岁了，童年在饥饿中度过，我也如此。胃每天都在叫喊饿，眼睛像动物一样不断找吃的东西。

我晾晒杏核是准备吃里边的杏仁，还是吃。杏仁味苦。甜蜜之物的心里常常是苦的。家杏仁不及山杏仁好吃。而山杏的杏肉我们都吃过，苦涩，基本不能吃，它的杏仁却有一点点甜。关于杏的赞美之词先说这么多，好像还没有说透，似乎还落下了什么，想不起来了。如果再说，则要说杏这个名字起得好，其音如鸟鸣，突兀，又有一些弹性——杏，还有一些回音。汉字的杏字也造得好，简洁而有美感，像伞下面张着一个口。有一度，我曾想为自己发明一个从来没人姓的姓。先想姓美，后来觉得倘若子孙长得丑就不好起名了。也想过姓飞，姓山，都觉不妥。其实姓杏挺好，在这里推荐出去，谁愿姓杏谁就去姓吧。

樱　桃

见过一则微信，照片显示：把樱桃用盐水泡过后，爬出白色的小虫子。微信加了一个惊悚的标题——你看了之后还敢吃樱桃吗？我看了之后心情大悦，想象我为什么不是那只小白虫呢？它的衣食住行都在香艳肥美的大红樱桃里，虽万户侯不易也。世上哪里有这么好的房子，躺在里面拿房子当饭吃。床是水嫩的水果凝胶，睡醒了吃两口，接着睡。床罩、枕巾、枕头、墙壁、地板、天棚全是你的盘中餐，随便你怎么吃。它有一个统一的美好的名称——樱桃。上帝还是偏向弱者，把小虫安排在这么好的地方生活。上帝让强者用水泥这类乱七八糟的东西盖房子，然后贷款付钱、装修搞厨房马桶，麻烦事数不胜数。弄好了，睡觉要上睡觉的屋，吃饭要去吃饭的屋，而且要做饭。墙、椅子、枕头能吃吗？不能。这种房子无论叫别墅、跃层、河景房都是扯淡，都得装修，都得做饭，一点不智能。最好的房子是樱桃，苹果和梨差一点，但也行，前提是你要变成一只小虫子，白色、红色都行，钻进去，连吃带住一辈子。

住在樱桃里,你被这个房子所包裹,到处都是香味。小虫在果肉的滋养熏蒸下变得白白嫩嫩,浑身上下没一点老皮。任何一种虫子的皮肤都比人的皮肤好,道理在于它的房子好。这个房子挂在枝头。一根果柄把樱桃连在枝上,不必担心果柄不结实,上帝已经让它经得住樱桃的重量,你操什么心?假如,樱桃从树上掉下来,里面的虫子只感觉房子如皮球那样弹了弹,很舒服却没有损伤,上帝把一切都安排好了。这个房子高悬枝头,如红灯笼一般,里面住着小虫。虫儿每天早上睁眼瞧一瞧,果肉的墙壁泛出金红的光,与往日一样。虫子如果关心外部世界,可以从樱桃的房子里往外钻,冒出小脑袋看一看。它看到树上挂满了樱桃,房屋闲置率百分之九十九,供大于求。鸟儿在枝头歌唱,听上去如唧唧,又如七七。有的鸟说舅,也可能是秀。鸟儿吐字从来都不准。风照例吹过去,把树叶的灰尘吹一遍,其实已经吹了好多遍了。太阳依旧挂在空中,它周围依旧什么都没有,与往日没什么两样。失眠的虫子在夜里从樱桃房往外看,它看到露水的钻石在草丛闪光,渠水咕噜噜发出漱口的声响,它一直在漱口。月亮跟白天的太阳可能是同一个,也可能是两个,照白了地上的小路。虫子并不知道这地方叫樱桃国,它生而在此,觉得人类、鸟类和蚂蚁回家都会回到一个樱桃式的房子里。若不如此,活着有什么意思呢?虫子住的樱桃房子,从人类眼光看有一点问题。它连吃带喝都在这个地方,不搞另外的卫生间。事实上,只有杂食动物譬如人的粪便才污秽。人的消化系统用吲哚的酶消化吸收食物才搞得臭不可闻,拉屎才需要有专门的屋子。虫子只吃樱桃,排泄物到不了臭的程度,总之它自己能忍受。

　樱桃和山楂拥有共同的祖先,之后走在不一样的道路上。山楂以自己的白雀斑为荣,盼望做大,变成一个苹果。而樱桃更有文艺思维,它想变成葡萄,可以跟浆果、酒扯上联系。它们各自远行。

山楂不仅没变成苹果也没摆脱质朴，名字里的"山"字一直去不掉。从樱桃的名字看，它显然进城了，也许进入了宫廷。樱是花名，桃乃丰腴之果。美色与甘味都让樱桃占了，而山楂还在那里酸，甚至变成了健脾的中药。樱桃走到离葡萄很近的地方停住了脚步。它不喜欢葡萄的藤。藤是什么？是绳子吗？那些站不起来，依附它者的植物才叫藤。樱桃觉得长在树上才风光，比结在棚下好多了。树有自己的宇宙，上面有树枝的山脉和树叶的土地，果实是这样的宇宙里的星辰。树上的樱桃常常觉得自己在飞，树叶哗哗作响时，它觉得自己飞出了几十里路，满天都是樱桃的身影。

　　樱桃是带有笑容的果实，不管这个世界怎么样，先笑起来再说。笑有丰颐，如樱桃的笑。而瘦子笑起来如核桃的笑。堆在盘子里的樱桃让画家产生画一幅静物的念头。血红的樱桃伸出横七竖八的长而绿的果柄，指明每一个樱桃的归属。一个成年人身上带着七八斤血，但没人赶得上樱桃的气血充足，它的血仿佛比人更多。如果拿樱桃作首饰，它比珊瑚还美。它在血红里含蕴深邃，如同它的笑容藏着凝视。谁跟樱桃对视，谁会败下阵来。它的红毫不犹豫，它在火炭、朝阳之外创造了另一种红。有一夜，我梦到樱桃长大了身体，长出鸡蛋大，我抢过来吃一口，醒了。我回味这个梦，即使不醒，我吃到的也不是樱桃，而是李子。李子虽然也好吃，但它不是樱桃。如手指肚一般大的樱桃刚刚好。万物的状态决定了它的品质。如果变成比命运规定的更大或更小都会面临一场悲剧。

鸟啄樱桃人痛快

从八栋洋楼往北走,到河边见一片银杏树。银——杏,不光名好听,树也好看,是雍容大方的树。未至秋天,树叶不黄。过银杏队伍,沿河走,见一株樱桃树。樱桃好吃,树也不难栽,跟栽苹果树、梨树差不多。此树结满樱桃,大而红而艳而亮而惹人爱不释手。我流连忘返,来了一个人,看护者。

樱桃看护者穿武警士兵夏常服裤子,上身是假鳄鱼T恤衫——我朋友称之为"丁雪"衫。他手拿一把镰刀踱来。

"这是什么樱桃啊?"我和蔼地问。

"大灯。"

大灯?这哪像樱桃名。"为啥叫大灯啊?"

"大灯是大灯笼的简称。你明白什么是简称不?"他问我。

"明白简称。"我回答,又问,"有没有什么鸟飞过来吃樱桃啊?"

"没有。我跟你说,"他拿镰刀比画,"世界上这些坏事都是人干的，和鸟没关系。"

"那倒是。我在这儿看看樱桃行吗？"

"看行。"他转身走，带着镰刀。

偷不行。我坐在树下看大灯。谁起的名？太好了。一颗颗大灯红得发紫，我想象它的汁液比血还浓。如有一尺高的小人在街上走，真像拎一只红灯笼，谁见谁眼馋。

刚才为什么提鸟的事？在动物中间，我比较偏向鸟。才见樱桃，我就想到了鸟。鸟为什么不来吃樱桃呢？

对鸟来说，樱桃是洗脸盆子那么大的美食盘子，像钉子一样的鸟喙啄下去，满口红泥，连汁带肉咽下去，酸甜呛嗓子眼，多好。吃完一个，还有，有的是，完全不必吃干净。像咱们在仲夏夜进入西瓜地，劈哧啪叉，吃！但樱桃比西瓜有营养，西瓜引发内热，樱桃解毒。画眉、百灵假如饮了小造纸厂污染的水源，吃几枚樱桃，没事了，拍拍翅膀接着飞。

鸟来了，一只灰喜鹊落在树上，瞭望。咋不吃啊？它换枝条，看远方。看什么远方，看樱桃啊！灰喜鹊在搜寻异性。孟子所说"食、色，性也"，食在前头啊。又飞来一只灰喜鹊，我看不出公母。它们双双飞起，盘旋，落下，对亮晶晶的樱桃熟视无睹。我甚至想把灰喜鹊捉住，按地下，往它们的嘴里塞樱桃，一次塞俩，看它们吃不吃。

两只喜鹊飞走，往银杏树那边。我叹曰：汝，有负吾心矣！谁知道它们懂不懂文言文。

樱桃是弯弯的手指

夜雨之后,红砖通道在桑园格外触目。砖是老砖,被光阴蚀出孔眼,制成砚一定发墨。几株青草,沿砖缝蓬张,把红砖间隔成一个个小网球场。那些草在风里招展腰肢,俯首赞叹被雨水耐心刷了一夜的砖道的清洁。

我蹲在砖道旁,拂下青草的露水,洗手擦脸。过一会儿,瓢虫、蚂蚁要来这里散步,这是一条假日皇冠大道。

小时候,我也砌过一条青砖的通道在平房的院子。

我家住的地方原来有地藏王菩萨庙,"文革"时拆了,砖积如山,为通道材料。从红松的障子到屋门口只有几步。我把障子改了,使之距门远,可砌通道。虽然当时我只有十岁,竟懂得两大美学道理,一是看出青砖宜于发思古之幽情,二是把通道砌出两个漫弯,制造曲径。但我父亲不按"曲径"走,几步直抵家门。

这条通道花了半月时间弄成,路面并非平铺,有各种错落的形状。它与院里的樱桃树以及屋檐下的燕子巢构成与外界恍如隔世的情调。樱桃树削长的叶子,似美人的眉,倘有风,又簌簌如镖。燕子每日从巢里飞去来兮,雨天尤勤。它那优雅的俯冲,常令人感到燕子径直冲向我家红箱子顶上的镜框上。砖道浑穆,尤其在古铜的夕阳斜罩于我家的烟囱和窗户时,灰砖上洒满被树枝筛碎的金光,宁静从我家向四外扩散。樱桃从树上探出头,像一根根弯曲的手指。

　　这些使我得意,以为距艺术不远。但我父亲对此无动于衷。他上班时脸色苍白,脚步踉跄着。后来他被关押在单位,开始由我母亲送饭,后来我送。那时,常常传来消息,说有人从大烟囱跳下、上吊或触壁而死。每天傍晚,我坐在清静的通道旁等母亲下班。从她进院的表情,我就知道父亲是否还活着。

苹　果

　　那天我走在街上,水果店的卷帘铝门"咔咔"拉起来,让我看到了一个美满的世界:灯光下,黄的枞果、红的西红柿、绿的西瓜和大白梨摆成一个个斜坡,像提醒人们别忘了世上如此鲜艳的色彩。我进去逛了逛,检阅这里的新疆枣干、鱼雷式的榴梿和伊朗椰枣。我看到胡乱写在纸壳上的"伊朗椰枣"几个字,无由想起《一千零一夜》的故事,觉得有一种水果应该叫"阿拉丁神灯"才好。我看到挤在一起的苹果,突然感到苹果们好像是一群客人。我的意思是,它们不像是食物,像一群兄弟,刚刚从早晨醒过来,脸上带着回忆的表情。

　　我拿起一个苹果,看哪边是苹果的脸。员工喊:"不许挑。"我哪里在挑,我在想苹果在想什么。苹果,盘子里、桌子上、网兜里的苹果都像客人,平和圆满,带着正派的鲜艳与富足。苹果安详,它的笑意在脸上转了一个圈。还可以想象,柚子是厚皮大象,西瓜是农夫,栗子是蚕蛹的堂兄弟。

有表情的苹果可能在回忆着树上的事情。月夜,苹果从枝头看见露珠的光亮,月光照着苹果没被晒红的另一边。结苹果的果树显得比其他树更富有。假如树会走动,松树和杨树都要走进果园参观结苹果的是什么树,这是树里的奇迹。松树猜想苹果有没有松香的味道,所有的树都有一个愿望:吃苹果。它们想知道苹果是什么味,有没有土和木头的味,而苹果树缄默微笑。假如告诉树们,苹果香甜,它们会更疑惑:苹果树从哪里找到的甜,难道土里有甜吗?

苹果的笑容从红的那一天开始一点点加深。秋天,从哪一个角度看它都是热烈的笑脸。我看到苹果就想起"满足"这两个字。苹果满足什么呢?它好像比其他水果心里都有数,不像柿子一肚子稀粥。山楂红得过分且很酸,苹果一心一意地甜。

我在农村看守果园,后半夜总像听到笑声,不是风吹树叶的声,也没有下雨,月亮也没出声。笑声更不像偷苹果人发出的,他们笑也要回家笑。我背着那杆没枪砂也没火药的鸟铳巡视,果园很安静。回到窝棚躺下,笑声又隐约传来,像有人讲故事把小女孩逗笑了,又像儿童下五子棋下高兴了。现在想,这该是苹果的笑声,它们个个有那么圆的笑脸,怎么会没有笑声呢?

苹果籽

小时候，我吃了一个苹果。消息传到家属院那帮兔崽子耳里，他们静穆了，也可以说敬慕了，表情像喝醉了一样迟钝地看我。人堆——刚才正搞抢帽子混战，把谁的棉帽子抢来，像破狗皮一样扔掷撕掳，直到稀烂——闪开一过道，让我过。

他们没吃过苹果，但知道。小学算术一加二、二加三，课本画的就是苹果。三个苹果加四个苹果等于七个苹果，而不说两只狼加五只狼等于几，也不说三个糠菜团子加两个糠菜团子等于几。不说吓人或熟悉的什物。咱院小孩最熟悉糠菜团子，用它解说，学得更快。

我吃了苹果后，他们从头到脚观察，吃苹果的人有变化吗？胳膊变长，头发变绿像海带那样？没有。

这个苹果绿而皱，比鸡蛋大一点，叫印度苹果，那当然很甜，和糖精完全不同（有小孩舔过糖精）。吃，吃，剩一瘪核。苹果是不需要剩核的，核留给谁呢？所以我把核也吃了。吃完吐五个籽。小籽黑褐发亮，像田鼠的眼珠。我吃了一粒，白瓤，微苦，不及苹果好吃。余下的在桌上摆成横线竖线，然后放入宝盒。宝盒是金鸡牌鞋油的空铁盒，它口紧，用拐杖式的旋柄才能打开。苹果籽放进去，里面还有带豁口的玉坠，铜别针和不知什么鸟身上的黄色羽毛。

后来，有人用山楂籽换苹果籽。不干，山楂多便宜。弹弓、玻璃球和松紧带都没打动我的心，只有苹果籽可以证明我吃过苹果。当时我想，人的一生也许只吃一次苹果。

一九七〇年，家要搬到"五七"干校，大人不许小孩带东西。我把铜别针和羽毛送给了穆日根和木兔子，苹果籽种在水文站房后。在墙上给每个籽的位置做了神秘记号。

干校有挺多好玩的东西，从游泳到捉刺猬。我看别人用金鸡牌皮鞋油的时候，会猛然想到苹果籽。我认为它们已是开满碎白花的苹果树。一次做梦，家属院小孩像猴子一样悬在苹果树的每一根树杈上，狂吃大笑，不听我的苦劝，竟哭醒了。如果回到赤峰，我要告诉别人苹果树是我种的。他们当然不信。太好了，我当即指出，东边那棵树身上箍一个玉坠。我知道会有人怀疑，就把一粒籽埋在环形的玉坠当中。

那时有大人回城，我请他们到水文站看一看。我告诉他们那儿有苹果树。大人们哼哼哈哈，好像谁都没去。

后来，我忘记了这件事。再后来，我不幸得知一个知识：苹果籽长不成树，需要嫁接。我再也没去水文站。学这个倒霉知识之前，我以为咱院的兔崽子每年都被苹果撑得满地打滚，像犯了羊角风。

人的梦想太容易被知识击败，被世故淹没，被时间隔离。带鞋油味的苹果籽，是我的珍藏物，后来却被忘记了，因为有人说它们长不成树。

大　枣

在我小时候,玩具不是别人为你制造的,而要由自己完成,或去自然界寻找。有一次,我们发现军分区的一个小子从兜里掏一下,用虎口环着给我们看。

"大枣!"他说。

我们啧啧。真是大枣,这家伙竟然有大枣,多富!然而他松开手,原来"大枣"是把中指的第二指节用红墨水染的,再一攥,挺好。我们纷纷在中指涂上了"大枣",走在路上有一个指节是红的。说起来令人羞耻,我们那时已经上中学了,隐约也上过物理化学课程,但多半时间在学工劳动或挖防空洞。同样令人羞耻的还有,我们没钱买红墨水,便到学校偷。几人伙着到老师办公室,天真烂漫地汇报最近遇到的事,把老师的视线挡住,偷红墨水。一瓶红墨水咋也染五六十个"大枣"。

手上有了"大枣",要赶紧向认识的人演示一下,看他惊讶与馋的表情。如果他可怜的央告"给我吃一个行不?",那就太令人开心了。一般说,欺骗,目睹别人流露欲望时的可怜,以及迅速戳穿这个把戏，这些因素会构置一个好的游戏。当被蒙骗的人发现"大枣"是你突然伸直的一个指节时，他的失望与恼怒亦可观。他也会四处找红墨水，让别人仰慕大枣而暴露可耻。

游戏流行得很快。当你神秘兮兮地对别人说"大枣"时，他傲慢地仰起鼻子，也把涂一块红色的手指晃一晃时，这个迷人的游戏就接近了尾声。我们为了维护它的活力，曾跋涉很远，到金鱼胡同和榆树林的回民区演示，但那儿也有了。他们火气大，认为我们行为轻薄，欲施之殴打，我们只好速返。

后来有人把这个游戏演进为画老太太像。在中指关节画个老太太，由于皱褶的原因，人脸在屈指时似笑，伸直则近于哭了。这也行，但为什么没有"大枣"深入人心呢？因为后者是美味。在当时的中国，能常常吃到大枣的人，不是一般的人，我们都没见过。在电影芭蕾舞剧《白毛女》中，成排的倩女穿着短而肥的裤子立足尖罗列而出，全留大辫子。我们对伊的身段容貌尚无思慕之心，但对每人端着的大筐（道具）充满觊觎之意，里面堆着冒尖的大枣。

歌词曰：大红枣儿甜又香，送给亲人尝一尝。一个枣儿一颗心，哎嗨嗨嗨哟嗬……云云。

当兵多好，有这么多的枣儿源源不断地送来。歌词说，枣儿这东西"甜又香"，这的确是不错的。而吃枣，姑娘说是"尝一尝"，多客气，我们认为每人只允许吃一颗才叫尝，而他们明明有十多筐。歌词写得真好。

在没有游戏的日子里，我们成排坐在盟公署家属院后墙底下，缄默着。没有书读，当然也没有电视，没有打架或武斗的场面可供观看。常常一直坐到太阳落山。我们希望有人给我们讲"黄天霸"、《海底两万里》、《牛虻》，或随便什么历史上发现的或人们编出来的事情。但没人懂这些事情。而懂得故事的大人们，都要噤口。

高粱与石榴

说高粱是庄稼里的石榴亦未尝不可。

高粱暴露自己红扑扑的脸膛,石榴只露出牙齿,像煮红的鱼子。

见过高粱,你就要钦佩。它们把粮食举在头顶,而不像玉米那样把玉米棒夹在胳肢窝。高粱高举着米粒向天告白,也可说举起了一炬红烛。高粱壮烈,高粱不穿军服也像个军人,不像有人穿着军装也像小人。高粱像跋山涉水的游击队员,身子一动就唰唰响。高粱的叶子像一片片扁刀,割秋风,割露水,高粱不是好惹的,它私蓄一肚子酒精。

人在瓶上看到"大高粱"三个字,就知道是酒。而瓶上若有大樱桃、大谷子、大香蕉则不知所云,也没人管谷子叫大谷,它是小米的前身。高粱的穗子不是白白红的,山野里一嘟噜一嘟噜地红,比鸡冠花还像炭火,高高在上。高粱酿的酒一腔凛然。酿造五粮液的五种粮食,最有爷们风骨的只有高粱,一味阳亢。而大米与谷子旨在调和婉转,高粱是点火烧荒的当家人。

从分子化学说，高粱米含有鞣酸和胶质。而且，高粱一煮就开花，从心里绽放的花，好像禁不起别人歌颂，歌颂就开花，人吃起来不太禁饿。高粱造酒性烈，一煮就开花，没酿没煮的时候，脸红得已经不行了。高粱不是一般人。

石榴是富贵人的爱物。旧时人物，堂上倘若挂一幅石榴，一定是祈生子孙。石榴胸藏百籽，让不生育的人羡慕极了。这个籽，也被寓示子夜的子，一元之初；又是子鼠的子，生肖之长。所以，石榴龇牙咧嘴大笑之际，已被人间看出了福气。好多人求画家画石榴，而石榴最不好画，画不好就像黄梨或小倭瓜。画石榴开口更难，它不让你写意也不让你写实，中国画的表现手法在石榴这儿得不到发扬。

石榴为什么会炸开呢？是方便小鸟啄食吗？这么说并不是不讲理，而在讲道理。鸟啄石榴，把籽包裹在粪便里，带到异国他乡，这正是石榴开口笑的理由。石榴汁可以治疗痛风，治疗风湿痛，却不知有多少人的牙齿与石榴籽纠缠不清，牙跟牙打了起来，一个要嚼，一个不让嚼。看一个人吃石榴能看出他对生活有多少耐心，虽然生活的纠缠不清甚于石榴，比石榴苦得多，但他甘愿忍受生活却不愿向石榴妥协。人们想像吃西红柿一样吞吃石榴，却吐出一粒粒残红的牙。慢慢地吃石榴，时光情愿为你停下来。你发现一粒石榴籽也是一座时钟，藏着甘美的光阴。石榴籽像一颗颗鱼的眼睛，在石榴皮里互相凝视。

高粱从绿色的秸秆里长出一穗红，长到秋天，见谁都脸红。石榴籽的红没有锈色，光莹似珠。在植物界，果实的红都因为花开时未曾尽兴。

美丽的葡萄

"葡萄。"我爸说,然后摘下一粒放在嘴里咀嚼。

我和姐姐甚至没听清,什么桃?也摘一粒放在嘴里。等我们把这种酸甜莫名的多汁之物咽进肚里后,我爸把葡萄皮吐出来。

"吃葡萄要把皮吐出来。"他意味深长地看我一眼,又说,"籽也要吐出来。"

我根本没感觉出它还有皮和籽,而诧异于我爸能够弄来这么奇特的东西。一粒粒紧密地挨着,像把鱼尿泡系在了一起。如果他不说能吃,我以为这是一个摆设之物,工艺品。

"这叫什么?"我扭捏地又问一遍。

"葡萄。"我爸说。

"在哪弄的?"我不知这是他制造或怎么弄出来的。

"买的。"

世上还有卖葡萄的?我从未听说过这件事,也就是说这么好的一件事始终瞒着我在人间发生着。

葡萄，我默念着这个古怪的名字，吃葡萄的速度已越来越快，引起我姐的抗议。她说刚刚吃一粒，我已吃两粒甚至三粒了。葡萄，我管不了那么多，这个词在脑子里此起彼伏地发出声音。而且，这不能怪我，葡萄到了嘴里之后，自动冲进嗓子眼；它们挣脱了咀嚼，争先恐后地钻进肚子里，和我有什么关系？葡萄。

我听说葡萄是冯阿訇所卖时，更惊讶了。冯阿訇住在我们去剧院那条路的边上，胡须银白，脸色干净，向每一个路过的人亲切地打招呼。他家里有葡萄，这就不奇怪了。

当最后一粒葡萄丢进嘴里后，我以极大的毅力把它取出来，放在桌上研究。剥去它的紫衣服，它像雨衣一样光滑。里面的果肉像模模糊糊的绿玻璃球，镶嵌着纵横脉络，籽儿坐在当中，这就是葡萄。但为什么这样就不清楚了，也许冯阿訇知道。它很软，不像苹果或土豆那样脆，咬一下也没有咬梨的"咔嚓"声。

葡萄，那时我会不自觉地吐出这个词，像打嗝一样，像金鱼在水面吐出的气泡。

有一天，我终于下决心去拜访冯阿訇，这距我吃葡萄已逾半年多了。我记得他永远站在菜园对面的高门楼下，衣衫干净，笑着跟人打招呼，嘴唇红润。到了之后，却没见到阿訇。我来回走了几遍，见不到他出来。事实上，那一条街都没有人。肥硕的白菜望不到边，蝴蝶追逐着渠水飞向远方。冯阿訇的家，院门紧闭，里面是树与飞檐的青砖瓦房。我只好回去。

葡萄的事情刚刚被忘记，我和父母上街，不期然见到了冯阿訇。我挣脱我妈的手，飞跑到冯阿訇面前，敬一个礼，说："阿訇您好！"

冯阿訇被突如其来的礼遇感动了，父母对我的行为也满意。阿訇问："几岁了，学习好吗？"这些问题，我不言语，全由父母作答。

"走吧。"我妈说，又向冯阿訇解释，"我们上街。"

"好，好！"冯阿訇说。

"不！"这是我在心里说的，我紧握着冯阿訇的手不动，在心里说："你们上街吧，快走，走得越快越好。"

父母见我不走，有些尴尬。他们觉得我平时并不是这样，说："走啊。"

"不！"我开口告诉他们。

冯阿訇笑了，用慈蔼的眼光征询他们的意见。

"走啊！"我爸几乎要发火了。

"快走啊！"我姐很急躁，她要为"六一"买一条裙子。

"不！"我紧紧握住冯阿訇的手。

我爸谦卑地向冯阿訇笑一下，说："阿訇，这孩子没礼貌。"

冯阿訇说："很好啊。"

我爸把我的手拽开，夹在肋下上路。我不禁涕泣，双脚踢踹，把一只鞋子甩到渠水里，另一只甩到白菜地深处。我姐姐不得不下水并猫腰在菜地里寻找。

那天，他们疑惑不已，互相探讨："这孩子到底怎么啦？"而我，拒绝了他们给我买的小人书、山楂冰棍以及上公园看熊等所有诱惑，心里只有美丽的葡萄园。

葡萄园

栽种葡萄的人双手伸向葡萄,像给产妇接生。他踩在高高的凳子上,手上的静脉隆曲,像通向葡萄身上的细小的河流。

这双手被阳光晒得褐红。手伸向葡萄时,人觉得他的手的内部不再是骨头,而有葡萄嫩绿的肉和汁液。手把汁液输给了葡萄,或者葡萄把肉和汁水输进了他的手掌。

每一串葡萄都是倒悬、甜蜜的金字塔,我喜欢看小孩把葡萄摘下丢入(不是送进)嘴里。他们一定嫌自己的嘴小,不然可以一下丢入二十粒。甜在孩子们的舌面上泛滥成灾。

是谁让葡萄长成倒悬的金字塔?葡萄粒的排列好像包含着深奥的数学道理,这个道理只能来自阳光。我们仅感到阳光的温暖与酷热——这是就它辐射的红与紫外线而言,人类还没从皮肤上领悟阳光所包含的甜(糖)的道理,让青草变绿以及让花变红的道理,更不了解阳光里面代数与几何学的道理。人类没有阳光的解码器。

我不止一次想到,葡萄就是精灵,它比山楂和枣都像水果王国的精灵。它们水晶般的紫，如绿玉蒙一层白霜。它们一粒又一粒挤在一起，如看戏的黔东南妇女。它们没有枝，只有藤。透露它的精灵底细的是酿酒，如特朗斯特罗姆所说——一瓶才华横溢的白兰地。

葡萄酒何止才华横溢，它像丝绸一般流淌，像栗子一样暴躁，像诗歌那样彼岸，像密探一样难以捉摸。红酒，是葡萄的转世灵童。葡萄里的阳光在酒里变成月光，完成了中医师常说的阴阳转化。葡萄的须如蛇吐出绿色的信子。葡萄，谁说你不是精灵。《西游记》里为什么没写一个葡萄精呢？这是吴承恩的失误。

人说，葡萄不仅吸纳了天空泻下的阳光，还吸纳了更神秘的从海平面反射过来的阳光，后者把葡萄粒的底部催熟。如眼珠一般的葡萄肉透过紫色的胞衣看太阳，看它从东方升起，变为傍晚的夕阳。葡萄觉得太阳是一粒起火的葡萄，它的上升、降落不过是为了与葡萄对视。

雨后出现月亮的夜晚，葡萄在宽大的叶子下偷偷发光，那是雨水流过时葡萄粒在眨眼。秋天，葡萄的白霜上留下人的指纹。在安塔卢西亚收获葡萄的季节，酿酒厂的工人在大池子里赤脚踩踏葡萄，稀烂的紫色汁液淹没他们的双脚。他们的脚多快乐、多罪恶，脚因为没有舌头而遗憾。最高兴的是那些儿童，他们光着身子在葡萄汁肉里奔跑、打闹、尖叫，被别的孩子推倒在紫色汁的海洋里。人间的享受数不完。

种葡萄的人只知道世上一样东西——葡萄。他们看葡萄，拎着葡萄，用手托着葡萄，葡萄里藏着他们的口水。他们把葡萄皮像小帽子那样包在手指上，他们的脸最后像葡萄干那样起皱，还是没明白葡萄到底是什么。它们为什么甜？为什么一粒挨着一粒？为什么是倒悬的金字塔？为什么酿成才华横溢的酒？……

精灵逃逸

我觉着好东西分为两种,一种好而本分,始终如一;另一种,由好脱身,变成另一种好。

譬如,桃子是第一种好东西,后一类如葡萄。葡萄在水果中本来就属异类,浆果藤生,如眼睛一样挤在一起,累累成串。小时候的图画课,我爱画葡萄。密集的圆圈由上到下构成葡萄串,第一排五个,第二排六个,第三排七个,然后递减,五、四、三排,最后画两个和底端的一个圆圈,添两片叶子。叶子像牵牛花的叶子。这是什么?大家都说——葡萄,可惜不能吃。丢一粒扔进嘴里,嚼嚼,"噗"地吐出皮来。

葡萄不仅是葡萄,还是酒。说,它有精灵附体,由此物逃至彼物,比原来更神奇。土豆的命运是被洗干净,切开,与鸡与豆角与牛肉共炖一锅,或加盟肯德基的土豆泥联盟。它能逃走吗,逃走后变成了什么?土豆酒?当然不能。桃子虽然也能酿酒,但没有葡萄这么飘逸,可干邑,可威士忌,干白而干红。你觉得葡萄是酒国的王孙，到处作秀，所向披靡。它把地中海的阳光藏起来泡在酒里，把波尔多的露水藏起来掺进酒里。葡萄其实是一个小偷，在酒里藏了好多偷来的东西。它不仅偷东西，还不贞洁。不贞洁也算是一种偷吧——葡萄酒和橡木桶幽会，生出孩子交给路易十几寄养。看呀，葡萄干了这么多佻薄事，人们却说，其味绕梁三日，萦曲心怀。这就是精灵，做了坏事却不受责备。

安塔卢西西的诗人希梅内斯写道：

"从鲁塞纳、阿尔蒙特和巴洛斯来的驴子，它们驮着金黄色的液体，排着长队，一小时一小时地等着到酿酒作坊卸货。葡萄汁流了满街，女人和孩子拎着瓦罐、土瓮、小壶跑来。

那时候，酒坊里充满了欢乐，普拉特罗。尤其是狄斯莫的酒坊。你瞧，大核桃树下那家酒坊，人们一边用水洗刷，一边高兴地唱着民谣。工人们光着脚，扛着一桶桶葡萄汁，时而晃动，流出泡沫。远处传来桶匠的敲打声，刚刚刨下的木屑散发芳香……我从阿姆斯特朗的前门走入，从后门出来。两扇门快乐相对，在酿酒人的爱抚下，各自光彩焕发……"

我的引文有一些长，可看出葡萄的精灵如何从这里逃到那里。葡萄不过是水果，而酒——酒是什么？它有灵魂与风格——成为葡萄的不沉之舟，它们借此又活了一生，现在的话叫"提升"。在酒里，人们悉知葡萄的性情，它们调皮、任性、纵欲、安逸、高贵、狭促、温暖、体贴，像有人习惯说的：想不到，原来他是这样的人啊！葡萄就是这种精灵。

沙 果

沙果还叫什么名字,不清楚。葡萄有无数别名,如雷司令等等,而沙果只叫沙果。一事一物进入学问境地,就有俗名与学名。拿中国北方的鸟类说,树串儿的学名叫黄眉柳莺,拉丁名 phylloscopus inornatus,比电子信箱还复杂。练鹊的学名叫寿带,拉丁名就不写了,太啰唆。从博物学观点说,一物没有拉丁名,就不算是东西,或曰世上没这样东西。美国虽说是创新国家,但正规大学的毕业证书、学生致辞,亦用拉丁文,至二十世纪六十年代中期止。人也有俗名与学名,二狗子即张国栋,铁蛋乃赵长江,只缺拉丁化。而沙果就是沙果,质朴到家。"沙",北方话是形容词,与"脆"相对,说口感。而"果"便是果,不是瓜枣菜蔬。

洗好的沙果放进盘子,隔日生出瘀迹,像被人揍了一顿。人遭殴之后有"青一块,紫一块"之相,是软组织挫伤,毛细血管破裂,自身无法吸收呈现的现象。沙果没毛细血管,更没得罪人,何故?此谓氧化。

"氧化",是十分好玩的词。我们所说的"衰老",医家称之为氧化。"老"之所以无法被制止,是因为器官——不光皮肤,包括血液细胞——无时无刻不在氧化之中。"老"是一个不准确的词,氧化才指出事的本质。当病理学家指出某种东西具有"抗氧化"功效时,譬如维生素E、红酒、蜂蜜等,等于说它可以减缓"衰老化"的过程。

有一次,和一位从日本回来的医学博士饮酒作乐。席间,我出喟叹,曰:"这几年俺氧化得挺厉害!"海归博士听了,先笑后呛,嘴如喷头一样将啤酒扑出,使其邻座沐浴。我问:"说氧化不对吗?"博士用餐巾揩邻座人西服,说:"对是对,没这么说的。"

跑步提高抗氧化能力,烟酒乃至膏粱厚味促进氧化。人和人,比的不是不氧化,而是谁氧化得慢。人称赞人:"多年轻啊!"用科学的术语说,即谓"多不氧化啊!"或者"跟没氧化似的。啧啧!"

不光有机物氧化——人当然是有机物——无机物也氧化,如铁,甚至水泥也由于氧化的原因失去了原来的性质,老百姓叫"到时候了"。水泥是无机物,泡在红酒里也氧化。人泡在红酒里或用红葡萄汁洗澡,也阻挡不住老。外在的东西只起到减慢的作用。然而生活的道理不在有无之中,而存快慢之内。

沙果氧化得很快,每一个都像打过群架。它们比不了人,以精密的血管网络运送养料及排出废料,人之脸色因而比沙果好看一些。我最近看了一些回忆录,胡适的,胡蝶的,还有美国前总统胡佛的。看完,想他们说这说那,主义呀,境遇呀,纷纷攘攘。到底说什么呢?套用鲁迅的话说:我横竖睡不着,仔细看了半夜,才从字缝里看出字来,满本都写着两个字:"氧化"。

氧化吧!去旧可以更新。

糖梨儿

到秋天，吃到象牙黄的小糖梨儿时，想起一句成语：吃人不吐骨头。想到时，刚好把核桃大的梨儿吞入，嚼两嚼，将把儿拽出来扔掉——不早也不晚，想到这句成语。小糖梨儿是果皮包着的一口梨粥，无渣无滓，核也是软体，用不着吐。想到的这句话，学自小学课本，好像是《收租院》，说地主老财吃人不吐骨头。那时，闻而惊骇，不吐骨头？印象非常深。当然，这是一个比喻，但老师没说比喻，说就是"吃人不吐骨头"。这样，语文课变成了生物课，言说猛兽对弱者的吞食。后来领悟了这句话的政治含义，即私有制的残酷，刘文彩、杀害英雄少年刘文学的地主和砍雷锋手背的地主婆吃人不吐骨头。

换一个话题说，北方的水果多有硬核，瓜无核却有籽，不吐不快。习惯之后，遇到稀软的糖梨儿囫囵吞之，也喜人。当然我吃东西比较狼虎，斯文人还是吐核，至少把小黑眼珠似的梨籽儿呶吐出口。然而他们吃的时候，也想不起什么成语佐餐。

"糖梨儿"而不写成"糖梨",是两者在北方话里发音不同。在许多情况下,北方话对较小的什物,有称谓上的儿化:糖梨儿、大枣儿(枣虽称大,实小,如老疙瘩是家里最小的孩子一样),还有小崽儿、小猫儿、小米儿、小鸟儿。大的东西,如鸭梨就不能叫鸭梨儿,不中听。那么大的梨,能叫鸭梨儿吗?不能。

有的南方人以为北方人说话随便儿化,非也。譬如,北京旧有九门,崇文、宣武不一,其"门"的后面均不能加"儿"——"天安门儿",不像话,让北京人听了叹气摇头。而九门之"西便门",读时必须加"儿"——西便门儿,此"门"不"儿"也让北京朋友笑话。南方人对儿化音头痛,发此音不得要领,拎勿清,捣糨糊。究其实,"儿"音没什么了不起,舌头直伸,嘴开舌缩,"儿"也。有些人把"儿"读如"厄",舌形对,然而鼻腔未打开,如豫北方言。所以儿化之前,先要通鼻子。有一个地方的人说不出"儿"音,在胶东。我爸的朋友车大爷,即我妈说的"老车同志",是此地人,常对我爸说"我一无亲,勒无友,你是我的亲弟弟"。他所说的"勒",即数学的"二"。车大爷还说"阿勒巴尼亚"。最让他口舌窘迫的地名是"二连浩特",车大爷开车去那儿拉牛羊皮革,说"勒连浩特那勒人实在"。掉一下书袋,"勒"(二),实为齐地的古音读法,当年孔子孟子都这么言说,像车大爷。

古音令人着迷。诵读唐玄奘法师用汉字记录的佛经,如《大悲咒》,今古读音已大不同。经中的读音有梵语和唐朝读音,如罗读赖,夜读亚,阿读窝,曳读谢,吉读揭,等等。听和尚以古印度语和唐音诵经,心明眼亮,气象万千。

唯一的橘子唯一的灯

有一次，我从北陵大街经过一座桥回家。在桥上，偶然发现一个生动的画面：拓宽的河堤上，新鲜的黄土堆出阔大的斜坡，一个橙色的圆点从上面缓缓下移。那时是暮冬，在铅云与枯树的背景下，黄土以及上面的杜红非常抢眼。仔细看，才知道这是一个穿橙色衣裤的孩子在堤坝上滑行。

我很感动，好像体味到一种深远的寓意。想了想，又好像见过这场面。一路上，回忆在哪里见过此景：黄土大堤上的橙衣小孩儿，没有。我很奇怪，记忆似乎又与什么东西串笼了。

那天随手闲翻一本油画集，有幅画差点儿让我跳起来。

《唯一的橘子唯一的灯》，作者是奥地利的衣贡·席勒。这是一幅铅笔水彩。

画面简洁，床、墙壁与门都未敷色，淡黄调子，在赭石色的衬布上放一个橘子。席勒将这个橘子诗意地称为"灯"。我第一次看到这幅画时，曾感叹作者的内心多么岑寂，珍惜着来自外界哪管是一点点的温暖。这种感受进入记忆之后，竟然一直活跃着。它一旦与生活实景的相似场面相遇，就会跳出来，如北陵大街桥头的一幕。我在桥头看到缓缓下移的橙衣小孩儿，心里也生出无端的伤感，仿佛替这孩子的寂寞忧伤。可见艺术品潜入人心的时候，场面中央带着情感，不同于实景。

席勒短命，不到三十岁便迈入天国。他是表现主义鼻祖克里姆特的学生，具有卓越的线描才能。他笔下的人或物一反克里姆特的唯美，线条在惊人的准确中艰涩、打结、抖颤，表现人物的手与脸时尤如此，活画出人心深处的焦虑。也许是维也纳心理学派的影响，席勒比其他画家更逼真地反映了人类具有神经症特征的内心惊惧。席勒又是一个受到东方艺术影响的画家。正如克里姆特深浸于日本的浮世绘，席勒笔下偶尔会有中国画的意味，从他的《带金钟花的李树》与《向日葵》（布上油画，一九〇九）上可以看出朱耷的意味与张力。当然，在淡泊宁静的中国画的领地里，席勒只是身影一闪的旅人。他的内心太不平静了，与东土的笔墨意味并不相容。席勒以粗放的绘画语言率真地表达的敏感与困惑，让观者内心久久不能平静。在《唯一的橘子唯一的灯》里面，你可以感到那个橘子在呼吸，它渴望过、憧憬过、哭泣过，像席勒纯真美丽的妻子伊迪丝。

翻画时，我对未来寄寓过一个幻想，希望有一天会遇到黄土大堤上的橙衣小孩儿，把这幅《唯一的橘子唯一的灯》送给他，说当年的感想。也许那时我已衰老，而他健壮年轻。这人拿着画惊讶地说："是吗？当年会有这样的事……"

生活值得留恋的理由之一，是我们能够挽留并重温一个已经逝去的旧梦。

蜜的秘密

我们在花里看到的是花瓣,是美人意态和飘零。蜜蜂在花里看到了蜜。

蜜在哪里?

娇嫩的花蕊生在花的中心,像蛇信子,像微型豆芽,像海洋生物的手足。哪里有蜜?花蕊的冠上有一点点花粉,这是蜜源。世上所有的蜜都来自如此稀少的花粉,蜜蜂把它们酿成蜜。

人在世上浑浑噩噩几十年,不明白的事情太多了。比如曾经吃过蜜,却说不清什么是蜜。

蜜何止于甜?它是成分复杂的能量,也是生物体。蜜纯净如琥珀。我宁愿把琥珀看作是远古蜂蜜的结晶,我希望它是蜜的化石,切成一个戒指面戴在手上。蜜抱着手指睡觉,手隔着银子甜。

蜜的汉语发音轻柔甜美,吵架时用不上这个词。你蜜,听上去不狠。

蜜是世间最神秘的东西之一,它不同于纯朴的粮食,要去壳碾压，要煮熟果腹。蜜从蜜蜂（嘴里、肚子里，哪里不清楚）那里到人口中，融化了一个甜的秘密。它和舌头如同情人一般相遇并相爱，缠绵不已。蜜在前生前世就知道人想蜜，知道舌爱蜜，最神奇的是蜜蜂知道蜜在哪里。只有蜜蜂知道花里有蜜。

花多干净。我们以为花仅仅负责人间的美，人把花的图案印在布上，雕成花放在房檐上，故宫影壁墙上刻着琉璃的荷花。花迎风摇摆，一如有情；花临水揽照，一如幽怨。花不语，人却从花容里分明看出了笑容。而花竟是蜜蜂的粮仓，蜂没吃掉花、没嚼碎花却采到了蜜，蜂从美里找到了粮食。

对人来说，蜂蜜提供热量、愈合创面、止痒、解毒、甜。对蜂来说，所谓蜜是它一生的事业和负累。除了采蜜，蜜蜂什么也不会干，不会打猎，不会吃草。可是，会采蜜的生物什么也不需要干了，采蜜已近于天使，无须会其他技能。

在蜜蜂面前，我每每自惭形秽，我会的手艺虽多，肚子里却没有一滴蜜。我也没见过其他肚子里有蜜的人。所谓甜言蜜语都是干坏事之前的铺垫，肚子里也没蜜。即使蜜蜂像法国地铁工人一样罢工，不再酿蜜，它的形态也令人敬重。金黄色带黑条纹的肚子有一些豹的不羁，又生出透明的翅膀，上有河流般的网格。翅膀是蜜蜂的代步工具。它如此辛劳，上帝让它再辛劳一些，给它安了个翅膀。众所周知，长翅膀的生物没有哪个懒惰，不停地飞啊飞。人的懒，原因之一是没翅膀。人若插翅，会加速户籍制度的灭亡，不亡也无用，人已飞了。海关的设立，边检站的设立，护照、飞机、汽车乃至婚姻制度的存在，皆因人无翅膀。有翅之人还坐什么飞机？办什么护照？结什么婚？打一圈麻将的时光，人已飞出好几个县。就算胖人，也飞出好几个村子了。借别人钱的人，永远不用还，一飞了之。人长了翅膀，无须买房，谁家房子好，上他家房檐住去。唯人心念太多太杂，上帝不让人长翅膀，让人膜拜车和房，让他们认为刘翔跑得很快。

蜜蜂像手脚沾着面粉的女人，沾的却是花粉。它们说不出话，用翅膀代替嗓子，嗡——蜜蜂一辈子只发这一个音：嗡。别人以为它还接着发"嘛、尼、叭、咪、吽"。蜜蜂止语，只嗡，嗡的意思是热闹，热热闹闹，办采蜜这么大一件事，不可能一点声音都没有。蜜蜂带着它的花肚子，藏着它的暗刺，翅膀扇出人之视网膜识别不出的频率，在花丛蹀躞徘徊。

人在槐花里待一天能让香味熏死，蜜蜂却清醒。那些枣花、荞麦花、苹果花、黑莓的花，是蜜蜂一生的工作车间。它在花里度过匆匆忙忙的一生，它知道花瓣的质地、花蕊的弹力、露水的深度，它手脚并用地搬回来蜜。蜜蜂用太阳光照的夹角计算自己的路程，它从带白绒的叶子上听到植物的呼吸。

蜜的秘密无人知晓，人们吃掉蜜后忘记蜜的味道。除了吃喝玩乐，人会忘记一切。蜜蜂在劳动中、飞翔中、睡梦中忘不了蜜，它把蜜安放在蜜的位置。它继续飞，风告诉它花的位置，太阳与它复眼的夹角告诉它返程的路线，蜜蜂嗡遍了天涯海角。

资讯说，农药，特别是除草剂已让蜜蜂越来越少，蜂类无法抵御化学制剂的杀伤力。资讯说，移动电话的基站让蜜蜂的巡航系统失灵，蜜蜂找不到回家的路而死在尘土里。

人说，蜜蜂死了，人就吃不到蜂蜜了。实际上，现在没几个人吃过真正的蜂蜜。蜜蜂并不为让人吃到蜂蜜而活着，正如它们没想到因为农药和移动电话基站而死。连续三年，我家门口小花园的蜜蜂一年比一年少，世间将失去这样一种美丽的、无害的、会制造甜蜜的小精灵了。孩子们将在课本里像认知恐龙一样认知蜜蜂，好像它是三国人物。

拾麦穗

遗留在大地上的珍贵之物不是光线与露珠而是麦穗。收割之后的田野空寂荒凉，麦穗躺在泥土上，如一枚枚徽章闪光。

麦子摆动历来被称为麦浪，如今小小的浪花躺在大地的垄沟里，这朵浪花带着饱满的麦粒和尖锐的麦芒。麦海不知何时退潮，金色的相互碰撞的麦海竟撤离得无声无息。

麦穗是大地留给孩子的礼物。不止一位西方画家画过贫困的妇孺拾麦穗的画作，人们把田野遗留的麦穗与贫与弱联想到一起。麦浪汹涌之际，大地何等丰饶。上天却知道粮食再多也有不能果腹之人，而收麦人无论怎样仔细仍有麦穗遗落在土地上。"余"这个词不仅说一个人的钱财资粮多到用不完，还说老天总让果腹之物有所遗漏，不至于严谨无缺，让麻雀和穷人的肚子里也有一点粮食或者叫热量。

麦穗更愿意回到麦垛还是被遗弃在地里？麦穗知道，没有一株麦穗会永远遗弃在田野。这些麦穗更愿意被握在穷人和儿童的手里，麦穗被这些手握得更紧，不会松开。法国巴比松画派画家米勒画过一幅《拾穗者》。画面上，三位身穿粗布衣服、脚上套着木鞋的妇人弯腰拣拾地上的麦穗。她们弯着的腰和伸向土地的手——如向大地祈祷，手里不过是一株麦穗。远处是高高的麦垛和灰暗的天空。米勒在三位妇人身上画满了鲜明的光，面孔却模糊不清，人和大地在一起的时候，人的表情早就让位于大地的表情，人和大地表现得同样谦卑隐忍。罗曼·罗兰说，米勒这幅画中的三位农妇是法国历史上的三女神。米勒的艺术评论人说："她们无异于乞丐，但比坐在宝座上的国王更美丽。"

拾麦穗的农妇是穷人，住在森林里的米勒也是穷人。他城里的朋友给他的儿女带来一些糖果，孩子们兴奋地尖叫，米勒躲到暗处擦眼泪。这个世界上，谁关心遗落在田野里的麦穗？他们是穷人和米勒，是乌鸦和上帝。

麦穗是天空的飞鸟，落在大地上，让穷人领回家。穷人的家里空空荡荡，水在水缸里珍藏着光。穷人家猫狗的颜色更接近于土。穷人家灶膛的火亮了之后，把四周照得更加漆黑。星星后半夜溜进穷人的院子，听一听他们是否有鼾声，风藏在杨树的背后，哗地从叶子上跳下。麦穗躺在穷人孩子的筐里朝四外张望，听这家人均匀的呼吸，听老鼠飞快的脚步声，看挂在墙上的农具——犁杖、镰刀和筐。麦穗此刻正躺在筐里。因为拾麦穗，穷人的孩子睡得格外香甜。大地还在他的梦里闪耀秋天的光彩，他真高兴麦子被割走却留下这些麦穗。这些麦穗好像一束束金子，不像土里生长而是天上落下的礼物。麦穗里包裹的不像是麦粒而是秘密，如同麦穗遗留在田地是一个秘密。拾麦穗的诱惑是弯腰拾起一条，不远处又有一条。土地多么慷慨，让孩子弯腰得到巨大的喜悦。

麦穗在孩子的梦境里飞翔，如鸟儿在天空织成一张金色的网。

然后落下来，落在树上，如绿树所结的金果子；落在河水里跟鱼儿比赛游泳。麦穗更多落在孩子的筐里，落在穷人的屋顶上。在穷孩子的梦里，他的家也有了麦穗编织的屋顶，雨水顺麦芒的尖顶流下来，洒在屋檐下的白鹅的羽毛上。有了这样的梦，孩子们憧憬第二天早上再去地里拾麦穗。最好的年景就是天天可以去地里捡麦穗，垄沟里的麦穗已经等待孩子很久了。

  大地肃穆，看到拾麦穗的人频频弯腰，农民从春到秋，对土地一步一叩首。麦收之后，他们的孩子接续到地里叩首。割麦子的时候，白云让出了偌大的天空，让蓝照耀金黄，世界上有一种名叫麦子的圣物从地里割下，装车、进场、入仓。地里和村庄隆起高高矮矮的麦垛，金黄成了大地的主调。大地萧疏之后，田野里还有孩子们在拾麦穗，他们如落在田野里的鸟儿，蹦着跳着，大地被这些软乎乎的小脚丫踩过，舒舒服服。

面包的天堂

麦子,像海涛一样翻滚的麦浪凝固在面包里,被凝固的还有早晨的露水和夜晚的月光。所有的面包都像哈哈大笑的胖子,如果面包不胖,谁都别想胖了。仅仅在三十年前,胖仍然是一个好词,胖子可以对向他谄媚的瘦子微笑并用鼻子出气。由此上溯三千年,历史上的胖子超不过三千个,胖比娶小老婆更让人羡慕,那时没有全球化。

面包的笑容,如同农民坐地上盘腿喝酒的表情。对麦子来说,成了面包就上了天堂。天堂并不远,需要炉子而不是梯子,谁进了天堂谁香。人的天堂有可能遥不可及。告诉一个人:你的天堂在你的善心里,在有鸟的树林和有蜜蜂折腾的花蕊里。他不信,说你是个骗子。事实上,如果在雪地迎面撞见一轮红日,在月夜听到小鸟的梦呓,都算天堂的一个小片断,但人们不信。

麦子相信天堂不远。它们成为面条算是参加工作,当面片是当自由职业者,变成馅饼皮和包子皮是在黑白两道上混,当面包就进了天堂。

  每个面包里都有一个天堂，类似教堂更类似于蜂巢，香味灌满楼上楼下所有的房间，圆形屋子里有面粉砌的光滑的墙壁。如果小虫钻进面包，一天啃三遍墙就饱了。

  面包的香气从麦子、炉火里来，但这只是表象。往深里说，面包的香气包含着大地的沉静，弥漫阳光所赐予的格调。这么说好像牵强点儿，其实不牵强。说阳光有气味、有味道，不如说它有格调。晒过的被子有香气，细究它不是香气，是味，它是用嗅觉来品鉴的格调，来自太阳和棉花之间，主体是阳光。面包里也有阳光的格调，源于太阳对麦子的赞许。麦子护生，天地之大德谓之生。人类对香的理解很窄，对香的表述几乎是文盲。香奈尔说她首创的五号香水灵感来自北欧的白夜，这种说法乃是顾左右而言他。一个人说不出东西的本质，就把它支得更远。北欧、卡萨布兰卡、丽江，均适合描述狂乱的想象。说香奈尔五号具有泰山的味道就不浪漫，不浪漫就没人买。泰山属于松柏加褐色大酱的香型。

  面包的香味来自大地和光，来自炉火。而火的前身或许是树和煤。燃烧的煤里有光，而煤不过是树的化石。煤在地下藏了亿万斯年仍然储存着阳光，否则它起不了火。玉就不燃烧，玉乃石髓，不挨着太阳。

  这就说清了面包为什么笑和大笑，为什么胖。面包看见了钻进麦子里的光和来自炉火的光，这些同学在自己身体里相遇，面包哈哈大笑。阳光遇见了阳光，真巧了。但天堂里没有巧合，巧合只发生于电视剧。天堂不遵从戏剧三一律而恪守因果律。因果的意思是因即果、果即因，循环回转、生生不息。我们在这个叫作面包的天堂里看到了阳光、雨水、土壤、夜色和火的笑容，神让它们互相转换，变成粮食，变成人的身体。实话说，每一粒粮食都是天堂。

馒头酒

搬家之后,我准备吃遍周围的小馆子,非馋,而在摸情况,用领导的话说叫"心中有数",减少吃的盲目性。

昨天吃到后楼从东数第三家。该馆子连名号都没有。

问:"咋不起个名?"

馆主曰:"嗨,小破饭店,我都懒得开了,起什么名。"沈阳人把吃的场所不论贵贱大小全叫饭店。

"那也得有个名啊。"

"没名你不也进来了吗?"

这是我和老板间的对话。他说话好像抬杠,否。俺们这旮说话就这样,直而亲切。

桌对面来了个老头,从棉袄里边掏出一塑料袋馒头,有七八个,塑料袋内部挂着哈气水珠。老头要了一玻璃杯白酒,在接碟里倒点盐面,蘸馒头吃,小口抿酒。新颖!我想起俄国人用西红柿蘸盐面的事,像幽默表演,但人家很严肃。这个老头眯眼遥视远处,皱纹深得看不见底。这张脸如果打开，皮比别人得多一尺。吃完一个馒头，他又换酱油，蘸馒头吃。依次换醋、胡椒粉。一样是一样，不混淆，吃了四五个馒头，即武大郎说的炊饼，眼睛还看远处。桌上这几样佐料用完了，老头把馒头掰开，蘸白酒吃。我也算饮者，红黄白酒饮过无数，但这回开了眼界。

酒虽好喝，但过嗓子眼那一瞬还是难受。老头把酒吸进馒头在嘴里嚼，这个厉害。我也情不自禁跟着嚼起来，后自我觉察，停止。过一会儿，老头脸红上来，皱纹也开了不少。对我说：

"在吉林，人把蛇叫绣球。"

我怎么没听说把蛇叫绣球的，但没敢问。这老汉样子太豪迈了。

隔几分钟，他又吃了俩馒头，说："蛇咬了拇指，昼夜不停赶到沈阳，正好不到二十四小时。"

我没什么蛇知识，跟老头对不上话，问："给你要一碗羊杂汤？"

老头上下看我，说："下水？那是人吃的吗？"

我正吃这玩意儿，顿觉自卑。左右看别人，还有好几个吃羊杂的，和我一个档次。

老头的馒头与酒俱罄，起身走了。外面正下雪，而我认为遇到了一位老英雄。

悬崖的玉米

十月份去新宾,毗邻行车道有一条正在修的高速路。

高速路真厉害,逢山开道、遇水架桥,难不住它。我的目光随它建设的步伐往前看:一处山崖被劈开,陡面约十米高,上面站着大队的玉米。玉米站在悬崖的尽头,它前面连人的一只脚都站不下。秋天的玉米,叶子肥卷,深绿里的紫色如笔痕。成熟的玉米棒像它身上斜挎的匣子枪,每株斜插四五个,个个神气。这个土崖楔子形,一侧深沟,另一侧是劈开的道。你看崖上这一群玉米,像听到召唤从四方汇集此地,也如玉米的江水流到这里停下了。它们的叶子带着晚秋的紫,穗流苏老而飘零,真是悲壮。我第一次看到玉米的悲壮,即走投无路也决不退去的决绝,像丘吉尔在英国最危难时刻对国民宣誓:never, never, never give up. (决不,决不,决不放弃)日头偏西,余晖把劈开的崖壁刷上鲜艳的黄,玉米的叶子反光,如水碗。一群乌鸦呱呱叫着,从玉米头顶上飞过,它们黑色的翅膀分割橙色与水蓝的天幕,像斯密波尔的丙烯画。

风吹来，玉米甩开袍带，甩到彼此的身上。风吹得更大一些，玉米相互靠在一起。在如此明亮的黄昏，夜色正从脚底向上弥漫，玉米们在悬崖的风中拥抱。它们何止通人性，它们就是人们，成百上千，每株玉米都有心肠。

对自然真的不能仔细看，看进去觉得跟人间一模一样。我替玉米们怆楚，为它们被悬崖阻隔而无回路的命运，并觉得崖下有一条江流过才好。江水不必清也不必静，浑浊地流淌过去，跟玉米上下呼应。可惜美术家没看到这个场景。

转一圈儿再看崖上的玉米，感到它们勇敢。这是我所看到的最勇敢的玉米，好像一群抗战时期的河北农民，顶着日本人的枪口。如果在每株玉米头上戴一顶草帽，就成了游击队的整编师，气势可吓跑任何正规军。

多高的山上有多高的水，这话没错。玉米长在高高的崖上，长势那么好，不缺水分。它们站崖上看公路上人来车往，不知是什么心情。那时候，觉得做一株悬崖玉米也蛮好，站一个秋天。

玉米之名

袍带缱绻,是玉米的情人。玉米绿袖长广,期待不识字的农夫俯身写下一些字和念想。隶书、草书、楷书,有关河流、晨昏、露水和山坡的日志。

到了七月,在北方看到了什么?遍地玉米。其实看不清哪一株玉米是什么样子,满目茎叶汪洋。玉米的海由它们的叶子或者说袖子纷拂而成,拥挤澎湃。有一点风,高粱叶子出语"沙沙",月夜听似"杀杀"。而玉米在风里回身转袖,呼喊深远,像要从夏天传到秋天。风再大,玉米哗然似水泄,不知堤坝开了多大的洞穴。倘若塞尚来到塞上一观,就会看到中国北方的阳光在玉米身上洒下的是葱绿、墨绿、灰绿和带么一点紫痕的绿,飘摇不定,晃眼。

玉米海的单位是垄。深秋,站在垄背上的老玉米的根像鸡爪紧攥着土地。人光膀子穿越玉米地,叶子割破肌肤,是被汗水盐分涂抹过的锐痛。

"玉"和"米",均属汉字里最好的字,合帝王之尊与社稷之本。何米为玉，何谷为金？何石为燧，何玉为璧？命名的时候，先民把手按在这件事物上，加入多少遐想。在粮食里，玉米的地位粗伧，和高粱相当。在老百姓嘴里，它叫棒子、苞米、苞谷，"玉"不知跑到哪里去了。它的化学属性是淀粉。一位药厂的朋友告诉我，在×吨玉米淀粉中加入×公斤×素，搅和匀了（不匀也无碍）就是人们吃的×片。人们拧开药瓶盖，取出×片丢入嘴里，含水仰脖下咽，我想，他吃了一粒玉米。

玉米一如男人风格的女人。东北老娘们儿中这种类型的不少。虽然姿色招摇，但还是很土。玉米生育能力强，抗旱能力强，不曾梦想化为一朵茉莉花。玉米喜群居，喜议论，喜赶集，喜扎堆，喜龇牙，喜锋锐，喜在成熟的种子头顶挂两撇流苏。东北老娘们儿走路蹬蹬的，屁股拽拽的，骂人的时候表情入戏，妩媚倒让人有一点不安。玉米包含着东北女性的特质：广阔、连绵、斗争、村、乐观以及易逝的姿容。

玉米叶子向阳的一面光滑，再宽一点就像烟叶了，背后有小绒毛，长在起伏不平的叶面上。无论夏秋，太阳未出之际，露水顺叶子滚入玉米的腋窝，东北话叫"胳肢窝"（满语）。而玉米在初夏长出半尺高时，看着也不幼稚，像小小子早晨出操。它们占的地太多了。东北如此之大，也被玉米占满。像农村丫蛋儿土生土长，都有一个好名，二丫叫李桂兰，三胖叫刘淑芝。桂、兰、芝，何其清芬。东北的苞谷也有一个好名：玉米。何其优雅！

玉米抽穗的时候，肋下披着像竹笋又像包在被子里的婴儿一样的小玉米，头上吐一穗娇嫩的簪缨，顽童摘下夹在鼻唇间充胡子。玉米在跟旱象和雨水的吵闹中拔节，周身斜插着一个个做了流苏记号的玉米棒。棒上有牙齿一般晶莹的颗粒，等着灌浆，等着秋天，等着农民在场院用两根干透了的玉米棒双手搓绞，米粒哗哗流淌。

小米真小

早晨坐在北窗前,翻书、喝茶、看高远的秋空。忽然发现灰漆漆的窗台上散落一些小米,这必是被窗外的珍珠鸟踢腾出来的。

小米真小,我仔细看了半天也看不清它们的模样。在窗台上,三五十粒小米才占一点地方。拈些小米放在手心里观察,真是很可爱,像小鸡崽绒毛那种黄色,掌一动,它们几乎无重量地跑动着。

小米的样子有点像中国的玉,温润和瑞,半透明,没有火气。我素来不爱吃小米饭,因为小时候吃得太多了。跟大米相比,我认为结论是不容置疑的,小米不好吃。因为常听到"延安的小米"云云,它便有了一些革命党人的气质,使我不敢腹诽。

除去革命形势不论,北方干旱地带的农民只能吃小米。像我这样侥幸生在城里(虽然是小城)的人,吃过大米白面,才排斥小米。小米在农民口中,只有饱与不饱之分,没有味道好与不好之别。

现在想,小米饭除了在嘴里不太滑溜,吾乡人称之为"柴",也没什么不好的味道。其味也如玉的性质,得乎中庸。一种朴素气实际也是大家气,能养活亿万斯民的味道,不可能是卓尔不群的海参鲍鱼之味,大约就是像小米这样没什么味道的味道。

从古文化遗址看,小米还是农耕文明中最早的产物,有"祖宗"一辈的地位。恕我唐突一句,小米历经商砰周鼎之后还是这么小?在吃物纷繁、吃法百般的今天,也还这么小?它真是历沧海桑田了。这种悠远,使它定型于永久,不想改变也顺应万变了。

古人将小米称为"粟",好听,典雅威重,登堂入室不妨。"粱"在汉以前也指小米品种之一。现在植物学家和山地农民都称其为"谷子",也好听。一种东西,以同一称谓流行于官民之口,通行于南北之间,是难事。除非它是极有来历之物,如谷子。玉米这玩意,东北叫苞米,贵州叫苞谷,翻译小说中矫情写为玉蜀黍。名出百端,是因为它出身浅。至于饼干、克力架乃至曲奇,出身更浅。子曰:必也正名乎。其实大象之物,无须正名,海在哪里都叫海。谷子也是这样,走到哪里一说:谷子。小米说的是脱壳的谷子,这名朴实得无法剥去华饰,也无法分割。小——米,就是它。

得道了,小米,可以致广大而尽精微。

小米的优良还在不酿酒,虽然古书上说它能酿酒。但现时无人酿纯小米酒。谷物正道是养人,旁门才酿酒。此事小米不为也。粮食里玉米个头最大,如兵卒,常被碾碎。其次高粱,美艳而粗粝,其豪气化杯中物。大米是城里娘们,阴柔绵软。麦子乃正房发妻,温良和顺。小米为王,不温不火,静观万物,以小制大,是中国的王。至于鸡鸭鱼肉、熊掌牛鞭,则是幕僚、门客、侠人、暗娼,一顿而已矣,两三顿而已矣,转瞬荣华奄忽泔水缸内。它们哪里有小米的安详宁静。

我的梦想中曾有园圃之愿,譬如种点菜和向日葵,现在修正,加几垄谷子。秋天,碾好的小米用簸箕飞泻装入白市布口袋,我像农人一样竖掌插入米中,抓一把让它顺拳眼泄流,黄澄澄如细沙的小米摩挲着掌心流下,再抓一把,让它流。嘴里学农民的口吻说,啧!多实诚。心里想,小米咋就这么小呢?这时,手与眼同时享受着一种比较开阔的喜悦,与天地关联起来。若是高兴,我可能扛半袋子小米,送给城里亲戚。

在德国熬小米粥

起先我不爱吃小米，怪其不圆滑香糯，柴。我媳妇爱小米粥无数年，诱我食之。我食而上套，觉出其好。小米粥之好如良善人与你肚肠对话，说的都是贴心话。这种粮食极尽朴素而后香，大香无味。而颜色温润，是有来历不张扬的君子思路。

赴德前怕行李重，踟蹰再三，带一小袋小米。我经过北京的、法兰克福的、斯图加特的奔波，脑子被各种信息搅得彻底乱套。入住房间，觉得先要做一件事。想了半天，是撒尿，一撒了之。又想，小米粥？对头。房间里厨具齐全，用亮晶晶的德国钢锅熬小米粥。拿米袋，一看乐了，上印："龙凤之乡翁牛特"，这是我老家的小米。

为什么乐呢？看到"翁牛特"，脑子里出现老家的口音，跟德语一点不一样，小米跟这几天吃过的面包和"汽斯"也不一样。窗外的德国森林跟建筑与小米更不配套。熬出小米的香味，混入收音机播放的交响乐中，更可乐。我对"咕咕"冒泡的小米说，你们是翁牛特第一批赴德粮食，为两国传统深厚友谊做出卓越贡献，贡献如何，少顷由我肚肠验收。

喝小米粥，想起杨远新。他是我好友，我俩友好二十多年。去年杨赴翁牛特担任旗委书记。我对他说："你升官，我发财，我要搜刮点好东西。"远新说："我们不发达地区没啥好东西，最贵重的玉龙在国家博物馆呢，牛羊和树没法送你，只有杂粮。"我说："来点小米、荞面吧！"收到啦，翁牛特的小米粒更小。别的小米煮粥，单位体积五千粒，它可达一万粒。米多，营养就多，这是我发明的说法。它的米色黄中微绿，玉色。味香，香得不嚣张，贴近心地。在这儿喝过，我觉得灵魂（姑且这么说）某处某螺丝和这里的扣"啪哒"合上了。

后几天，我让翁牛特小米与德国同行们开展联谊活动，增进互信和相互了解。小米和德国之 Bulgur 同煮，和 Seitenbacher 煮，我也不知这是啥米。产生新味，像洋泾浜德语。乱整吧，你们进肚子之后打擂吧，如"德中同行"项目的主题——灵感与创新。为了省时，我在小米粥里卧德国"行走中的鸡的蛋"，卧香肠片，还卧什么呢？收音机不能卧，还卧过德国胡萝卜、卷心菜。我不讲什么口味，跑步消耗大，一句德语听不懂消耗也大，营养够就行了。食物到了肚子，只是增加点糖、纤维素、蛋白质，搞吧，只是有点糟践小米的美味。隔三天，我还要吃一锅纯小米粥，否则灵魂那个螺丝和扣不"啪哒"。

有一回，把空锅放在刚关的电磁炉上，锅底遇热变色。损坏德国公物如何是好？各种擦法均不奏效，后用黑妹牙膏擦之，明亮如新。这么新的锅底让我高兴得忘了刷洗，煮小米粥，出薄荷味，我以为是幻嗅。一吃，确是牙膏之味。怎么办？粥舍不得丢掉，吃了。有人说"上帝关上一扇门，一定打开另一扇窗"。那么，上帝让我吃有牙膏味的翁牛特小米粥的好处是什么呢？想了半天才知道，另一扇窗是不用刷牙了。

大 米

万物当中，如果不算人，又美又有用的是米。

大米在稻谷时期已经很美，稻穗带出黄金的色彩，如金箔包颗粒。谷化为米，特别在煮熟之后，大米展示出白玉一般、珍珠一般的温润雪白。有的东西煮熟之后离原来面目相距十万八千七百里，如酱肘子，与在猪身上不可同日而语。什么西葫芦、西红柿熟了都变了样子。稻变米，煮熟之后金变玉，了不得。

大米熟了比生米更美，它身上每一部分都像棉花一样开花了。我们吃的大米饭实为大米花，此花糯软、晶莹。面对一碗大米饭，不吃，看上三分钟，一定生出赞美心，其色泽可与任何珠宝相比，三五成团。倘若米粒孤零零落在桌上，人也想把它收起来。

我想，人的种种好，比如智慧、美貌，其实都是粮食的好。人买家具爱问材料，紫檀的、花梨的，材料决定成败。人是什么材料的？虽是肉的骨的筋的，其实还是粮食、蔬菜、肉、蛋、奶提供的原材料。如果有人请教我：你是什么材料的？我恭敬回答：大米的。

人闭上眼睛想一想，大米——这么好的东西，洁净、雪白、清香的东西进了人的肚子，人能不好吗？能不聪明善良吗？好好吃，吃一辈子，这人肯定长寿。反过来说，人吃了大米之后，还打架、骂人，实在是不应该。这话是我替大米说的，大米愿意进好人肚子。

科学讲，大米不过是淀粉、碳水化合物。我觉得科学家对这个事还没研究清楚。它除了化学性、多糖的分子结构，其精神性还没有弄清楚。大米是阴性的，跟水、银白的云彩是一伙的。高贵的品质让它散发香味，同时不妖冶袭人。这个香只有味蕾知道。我还想一件事，大米喜聚合，喜众来众往，因此吃饭时在碗里留一个饭粒实在不应该。静心看一碗蠢成尖堆的大米饭时，看来看去，觉得它们有笑容，浅淡、喜悦的笑容。

人习惯用钱买那些别人没有的东西自珍，曰收藏。我看天下的好东西都在眼皮底下，大米就是一种。吃一辈子大米，看一辈子大米，福气已经够大了，用不着再收藏什么古里古怪的东西了。

豆　子

豆子是从娘肚子里蹦出来的果实。娘胎虽好，但豆子在里边待不住了。它急躁，等不得像土豆那样被人从地里挖出来，或者像玉米那样被掰下来。豆子是谷物里的孙大圣，自己蹦到世界上。

豆子降生比人省事。人降生要住医院，当娘的哭天喊地，回肠九曲把孩儿生出来。光自己生不了，还要有医生帮着生，差一点就要命。人为此生而哭泣，豆子不哭。它天生一副圆脸，来到世上为欢乐，欢乐即在地上打滚儿，豆子乐观。

不乐观的谷物做不成豆浆、豆腐和豆皮。豆子——无论它叫大豆、黄豆、黑豆、红豆，都逗人乐。雪白的豆腐捧在人的手里颤颤巍巍，为什么会这样呢？豆子在豆腐里乐呢。像有人不出声地笑，肩膀颤抖，和豆腐的颤动一模一样。豆子没想到它会变成整齐的方块，跟白玉没什么区别了。豆子听人在叫豆腐的时候说：松软啊，滑腻啊，可口啊，营养啊。豆子又颤微微笑起来，这都是谁发明的词？人类的嘴不光会吃，还会说。

豆子喜欢大地，最爱黑龙江的大地。别的地方的地只不过是地，而黑龙江的地是大地。坐一宿火车，天亮时分窗外还是大豆的田地，大吧？广阔的地方让豆子性格豪放。把豆子放进铁锅里炒，豆子怎么样？它会跳起来骂娘。栗子、牛肉、羊肉、山药这些货，谁也没从铁锅里蹦过高，更没有"啪、啪"地叫骂。豆子不明白为什么把几百个豆子放进铁锅里一起炒，这简直是犯罪。不服从是豆子的天性，像苏珊·桑塔格说的。它想象自己是子弹，嗖嗖飞向目标。人真够坏的，人不光发明了豆腐制作法，还发明了锅盖。盖上锅盖，豆子们在锅里打群架，拳打脚踢，拔枪互射，跟东北土匪差不多。

豆子的婴儿床是豆荚。像浴盆一样的豆荚给每一粒豆子准备了塌陷式的光滑水床。水床的罩子当然也是浑圆的，就像人的眼皮。躺在床里，豆子看到绿色的天空，但没有云彩。豆子终于厌倦了绿色的天空，跳出来看到蓝天、白云和一帮说东北话的农民正在豆子地里打情骂俏。豆子喜欢清亮的渠水，喜欢像火柴棍一般瘦小的青草，它们头上顶一朵，有时是两朵小黄花，这太有意思了。豆子看到云彩从天边倾斜飞行，白云里夹着不怀好意的灰云，豆子以为天要塌了。为豆子从豆荚里跳出来这件事，天也要塌一下吗？云彩如城楼一般飞向远方，豆子看见豆大的雨滴掉下来，不是一滴两滴，简直数不胜数，豆角的叶子啪啪敲鼓欢迎。雨滴到地面干什么呢？这都是豆子不明白的事。雨滴汇成溪流，灌满沟渠，豆子昏迷不醒，直至见到太阳。哪一样种子到世上不是惊心动魄？它们的童年比人类的童年更有戏剧性。

在豆浆里，豆子看到了自己的白，牛奶也不过如此。它们在雪白的水里抓住其他豆子的小白手。昔日黄金化白雪，豆子们呼吸着豆的腥气。

豆子以其浑圆活泼赢得人类的好感，人用豆子为人和狗取名，以其小而圆，谓之可爱。豆的营养学定义是植物蛋白。但没人愿意起名叫蛋白，虽然蛋也白，但"豆"字更上口，与"逗"同音。豆子最逗的一件事就是当年它从娘肚子里蹦出来。

　　豆子的愿望是与其他豆子们走向远方，在荆棘地长成豆苗，与海边的白卵石结为邻居。豆子勇敢，在咣当咣当的列车的车轮轰鸣里，豆子和其他豆子躺在黑暗的麻袋里憧憬远方。它知道每一声咣当的下面都是土地，都可以生长青草，乔木与豆子的小苗。豆子后悔自己没长出一双脚，可能它从娘胎里跳出来太早了，还没来得及长出一双脚。豆子有了双脚之后情愿走到松林里，它仰望着高大的松树，在落叶松的松针里造一个房子，看松香怎样变成琥珀。豆子会走到花田旁边停下脚步，看花的露水从双鬓流到腮边，蜜蜂的轰炸机从云层俯冲下来在花朵面前嗡嗡哆嗦。豆子要去的地方太多，这些美事把它的肚子撑得滚圆，它的豪迈让人类把它称为大豆，这是尊称。制造白面的麦子也不过是小麦，豆子从小就成了大豆。

豆　芽

　　桑园的草被机器芟过,如剪平头的年轻人,仿佛列队坐在广场上,等待一位大人物演说。最显著的是,它们竟长得一模一样了,原来各式的发式与姿态消失了,显得安静。

　　在靠近回廊的草地上,长出几个豆芽,真是可喜。豆芽长在绵密偃伏的杂草间,伸出两瓣叶子,只两瓣,仿佛婴童举起的两只手掌。我第一次认真注意到豆芽的叶,厚而长圆,像裂开的豆瓣。那么就是黄豆在潮而黑的地下待得太闷了,钻出来把身上晾干。然而它们把身体打开就合上了,只好成长。

　　我不知是谁把豆子遗落在桑园,总之他是可敬的。而豆芽出土的姿态比草更感人,胳膊拢在一起,手掌伸出,对阳光和明亮的世界更虔诚,而不像草那样漫不经心,像树那样世故。当然这种生长姿势在草坪上显得有些矫情了,有表演性,用港台话说是"秀一下"。但为什么不秀呢?这是诞生,虽然是无人理会的诞生,也应该是隆重的。豆芽儿们还很幼稚,当太阳升起来,把昨天露水的寒气都驱走时，它们身上暖洋洋的，便以为太阳是特地为自己升起来的。于是豆芽张开手掌，互相勉励：不要浪费阳光，难道你不知道它是为我们而发出的吗？

它们就这样捧着阳光，怕这些明亮的东西洒出来。时间长了，我有些不忍。觉得除阳光外，豆芽还在顽强地等待什么。什么，是月光吗？我很想把兜里的什物掏出来，一一送给它们。喔，这是你的，给你，还有你。但我只有钥匙、门卡之类，它们不需要。我在桑园找到了几个浆果，像枸杞大小，红的和黄的，汁液晶莹，一个又一个放在豆芽捧着的手掌里。浆果成了它们的脸，捧着这么鲜艳的面庞沉思，不也很好吗？

离开的时候，我回头瞅，豆芽好看极了。我觉得它们也满意极了，就是这样。

干嚼炒米

现在时兴不吃晚饭，我也逢迎这个时髦，以期降低血脂。但我晚上会饿，学名叫饥饿。有一句成语叫啼饥号寒，说的没有错。饥可以把人逼到哭啼的境地。血液里的血糖下降到一定程度，会计人哭。我不吃晚餐虽未哭，但腹鸣如雷，这算在肠子、肚子里哭，越想睡觉，肚子里的锣鼓队敲打得越厉害。咕——噜噜噜噜，鼓声在腹腔内横着窜完竖着窜。勉强入睡之后，梦又来捣乱，梦中下馆子，下饺子馆，下海鲜馆，饭到嘴边每每吃不进嘴里，比如脚下绊倒，又比如天上有炸弹掉下来。

后来我在睡前吃一点炒米，腹之啼饥与梦中窜馆子的事情都偃旗息鼓。我还是不准备在晚上吃正餐，炒米正好满足这一需求。

炒米是把糜子米炒熟之后干吃的食物，一把把用手抓着往嘴里放，没有汤汤水水，干嚼。我把黄澄澄的炒米放在茶末釉（青中带黄那种颜色）的瓷碗里，手抓一把放进去，一捻捻送嘴里解饿。

解饿归解饿，干嚼炒米耗费时光，要边嚼边读报或读基本上看不懂的物理学书籍。所谓炒米是用铁锅焙米，把生糜子米放锅里，锅底加干牛粪饼加热。牛粪饼火好得很，如木炭一样猛烈。这是指牧区，在城里用液化气炒糜子米其味道营养与牛粪饼与羊粪蛋子做燃料无差别。糜子米的水分焙干泛出微微的焦黄色，熟也。营养学将这一种加热称为"糊化"，食之更容易转化为葡萄糖。但炒米很硬。硬不硬，你站在干嚼炒米者的身边就能听到，唰——唰——如嚼沙子，或者嚼玻璃。干嚼炒米者不仅牙齿好（这是在表扬我自己）咬肌也好（这也是表扬我自己）。在动物界，咬肌发达的是食肉性猛兽，如虎豹豺狼，虎可叼一只体重二百公斤的公野猪窜过四米宽的山涧，其咬肌非同寻常，咬住人腿咔嚓一下可把腿咬成两截。我干嚼炒米嚼了半年之后，牙齿咬肌虽然比不上老虎，但我自己评估跟狼差不多。一次在单位食堂吃饭，我比较饿了，一口将一块排骨生生咬断，桌对面的人惊得说不出话来，端盘子上别的桌吃去了，他说他不配和有我这样牙齿的人同桌吃饭。

　　牧区的人并不干嚼炒米，他们也不看报纸和物理学课本。蒙古人吃炒米一用牛奶浸泡，二用奶茶或红茶浸泡，放进红白糖，奶豆腐，一点点黄油与炼乳，泡到略软不硬时食用。干力气活的成年人吃三四把米，女人吃两把米，小孩一把可也。"把"就是用自己的手抓米，有准儿。

　　炒米进胃里膨胀，因此解饿。我以为，炒米应该是军粮，跟新疆的馕差不多。它干燥、保存期长，可以与任何液体相搅拌。炒米作为碳水化合物的来源，与蒙古人食用的肉类、砖茶、奶食品构成这个种族的食物基础。我猜想，在蒙古大军征服汉地与欧洲的漫长道路上，行囊中的粮食应该有炒米。军士们在行军中抵御饥饿时，也会干嚼炒米，在战马上或雪地里，或夜里的一切地方。

　　我祖籍是内蒙古的科尔沁沙原，那里的人习惯在沙地种植糜子。

沙漠里不生长什么东西，但长糜子。我老家的沙子和近年土地沙化形成的沙子不一样，它是洁白的大粒沙子，如同砂糖那样，这里生长的糜子炒成炒米最好吃，香甜嘣脆。赤峰的炒米个小色黄，硬而不脆，也不怎么香。我老家胡四台的炒米个大色白，如美人一般。这么好的炒米是大自然的恩典。如同这里的沙漠是大自然的恩典。沙漠里有沙漠才有的湖水和野鸭，生长沙里的植物。这里的民歌常常提到"沙坨子"，而它最杰出的物产之一就是炒米。

我第一次回到老家——通辽市科左后旗的胡四台村，我大伯家待客的榆木小黑桌上放着一碟子红糖、一碟子奶豆腐、一碟子黄油和一大碗炒米。我当时看不懂炒米在这里搞什么，以为它是生米，怎么会混进点心里呢？尔后捻一把放嘴里咯嘣一嚼，从此爱上了它。如果有一天我当上了国宴的行政总厨（或行政总厨的舅舅），我会在国宴的茶肴里加一碟子炒米，请各国来访的总统们干嚼或加奶食用，主客边咯嘣边谈有助于世界与地区和平的话题。我企图加进国宴茶肴里的美味还有小段的酸菜心、风干盐渍芥菜疙瘩、风干牛肉、荞麦面条和小米粥，能不能实现这一宏伟目标，就看我外甥的能耐了。

一位美国医生说："你就是你吃下的食物。"是的，食物不光关乎热量，还关乎心灵与历史。我干嚼炒米的时候，内心的图景自动切换到科尔沁草原，那里有牛粪与红茶的气味，有白沙坨子和轻佻诙谐的哲里木情歌。那里的人红脸膛、宽肩膀，谦卑而激烈。我的亲戚中有黄眼睛、灰眼睛，甚至绿眼睛的人，但我们同属一个家族，是被炒米养大的人们。

荞麦面

科尔沁人幽默诙谐,创造了很多辛辣喜乐的民歌——《万丽花》《高小姐》《维胡隋玲》。他们身材结实、宽大。在通辽的火车站和汽车站等车的蒙古人,仿佛是一家人,至少有血缘关系。他们有相貌气质上的近似性,看得出却说不出。科尔沁的男人适合被画成肖像画。他们的表情在缄默中包含变化的丰富感。男人的鼻梁直,嘴的线条鲜明,有黄眼睛和灰眼睛的人,他们爱吃荞麦面。

科尔沁人不对他人奴颜婢膝。给他们天大的好处,他们也不愿意谄媚对方。追求自由的人讨厌谄媚。谄媚里面有一半是欺骗,另一半是失去了自由。科尔沁人爱吃荞麦面。

科尔沁人走在白茫茫的沙坨子上,晒热的沙子可以治疗风湿病。沙坨子凹处的泉水甘甜怡口,那是小鸟和牛羊的水源地。张作霖的兵士抢占了好草场和好耕地,把科尔沁人赶进沙漠里。所有在沙漠里长大的人全都骁勇善战。他们喝了沙漠里的水,吃了沙漠上生长的庄稼,变得倔强。僧格林沁和嘎达梅林都是科尔沁人,他们永不屈服。科尔沁人身上的血比别人流得快,容易冲动,科尔沁人爱吃荞麦面。

荞麦面做的猫耳朵汤何等美味。我写下"猫耳朵汤"这四个字时耳边已经传来轰隆隆的声响,似奔雷,如泄洪,那是科尔沁人手端大碗吃猫耳朵汤发出的音效。大碗放在嘴边,右手用筷子往嘴里豁拉面汤,像用石块堵住河岸决堤的缺口,轰隆隆,一碗下肚,第二碗接着轰隆作响。他们咀嚼吗?肚子比嘴更需要猫耳朵汤,口腔不应该挥霍太多的时光。一般说来,人吃美味都采用吞法,细嚼就没什么味道了。你看猫吃鱼,鹰吃兔子,鱼吃虾都不嚼,科尔沁人吃荞麦面猫耳朵汤也可能不嚼。反正我不嚼,猫耳朵汤进我的嘴里如武生在戏台上翻跟头,三两下顺光滑的食道进入胃囊,它们回家了。

我祖籍在科左后旗,出生地和生活地点在内蒙古和辽宁的城市。随年龄增长,越来越多地显示出科尔沁人的个性。海水退潮之后,沙滩上的贝壳才历历在目。科尔沁人的性格好与不好,让别人去说吧。我们只说荞麦面。我越发爱吃荞麦面,如同越发爱喝红茶。我觉得自己像那位到法国小镇参加马拉松比赛的日本选手,他跑啊跑,跑到一个地方停住了脚。他觉得这个地方十分适意,就不走了。这是四十多年前的事情,人们现在也不知道那位日本选手身在何处,只知他跑到一片树林前停住脚,走进去再也没出来,忘记了比赛以及一切。有人说他是怪人,我觉得说他是怪人的人才是怪怪的人。他跑了一辈子就是为了找到那片树林。即使这片树林不在法国也要钻进去不出来。对我来说,这片美好的树林就是荞麦面和红茶,组合成科尔沁人的血肉。

荞麦面你好吗?我看到灰色的(也有发红发黑的)荞麦面,觉得幸福就在身边。平时吃饭,有什么吃什么,果腹可也。但每次看到大碗里的荞麦面汤,心里不禁浮起许多赞颂词,福气太大,洪福齐天。遇到贤达之士,他们谈到世界局势、谈股市、高铁、小说、书法之时,我每每想把话题转到荞麦面上。我跟他们谈猫耳朵汤和拉拉汤。猫耳朵汤前面已谈过,现在说一说拉拉汤。此汤与北京人士说的疙瘩汤是一回事,食材是荞麦面。疙瘩汤由于有了荞麦面而熠熠生辉。科尔沁人称疙瘩汤为拉拉汤。水沸,把和好的稀面转圈儿下进锅,便有了一片盛世风光。汤里可以随便放什么蔬菜,科尔沁人喜欢放一些肥羊尾、奶油。我只放菜,西红柿、生菜、黄瓜片都不错,卧俩荷包蛋也行。盛进碗里,轰隆隆的响声震耳欲聋(指自己的耳朵)。上帝给世界造了那么多东西,不独山峦海洋,还有香蕉、榴梿这些奇怪的美味。上帝没忘记造出荞麦,这是多大的恩惠啊。上帝造荞麦的同时造出了红茶、玉米面"杰日玛"(炒面),太够意思了。上帝啊上帝,你谁都没有忘记,心里始终装着人民。

  月夜,荞麦地里的白花为大地绣了一件纱衣,月光照过来抢这份功劳。白昼里,蜜蜂飞到荞麦花上采蜜,如同给白花钉上一枚枚金黄的纽扣。我站在荞麦地边上会想起猫耳朵汤和拉拉汤,这里是它们的祖籍。荞麦施展了怎样的魔法才结出了荞麦?这个秘密没人告诉咱们,荞麦花不说,月亮不说,锅也不说。科尔沁人不管吃多少羊肉,垫底的还是荞麦面拉拉汤。他们唱着情歌,喝着烫嘴的红茶,抽着旱烟。他们血液里的肝糖原来自玉米面和荞麦面。

粮食的神性

我羡慕那些吃饭很慢、一直吃尽碗里最后一颗饭粒的人,最后那颗饭粒,可能正是农民弯腰从地里捡起来的那颗谷粒。见到这样的人,我岂止是羡慕,简直会景仰他。

吃饭占用了人生很长的时间,虽然它够不上恢宏大气,它也真不需要恢宏大气。相反,小气和安静适合于每一顿饭。

慢慢用餐、吃干净每颗饭粒的人,身上至少有两项美德。第一是懂得感恩,感恩实在是要从敬重粮食开始。你看和尚去饭堂用餐,身上要穿戴袈裟、着正装,看上去一派庄严气象。我有幸与和尚一道吃过饭,他们手捧着饭砵,眼睛盯着砵里的饭,既用心又清净。和尚们肃然起敬的仪容,是对粮食做出的礼拜。古代真有人在吃饭前对饭食拜上几拜,以示感恩。为什么要对粮食和饭食恭敬呢?结论是:对入口的饭都不恭敬,还能恭敬谁呢?如果仅仅恭敬明星而糟蹋粮食,岂不本末倒置了吗?是粮食让你生命延续,而非明星。和尚们吃饭不说话,说话轻慢了粮食又不利于消化。科学认为,进餐时说话会影响到从胃到胰腺的一系列功能。而你看和尚们专心吃饭，能体会到一样美。他们吃净饭粒用开水洗一洗碗，喝下去，那真是干净极了。以前，我见到我妈吃完炒米用茶水涮一涮喝下去，觉得愚不可及。如今知道，我这样想才愚不可及。我还没有到达他们的境界，从粮食中领悟天地馈赠之厚意。

他们身上的第二项美德是享受福气。福气在哪里？有人告诉我，福气就是手拷LV。我问LV跟VCD是一回事吗？他回答：你是个老土。老土不一定不会享福，李白和苏轼都不洋，都是尽享天地大美的有福之人，他们都不知LV与百达翡丽。

福气在哪里？如果让我回答，首先回答是吃粮食。好东西生长出来而非生产出来。别不相信，你在心里算吧，粮食、柑橘、葡萄、牛奶、蜂蜜、珍珠、翡翠、鲜花都是生长出来的，上帝手里的东西。只有薯片、汽水、电视剧、口香糖这种烂东西才是生产出来的人的产品。

慢慢地享受生长出来的东西，是生命与生命相遇。每一颗粮食都有自己的滋味，越咀嚼越有味，身上充实。事实上，当粮食进入人的身体，是阳光、雨水、土地的香气和蛙鸣在你生命中循环，它不仅是碳水化合物，还是天地的能量。

人常说吸取天地之精华，天那么高，地那么厚，你如何吸取？人有可能接触到的天地精华，也只有粮食和水。天地不光生长精华，还以眼睛观人，看到不丢弃每一粒粮食的人，会生出欢喜心，赐福给他们。

白　菜

说到白菜，我想到了一群女人。我印象中女人总是成群结队，像花朵成群结队，云朵成群结队，而白菜们也整齐地排列在一起。它们微胖、随和、世俗，老了之后仍然是一颗白菜。

如女人一般的白菜是母亲们。许多少女变成母亲之后，心里突然涌出大量关于家务的话语，如大江之水滔滔不绝。这些话不像是学来的，仿佛早就藏在她们心里，等待打开闸门。那是对于孩子、食品、衣物等一切的描述与感受。批评家经常提醒作家写作多注意细节（这是多么好笑的一件事），母亲们对于家务的描述倘若没有细节就一句话都说不出来。她们所说的都是自己与听众可以看到、摸到、闻到和听到的一切，全是细节。而白菜假如有一天突然学会说话，也会快速地、琐碎地叙述厨房的一切，关于粉条们、酱油们、暖气热与不热，也全是细节。

捱过冬季的白菜，在春天里消瘦了一些，外皮不鲜嫩了。我觉得这像母亲们又添了十岁。皮不嫩了，但白菜仍然水分十足，像母亲乳汁充足。谁也不知道母亲的奶是从哪里来的，不来自血管，也不来自肚子，没看过她们携带奶囊，但有了孩子，乳汁便源源不断。白菜亦如此，以水养人。白菜里除去水，还有什么？水是最好的东西。白菜并没有创造水，它把水从大地吸出，加上淡淡的白菜的味道和淡淡的白菜的养分，如此而已。

　　白菜可能是最缺少人类讴歌颂扬的蔬菜，好在它不需要人类颂扬。它众多、无味、出身平凡。在我看来，这全是优胜禀赋。人类自古即有刁钻癖，以为食物得之愈难愈珍贵，如取悬崖上的燕窝，拿牛结石和狗结石当药，吃鲶鱼须子。然而把他们养大成人的还是粟米、白菜。白菜无味最高明，味是岔路，辛者、甘者、辣者都走在一条偏路上。花椒偏得更远，连虫子都不生。白菜懂得中和之美，比无味只多一点点味，可能是甜，也可能是清香，仅此而已。自古未见吃白菜吃死的人，其他食品食之过量均可毙命。白菜不发旧病，不与鱼虾搅和，不傍厚味成名。白菜进了锅里还是原来模样，它不觉得变成其他样子会更好。白菜朴素，堆在墙角的白菜像会笑。蔬菜自有蔬菜的表情，以人的观念看，青椒怎么看都像气歪了鼻子，而且是外国鼻子。豆角在模仿狗的脊椎。芹菜身上藏了许多琴弦。南瓜在模仿儿童的灯笼。葱的叶子中间进了空气。大蒜是裸体者挤在一起祷告。白菜丝毫不古怪，从根上长出一片菜叶抱住菜心如此而已。菜帮如臂膀，一层层抱紧，护住嫩黄幼小的菜心，其他没什么可说。如果哪一样物品像白菜，兹证明它平凡中正至极，让人说不出什么。说不出什么的东西大都得道，可得恒常。

　　白菜的名字亦平凡至极，找不出比它更白的名字，一白一菜，说的都是本源。龙须菜、鸭掌菜之名是比附，它的命名由人发现了龙须和鸭掌之后而来。被比喻是不幸的，即使被比喻成太阳也很不幸，至少可笑。白菜的名字里没有比喻，如江河日月都不是比喻，它们是原初之物。有人从白菜中发现了"百财"的谐音，商人们便把树脂染色的白菜雕塑放在案头，变成艺术品。更早些时候，故宫里有翡翠的白菜蝈蝈摆件。然而，即使翡翠上身，白菜的形态仍然没增添富贵气象，依然平凡，只不过闪出白菜发不出来的石料的亮光。

　　白菜最外层的叶子如同它们的劳动服，它们即使躺在角落也有一副劳动的样子。白菜与粉条熬的汤看上去有如艺术品。清汤里面透着明白，透着淡味和长久。挑食的人或许拒绝南瓜、芹菜、辣椒，但没人跟白菜赌气。常年不吃白菜的人显然会缺少一种叫白菜的营养。这一种营养叫淡，叫平易，叫地气，叫实在。

　　我看到白菜会想起那些扎着围裙在灶台做饭、刷碗的人，那些在土路上行走、在墙根蹲着晒太阳的人，那些坐乡村长途汽车的人。他们破旧的外衣包着充满活力的身体，适应各种各样的目光。在零工市场找活儿干的民工从不在意你目光里的评价，他们只想从你目光里猜出一样工作——刮大白、刷油漆还是搬家。炒作的新闻里没有白菜，白菜影响不了股市与经济走向。白菜是菜里的泥土，普通至极。它长在地里的时候，蓬勃的叶子也像怒放的花，层层叠叠。白菜一直都把自己当成漂亮的、常开不败的花。

苦 瓜

跟所有瓜类唱反调的瓜是苦瓜。在一条以甜划分的河流上，甜瓜在此岸，苦瓜在彼岸。

甜瓜是热闹集市，是锣鼓队，是合唱团。它们的高音是甜，它们的铜钹和鲜艳衣服是各式各样的甜。甜像神秘的河被甜瓜吸到它们橘色、白色、红色的瓤里。如果说大地上有珠宝，甜瓜难道不算其中一种吗？假如世界上甜瓜变得稀少，每个县区只生产一枚，那么，有钱人会拿着无味的黄金、翡翠排队去换这个甜瓜，他们舍不得吃，捧在手里照相。算命的人会说得到甜瓜的人本有三世祖荫，自己精进修行也得到这样的福分。他的面相和掌纹都预示他是一个配吃甜瓜的人。甜瓜嘻嘻哈哈，它糊里糊涂弄了一肚子甜水，科学把它的甜称为糖分。玉米面、白面和大米里都有糖分，但它们不甜。不甜就算不上公众人物。就像在国外读完博士不回国就显不出尊贵。针对舌头的甜才算糖，不甜就是明珠暗投，就没有身份。西瓜、香瓜、白兰瓜、伽师瓜、哈密瓜、蛇皮瓜，它们甜成一片，秘密酝酿一个天堂，让舌头不知所措。甜瓜让苹果、鸭梨为自己甜度不够而感惭愧，瓜们滚瓜溜圆，在瓜果摊子上睥睨众生。瓜看熙熙攘攘的人流，想他们无非是想吃瓜而吃得上与吃不上的人，世上无非这两种人。瓜分不出人之男女贫富，它只知道有人吃过瓜，有人没吃过瓜，如此而已。

苦瓜是另一回事，它走得太远。苦瓜比南瓜、丝瓜、黄瓜走得都远。它天生具备黄连、黄檗这些黄字辈家族的禀赋，在大地里找到苦，揣在了身上，仿佛走夜路的人在身上揣了一把刀子。苦瓜认为苦才是世间正味。万物活下去的底色是苦，能喘气的、能生长的生灵，陪伴它们一生的是苦而非其他味道。所谓甜是幻想，是舌头编造的谎言。甜跟舌头的关系比跟糖的关系更密切。人把轻浮的甜瓜抱在怀里，怀没觉得甜。手拿甜瓜，手也没甜。秤与甜瓜打了一辈子交道，却不知甜瓜哪里甜。万物相互依存，所谓快乐只是因缘偶合的结果。舌头宣布的甜只是舌头的结论。除舌头外，谁也听不懂它的味觉语言。

犹太人对刚刚懂事的孩子布道，先说人生的本质是苦，他们说教育的真谛是接受苦，而不是改变苦。接受了这种观念至少可以远离抑郁症，把人生遇到的所有磨难看成无法避免并理所当然。犹太人的想法也是苦瓜的想法。苦瓜生活在苦里，所以感受不到苦，它从未受到甜的绮靡诱惑而感到焦虑。苦瓜以为苦乃中正之味，清热解毒。甜是浑水、苦才是清水。我小时候听广播老听到一个日本人名为清水正夫，率领日本松山芭蕾舞团来北京表演芭蕾舞剧《白毛女》。清水清澈，人在苦里也清澈，思考能力被苦激活。所谓思考在神经学表述里被称为判断力，即自己给自己过秤的能力，也是空间定位能力。获知自己在哪里，看到了前后左右，同时知道了自己的分量，物理学叫质量。由此得知自己的起点在哪里，终点在哪里以及自己的运行速度是多少。马三立将此称为"饭量"——知道自己吃几碗干饭。人类在已知的几千种疾病中发现与糖代谢异常相关的病曰糖尿病,但没发现苦尿病。甜可置人于死地,但苦不会。作为味觉的苦,只害了舌头但不会使舌头烂掉,苦味无害于其他器官。人惯着自己,先惯自己的舌头,曰吃喝;再惯着自己腿脚,曰行;又惯着自己见不得人的器具,曰色;还惯着自己的脾气,曰嗔。集合起来说叫吃喝嫖赌或酒色财气。人类已经摆脱朝有饭、夕没着落的困窘,有用钱币、脂肪积累资源的能力,之后追享膏粱厚味,曰享受,实为轮回。

  苦瓜没想过人也会吃它。它以为苦可免刀俎,但仍有人自讨苦吃。苦瓜的一生跟人吃不吃没关系,就像人的一生怎么活跟骨灰盒形状没关系。苦瓜比其他瓜更像玉,故宫里的白玉苦瓜坚而美,比想象中的白玉黄瓜、白玉西瓜、白玉冬瓜更接近艺术。苦瓜之绿是柳梢初青的绿,它绿不到西瓜那种深潭之色。苦瓜的初绿如同说苦也是一种清新,这是春味。春天里,没有哪一样植物突兀地冒出来甜。甜总是夏季与秋季以后的事情,是中年而非青春的味道。事实上,你嚼一下春天的杨树叶子、柳树枝条,包括嚼一嚼杏花和桃花,都有苦味,只是苦得比较淡。大多数植物对人的味觉而言都有些苦,人类栽培养育植物时除去了这些苦,苦是自然界原初的味道。苦瓜不删除自己基因里的苦味,此乃清高。它比大多数瓜果蔬菜都宁静,不去谄媚人类,只过自己的生活。

蘑　菇

　　蘑菇并不是草地和森林里的居民，它们只在雨后突然出现，打着伞，三三两两，在齐腰深的草里行走。我喜欢这些冒冒失失的客人。它的样子与草、树、泥土和石头都不一样。如同雨后的深山出现了一拨儿非裔人。蘑菇是坐着雨滴下来的吗？没人这么说。那么，它是谁的亲戚或后裔？是鹅卵石的后代吗？脑袋像，但身子不像。蘑菇的颜色像老树皮，圆帽子的帽遮卷回去，腿还是挺白的。它的伞或者叫帽子背后有电路般的连线，又像牛肚。它们上草地干什么来了？

　　我喜欢突如其来的东西，如蘑菇。这本来不是它的家园，它却不请自到。蘑菇另外一样才华是突如其去。如果不采集，蘑菇会消失。伊悄悄地走来，如同伊悄悄地离去。那些草，大树、石头和泥土都不能突然离去，它们不知道上哪儿去，也不知谁帮助它们离去。这对蘑菇来说根本不算事。我曾以为蘑菇身上装着一个定时装置，时间定在四十八小时或七十二小时。时间到，蘑菇没了。它升天了吗？我在雨后仰脖子往天空看，没看到一只只蘑菇举着小伞飞升。一次，我终于看到蘑菇在飞，我激动地看表——因为这可能是科学史需要记录的时刻——年、月、日，在天上飞行，北纬东经多少多少。后来那只蘑菇落在树上，我以土块击之，它展翅，原来是一只戴胜鸟。在科学史上留名没那么容易，比在文学史上留名更难。那么，蘑菇在雨后的第二天、第三天去了哪里？如果没被太阳晒化，如果没变为麻雀和戴胜鸟，它们跑到了哪里？没人回答我的提问，我也不敢问别人，免得被讥为愚不可及。我觉得蘑菇有可能沿原路钻到地里去了。

我曾经研究过草地上的蘑菇，看它哪里安着定时装置，撕开它的腿儿和伞，找出一个类似芯片的东西。没有，之后我把它吃了。吃掉蘑菇后，人的时间观念会改变吗？我没感觉。它进了我的胃里，就哪儿也不能去了，胃的下边是肠子，没有什么原路。蘑菇的名字不像植物，它像鸟儿或奇异人物的名字，鹧鸪、三仙姑。我有一个同学名叫何美姑，把辈分放到名字上是不是搞破坏啊？况且她不美，俩眼睛如眼皮上粘两片葵花籽皮。我叫她何不美，何美姑这个名让她爸叫吧，他起的，原汤化原食。

蘑菇们是儿童，至于它们是哪一种族的儿童就搞不清楚了。它们身上也许有许多血统——树的、伞的、蛇的血统——这个事可以先放一下。蘑菇们来森林草地游玩，趟过沾满露水的青草，寻找从天上遗落的鸟的羽毛，找刺猬或蛇蜕下的皮。说蘑菇长不大是因为怎么看它都不大，它没有长大的样子。如果蘑菇长到松树那么高就等于长出了一座房子。小蘑菇跟雨有关，小时候，我上学那个胡同雨后车辙里的积水里浮游一只只小生物，如西红柿籽那么大，也那么晶莹，人称"玻璃牛子"。问别人：玻璃牛子从哪儿来的？答曰：雨水里带的。可是，从我离开那个胡同，在全国各地的雨后再没见过像鱼眼睛一样、被我们捞进罐头瓶里养的玻璃牛子。可见，只有赤峰市从房产科到汽车站之间的那个胡同降雨才降玻璃牛子，这是确定无疑的。我一直怀疑雨水里藏着不为我们所知的东西。在敖汉旗一处沙漠，雨后，沙丘上洗脸盆大的水坑一定会出现小鱼，两三寸长，脑袋尾巴是全的，尾巴摇摆。这里是沙漠，除了蜥蜴外，没任何生物。鱼是从哪儿来的呢？像压缩饼干似的脱水鱼苗藏在沙子里？不太可能。沙漠干燥，被太阳晒得滚烫。一下雨就有鱼，太有意思了。我觉得这些奇妙的事情见到就可以了，千万别让所谓的专家解答，他们煞风景。

　　蘑菇也是雨水带来的吧？可惜蘑菇不会说话。如它可言，一定会承认，雨水像播种一样播散着奇里古怪的东西，包括我怀念的玻璃牛子。蘑菇是雨水带的，还有木耳。我甚至怀疑许多果树根本不会结果，是雨水落在它的枝头上变成了果，比如樱桃。我看桑葚也是。它的小籽跟鱼子一样，完全不属于植物，也许跟玻璃牛子有一点血缘关系。春雨在果树枝头悄悄点了种，道理跟嫁接差不多，现在叫转基因工程。果实在枝头悄悄生长，由小变大，由青变红，由酸变甜。山楂由酸变得更酸。果树的作用只是用树枝举着它们而已。

　　蘑菇你承认吧，你是雨水的孩子。你告诉我们是谁跟你起了一个鸟类的名字，也是雨水吗？关于你的出身我们不再问了，可是你要告诉我们，在雨后的第二天和第三天，你去了哪里？会不会像海蜇一样被太阳晒得化为一摊水呢，蘑菇，你说话呀！

洋葱的衣服

蔬菜里面，衣服最多的是洋葱。或者说，洋葱没有身体，全是衣服。如果是紫皮洋葱，剥开外面的紫皮，里面的衣服还是紫皮。把它的衣服一直脱下去，它的衣服一直紫下去，最后剩一个纽扣大的、既不是核也不是芯的东西，像哨兵守在里边，这个东西长开了还是衣服。因此说，所有洋葱都是一个衣裳铺子，或衣服柜子。

洋葱在中药学的药性，有壮阳之效。谁生吃洋葱都要冒汗，性大热。但它怕冷，穿上了所有的衣服，而且它的衣服不分里外，样式、色彩全一样，薄厚不一样。小时候，我们夜里翻墙爬上小卖店的洋葱垛吃洋葱。躺在洋葱上大吃，吃完一个再吃一个，跟吃梨差不多，把洋葱的衣服全吃了，不辣，甜而脆。现在的洋葱个个脾气火暴，再显能耐的人也吃不了俩洋葱。这是怎么回事？跟气候变暖有关还是跟排碳量增加有关，搞不清楚。也许是菜农加了过多的添加剂，把洋葱惹恼了，谁吃辣谁。

一次，我碰见一个在新疆生活的人，他说新疆的洋葱可以生吃，甜。我一把拉住他的手,问:"是真的吗?"他说:"真的。"这下我放心了,世上还有温良恭俭让的洋葱、君子绅士洋葱,只是它们离咱们有点远。

科学资讯说洋葱有净化血液的功效。敏德尔博士那本风靡全球的《最具抗衰老效果的100种水果蔬菜》,对洋葱给予积极的评价。但洋葱怎么吃好呢?它总是太辣。有人说拿洋葱泡红酒既好吃又好喝,我试过。我戴上韩国产的著名的蝶衣牌游泳镜,咔咔切洋葱,浑身熏出一层汗,但眼睛没事。在洋葱碎末上倒上红酒泡一个礼拜,问题来了。国产的中档红酒,开盖后到不了一星期就馊了,拿勺豁拉酒里的洋葱馊得更快。而且,你喝到的酒的味道怪极了,这两种东西似乎不应该在一起混,混上就有不可思议的化工原料的味道。人说好多日本人正在喝这样的洋葱酒,他们太能自残了。

有一年,香港遭遇寒流,冻死了一位七十多岁的老人。他家里没有取暖设备,香港过冬一般用不上取暖设备。人们发现老人身上穿着所有的衣服,共十一层,除了两件西服外,其余全是衬衣。这么多衣服也没帮他保住体温,他以洋葱的样子溘然离世。

服装科学里面有一门人体工程学,其中说衣服和保暖之间的关系。该学认为,若想有效保住体温,不在衣服厚,而在层多。保暖的不是棉花、棉布与皮革,是每层衣服之间的空气层。由此,服装学里还有一门学科叫空气气温学,阐示为什么穿很多层衣服会保暖。其实这门科学从仿生学而来,鸟类的羽毛就靠空气层保温与排热,它是一个系统。

现在专家特别多,每一种学科派生出分支学科,分支再分支,简直就像洋葱一样,繁复至极,内里什么都没有。

西红柿

在我长期喜爱的东西里,有一样是——

西红柿。

我甚至为它着迷。如果我看到哪一个人站在路边,弯着腰,忘情地吃一颗西红柿时,就感到他是自己人,是"我们"。

而"我们"在吃过西红柿后,手向地上甩汁水,以袖子擦腮,更令人感到亲切。假如真的有一位上帝,它看到子民这样享用造物的恩典,一定会高兴。这样吃柿子,与喝柿子汤、在桌边文雅地吃糖拌柿子完全不一样。当一个人腮边没有沾上西红柿的汁液,那珍珠般莹润的西红柿籽没有在牙齿间上下飞逸时,仿佛还没获得更大的幸福。即使如啖西红柿,幸福亦有大小之别。

我吃柿子前,掰开,看,赞美它们。在鲜红的西红柿的穹隆里,绿莹莹的籽像小粒的翡翠排成一个小金字塔,也像杂技演员叠成的罗汉。这令人欣喜,和其他果蔬比,这个情况似乎藏有更多的秘密,比杏与葡萄肉更神秘。我有时对站在顶尖的西红柿籽说,小心,别掉下来！每个西红柿里都有五个装籽的房间，泛黄光的小籽像小鸟的眼睛，滴溜溜的。它们像议员一样，在五个大厅里表决秋天的事情。

我的朋友赵世民是乐评家。有好几次，我赶到他在鲍家街的居所时，都见他笑着，进厨房取一只大红柿子，掰一半给我。接过来吃，特朴实，虚情假意的东西一点都没有。他吃完还拍拍肚子，更加"我们"。而后的谈话是轻松愉快的。那年赵世民生病不能下楼，其兄大踏每天都为乃弟送柿子。

西红柿还有一些奥妙，譬如其番茄红素对前列腺大有补益。但我们不图这个，只为了稀拉呼噜由口至腹的美感。

有一次，我到一位高官府上去。高官客厅里好吃的有的是，譬如镶花生仁的红枣等，荔枝成筐。高官挺客气，问："吃点啥呀？"我说："有柿子吗？"高官宽和地笑了，进厨房取西红柿。我从其不易察觉的叹惋中，看出他对我的怜悯。大约是：天下之大，品尝美味竟有未出柿子之右者。

在我儿时，"文革"硝烟刚起，有一派主导势力名"五四兵团"，天天开宣传车广播，说西红柿乃反动名称，西即西方，于是号召人民管它叫"东红柿"，借此歌颂伟大领袖。

绿屁股柿子

神经哲学家（亦称哲学神经学家）说，人的潜能与他所运用的显能相比，后者只占百分之二左右。也就是说，每个人都揣着百分之九十八的潜能浑浑噩噩地度过了一生，自己不觉。

我闻此学说挺惊讶，还有那么多的潜能没发挥，岂不是捧着金碗讨饭吃？一定要把它们找出来运用。我坐那儿想潜能。潜能，出来吧！闲着也是闲着。但潜能不动声色，要不咋叫潜能。我回忆自己的显能。胡琴、笛子，水平太一般。作曲，我七岁的时候作过一回曲，时比莫扎特大两岁，曲名《拉风匣之歌》，中速，进行曲式，降B调。但没唱出去。我给朋友演唱此曲，还没等唱到副歌——副歌是一首歌曲中最好听的部分，朋友翻着白眼说："像你这种曲，我一天能作一百首。"而后，我从作曲界全身而退。其他的显能是当车工、在农村起猪圈、套车、给果树喷药，都没啥了不起。

潜能应该是超凡脱俗的洞察力。我也有一些洞察力，这是针对香瓜而言。别人挑香瓜，用鼻子闻，还有人用手掂量；我挑香瓜，目光一扫就把筐里的好香瓜纳入眼帘。一指，这个、那个，上秤一约，完事。有一次，我对卖香瓜的人说："我把香瓜挑完之后，你干脆回家，剩下的没法吃。"那人（一农夫）眼光发亮，用粗黑的大手捧着我的手说："大哥，我算服了你了。"什么是"服了"？即在实践中自然而然形成的威信。我在香瓜界威信挺高。

　　我与香瓜在心灵中形成默契，像组织部与干部之间的关系一样。谁好谁坏，一看就明白，还用闻、用捏吗？笑话。吾妻乃香瓜发烧友，她见了香瓜一般是一口气连吃四个，吃的时候表情专注，另一只手像女游击队长一样掐着腰。她自己也挑香瓜，但水平没法跟我比。她对我作一赞语，赞曰："你挑香瓜可比写散文能耐大多了。"

　　除香瓜外，我的另一洞察力是挑西红柿。好柿子有棱，不是红色，而是粉里透一些白。还有一特点是屁股要绿。那些像猴屁股一样的红屁股柿子不是用了催红素，就是摘早了捂的。绿屁股柿子乃天生丽质，皮厚汁多。吾妻在吃香瓜的时候，我一般在吃西红柿，也是三至四个。吃完，我想象着堂沽的、像鱼子一样的西红柿籽在我的肚子里游行，是一件高级的事情。有此潜能，我也该知足了。

腊菜缨子下酒

我饮酒遍尝百味,都不入口。

说遍尝百味,很有吹嘘自己是大员外的意思,其实没这个用意。"遍尝"是有酒就喝,随梆唱曲。"百味"在于所吃之物啥玩意都有,蝎子甲鱼,林林总总,并不由个人掏钱。而"不入口",责任在我命贱。若在旧社会,我顶多出落一个土包财主——好东西吃到嘴里不知道啥味,也许是酒精把舌头味蕾的武功给废了。

近日吃一物,曰好。吾妻之友赠腊菜缨子一束,用盐渍过,淋淋漓漓深绿而近于黑。一嚼咯吱咯吱,如老鼠啃办公桌脚。

这玩意儿好吃,尤其下酒。首先它浑身一股浓郁的乡土气息,像沈阳举办的秧歌节一般。憨,是一味,有布衣荆钗的纯朴;粗,又是一味,毋庸精细烹饪,不妨下锅一煮。这种风格,与东北汉子和东北人惯饮的高粱烧都是一种神韵相近的契合。

腊菜缨子有一个雅得引人发笑的学名:雪里蕻。这已令人不知所云,而"蕻"是茎的意思,联在一起,便有诗经般古奥了。用它炖豆腐，一白一绿，暗自传味，相得益彰，两者可作恋人观。而腊菜缨子下酒，亦如老夫少妻，泼辣与体贴、热肠与温口，见得出一段恩爱。

嚼腊菜缨子适合回忆农村的事——烟筲箩、火盆和烧秸秆的香气，主人披黑市布棉袄沿房山墙转一圈儿，干咳两声，寻个暗处撒尿，回头再给糟里之马添一把豆饼渣子。

喝烧酒辣得人张开大嘴直哈热气，心也暖了，肠也热了，皱着眉头看窗外那棵光秃秃的杏树，心里默念节气：三九添一九，黄牛遍地走。

在城里，嚼腊菜缨子下酒，眼前竟有恩恩怨怨的台湾电视剧。嚼一阵儿，左顾右盼总好像不是滋味儿。

菜啊，菜

养生家说长寿的基础是少吃肉、多吃蔬菜。医生支持这种说法，说高血压、心脏病，特别是肠道疾病跟吃肉多、吃菜少相关。

我起初也相信这些话，觉得说这些话的人基本是人类的救星。此言虽然对卖肉的不利，但人们买肉省下的钱买菜，社会经济总量也就是所谓 GDP 也没有减少，而且人健康了，这比什么 P 都好。

现在我已经不敢相信这类益世金言，窃以为医院患者越来越多，可能正是吃菜吃的。我盼望一位有实证结论的医生毅然站出来说：高血压、心脏病，特别是肠道疾病多是吃菜太多的结果。

我看到一个消息，全国有成百上千的机关企事业单位自行办农场种菜，既有中石油这样的大户，也有卫生局、疾控中心、质监局、农业局这些敏感部门。

我们一边吃市场上的菜，一边等待不知哪一天疾病以极为奇怪的方式在体内爆发。

农药、化肥大量施于蔬菜生产，这是众所周知之事。我们吃进嘴里的菜不仅含有杀虫剂，还含有使西红柿膨大、使草莓鲜艳、使葡萄挂霜、使大葱像胡萝卜那么粗、使芹菜像大葱那么粗、使蒜变成独头的各式各样的化学生长剂，包括让绿豆芽不蔫（正派的绿豆芽一小时就该蔫了），让黄喉、百叶可黄可黑的化学品。我冒天下之大不韪与吕不韦说一句得罪人的话：今天的坏事大部分是由化学家与农民联手干的。

人把让菜赤橙黄绿青蓝紫的化学品吃进肚子之后，没人说你的身体会出现哪些变化以及怎么代谢它们。国家本有食品药品监督局，还有一个预防医学科学院。他们本该把每一种蔬菜化学品进入人体的毒理与病理反应告诉公众，但他们没这么做，可能是没这能耐，也可能是不允许公布这些结论，避免破坏三农工作。过去有一本书书名叫《菜根谭》，我们现在要跟菜谈，谈谈蔬菜栽培到底用了多少种化学品。

人的身体实为化学体。任何一种物质进入身体后都被以化学的方式识别、吸收或排斥。身体做不到原封不动地排除有毒物质，它只能用自身的化学物质分解与化合这些东西，一方面消耗掉自身资源，另一方面产生处理毒物的新废料。简言之，上帝造人的时候并没想到农民和化学家联手在蔬菜上使用杀虫剂。现在最落后的乡村也没人生虱子了，人的身体已经成了杀虫剂的仓库，虱子、臭虫都绝种了。目前在全球范围内，蜜蜂、蜻蜓、蚂蚁的数量都在减少，而人群的内分泌疾病在增加，流产与不育症已经成为常见病。有一个农民作家十年前对我说的一番话犹在耳边："城乡二元的户籍政策让农民受到屈辱，农民终于有机会报复了，那就是用农药。"这位农民作家说，他家种菜早就分出了不同的畦子。他说，他无法想象城里人以后会得什么怪病。

并非所有的城里人都得罪了农村人。政策确实由城里人制订，但这只是城里少而又少的人，况且他们有能力不吃市场上的菜。国家能决策政令的人也就几百人，参与制订政策的人也就几千人，他们吃不了多少菜。

杀虫剂在人身体里的代谢过程是一个迷宫式的系统工程，没听说国内谁在研究这件事。但确定无疑的是，杀虫剂必定对人类的血液系统、神经系统和肝肾造成损害。我怀疑它的伤害标靶还包括人的生殖系统。以后的人不一定需要计划生育，可能要像俄罗斯那样对生育者颁发奖章。在杀虫剂的影响下，孕育将成为困难的事情。不光蔬菜，肉里含的激素和抗生素一点不比杀虫剂好多少。

以后，我不打算吃菜了，只吃在地面下生长的土豆、萝卜以及白菜心和从来不生虫子的花椒。以后，人们吃菜，能够想到的方法大约是：一、在窗台垒一堆土种菜；二、上外国买菜空运回来；三、合伙到农村雇人种菜；四、把家迁到农村；五、前半辈子挣钱，后半辈子自己种菜；六、置换人的牙齿和肠胃系统，改吃青草。当人适应了草的纤维后，可像牛马一样强壮。

节日晚宴之鱼肉篇

傍晚,我、图嘎和梅林三坐在连部门口的松木垛上,远看西山晚霞,盼:快黑!天快黑!这天是中秋节,入夜即有盛大的宴会。而晚霞如徘徊台上的坤伶,如 时无法撤离的队伍,如滥用酒精者的面庞,不退。

这是"五七"干校,时在一九七〇年或一九七二年,当然是上个世纪。而我们,是被当地工人农民称为"干校的狗崽子"的小流民。

天终于被狗崽子们盼黑了。我们搬桌子——把桌子从屋里搬到空场上,一个挨一个对好——摆凳子。有人举手把电灯挂在柳树上。其实我想知道那人怎样把电灯从顶棚上拉到外面,忙蒙了,没看到。大人们高兴,无端相互嬉笑。我妈是二排的,我爸是四排的,文工团是三排,电台是一排,博物馆和机关学校是五排。而一会儿桌子上将摆满平时吃不到的好东西。我们像兔子一样窜奔于厨房和各排之间,把资讯报告给大人:炊事班在炖什么、切什么、炸什么、蒸什么、收拾什么。

大人变得友好，低头看我们，开口："聪明啊，这帮孩子。"

他们馋得善良了。平时——就我能够理解到的——他们互相揭发、批斗。意思是这样：老甲从老乙枕头底下搜出一封信，撰信人乃老乙老婆，信中若写"寂寞，生活困难，想你啊"一类的词的话，老甲报告工宣队，老乙就要白着脸筛糠、检讨、涕泪，因为这些词在破坏"伟大的五七道路"。而过关之后，老乙自会搜集老甲的反动罪行，而且一定会搜集到。比如老甲用报纸揩屁股，老乙仔细观摩此纸，如污革命字眼，交工宣队，老甲便筛糠。

我们呢，也不搞庸俗的戏耍了。这些戏耍是在山野与驴赛跑，观驴做爱，劝驴做爱，捉刺猬，看刺猬那张猪脸，用柳枝抽水里一蹦一蹦的虾子。今天好啊，宴会。那天我第一次听到"宴会"这个词，宴——会，多好听。过去只"会咽"。桌子摆出来，一百多人吃饭，上悬电灯。这是什么？宴会。头天晚上，我在厨房凝视一条一百多斤的花鲢鱼，比我高，吊在梁下，脊背划开一刀，白膘半尺多厚。肚皮因为风干起了细小的皱纹。那鱼看着特高贵，流线型，像古代的展览品。后来它变成了碗里傲慢的肉块，跟豆腐炖，刺儿像骨针那么粗。

电灯下，大人们互相敬烟、开玩笑，我们钻桌子。说着，菜端上来了，用脸盆，各自以碗盛取。计有：

豆腐炖花鲢鱼、油煎滑仔鱼、海带炖草鱼、萝卜炖鲫鱼、洋柿子炖鲶鱼、白菜炖鲤鱼、芹菜炖鲳鱼、韭菜炖鳕鱼、菠菜汤、西瓜皮拌虾米皮。另有什么珍馐佳肴，因为是上一个世纪的事儿，记不太清。但记得上菜时，文工团那边喊："乌拉！"

我赶紧跑去看，以为"乌拉"端上来了，后来知道这是学苏联人，高兴就喊"乌拉"。不高兴喊什么呢？大人没告诉我。

"乌拉"端上来之后，又端上许许多多的"乌拉"，红洗脸盆、黄洗脸盆、白洗脸盆、绿洗脸盆，冒尖的菜肴转瞬进入饭盒，转瞬入嘴入肚。人们盯着饭盒唇齿翻卷，无一人言语。人若有两张嘴、三张嘴、四张嘴，也倒不出空儿说话，均被鱼堵满了。一个人说话，手拿一张纸。有风，他用手按在桌上念，这是工宣队队长。说什么，听不清，最后一句是："毛主席革命路线胜利万岁！"

　　全连人停吃，把嘴里东西胡乱咽下，喊："毛主席革命路线胜利万岁！"接着饕餮。

　　最好玩的是两个家伙喝醉了。一个报社的，叫明春，平时衣冠俨然，爱念诗："去年潼关破，妻子隔绝久。今夏草木长，脱身得西走。"老念，我、图嘎、梅林三都会了，接续："麻鞋见天子，衣袖露两肘。"他听了，说："对，对。"那天晚上明春喝果酒，颧骨和眼皮全红了，对着曙光他妈手微微伸出，说："我爱你呀！"曙光他妈回："你也不看这有多少人！"

　　另一个防疫站的人双手挠自个儿胸脯，血印像铁丝网刮的。

　　我们吃饱了，手摸溜圆的肚皮，尾随二排的几个人到水库边上。水库阔大，高崖临波。他们唱苏俄歌曲《纺织姑娘》等，使我知道人在饱腹之后也有忧伤。波浪仿佛抢听歌声，一排排挤过来，触石而退。我在想，明春竟会爱上曙光他妈？他妈牙齿稀黄，播音员。

　　后来，干校的多数人回城了。一天晚上，我和图嘎坐在空场上看月亮。图嘎突然仰倒，手捧头，说："宴会多好啊！"我也认为好，没说。一栋栋房子空了，门窗敞开。不住人的房子像一群傻子在荒野行走，丢失了灵魂。

十七岁之口福

我十七岁的时候下乡了,当知青。

据说写知青生活不仅不时髦,而且已引起文坛前卫人士的愤恨。他们愤恨知青作家在文中流露的理想、纯洁信念和亲历的苦难。那么,我写一些知青生活中琐屑的事情,譬如吃。

吃

玉米面发糕。

"糕"是一个高级词,仿佛是富有滋养与滋味的上等食品。但玉米面发糕就不上等了,玉米掺水,在盆里搅稀发酵,上锅蒸。熟后刀切成块——若有艺术观点亦可切成菱形。剩下的事就是吃。

我们——赤峰县东方红大队的知青们,收工后或蹲或站吃这些黄澄澄的大发糕。味道——最奇怪的事情在于——我当时与现在无法指出它是什么味道,因为饿。我们知道白面馒头香,烙饼更香。

但不知发糕是什么味道。为什么饿呢？难道粮食不够吃吗？不是，赤峰县东方红大队是全国农业学大寨的典型，甚至联合国的黑人都参观过，亩产吨粮，粮食怎么会不够吃呢？青年点的学习室堆满了玉米，随便吃。

饿是因为累的。

我们早上四点钟起床，吃发糕然后下田劳动。十点钟发糕液化成汗蒸发，再吃发糕。中午收工，当然正规地吃发糕。晚上还吃。吃完学马列主义，尔后再吃发糕。

菜嘛，只一种，咸菜疙瘩。把咸菜疙瘩切成条是高雅的吃法。多数人——包括我——赤手从缸里捞一个吃就是了。知青中的有钱人，譬如当代课教师的人，花一角钱买两棵葱，捏成段儿，有白有绿的，泡在酱油里佐餐。

哼！这是我们鄙夷这些小资产阶级分子的奢侈生活而从鼻孔里发出的愤慨。但我们也知道，葱儿比咸菜甚至咸菜条都好吃。

我们一年四季只吃这两样东西，发糕与咸菜。

到了十一，即国庆节，我们将吃一顿白面馒头。这是党中央、毛主席送给广大知识青年的关怀。毛主席万岁！每到十一，我们青年点都会响起这样的欢呼声。

的确如此，白面如果不是毛主席给我们的，还会是别人吗？难道是金日成？不可能。我们心花怒放地吃白面馒头，吃了还想吃，叹自己只长了一个胃，恨不能把肚子剖开，把肠子之流掏出去，全装满馒头。吃饱了，我们还盯着馒头看。这么好的玩意，竟无人吃，孤零零地放在锅里。可惜呀！

还是回到发糕上。几年前，我们知青聚会，说那时咱们每顿吃多少发糕？大家闷头想了半天，说一般是二到三斤，一天吃十来斤。大窦有一次吃了四斤。

四斤。我们觉得难以置信。大窦这家伙唱歌只一句:"我爱这蓝色的海洋……"带哆嗦的,第二句他唱不上去。过半天,还是那句"我爱这蓝色的海洋……",你不得不在心上给他续上第二句"祖国的海疆壮丽宽广……"。他唱多少句,你在心里续多少句,要不难受。这家伙一顿吃四斤发糕。

我们在二十年后聚会的时候,面前摆满各种菜肴,但无人动箸。大家皱着眉头、撇着嘴,思索自己当年吃二三斤发糕,大窦竟然吃了四斤,成什么人了?

"大窦现在干啥呢?"我问。别人说他在发电厂看仪表呢。

喝

喝就是喝白开水,大锅烧的,凉了,用白瓷碗一舀,喝。其实喝凉水也无碍,但凉水与发糕宜酿成烧心之势。

除了白开水之外,在青年点没什么喝的。

知青中有位回民,叫八哥。回民喜饮茶。这小子有一次不知在哪弄点花茶末,纸包纸裹的,哆哆嗦嗦倒进大缸子里,准备在屋里偷着喝。

八哥平日踮着脚走路,显轻捷,爱边照镜子边挤眉动眼;爱清洁,每天劳动毕,用手巾把全身上下擦一遍。有一回,他屋的王又林在门口扔了一块西瓜皮。八哥端着脏水准备往外倒,嘴里哼着小曲儿,"哎,哎,哎……"他端水踩在西瓜皮上,双脚急剧错动,像在传送带上往后跑一样。终于,八哥把水全都泼在自己胸口,而且屁股坐在了铁锹上,锹把反弹,击中后脑。总之,那回他倒霉了。

八哥把茶沏好,没舍得立刻喝,端到窗台上,等待下色并观赏。"快来呀!"走廊有人高喊,"八哥偷喝茶叶呢。"随即,脚步杂沓，人们如抓一个反革命分子一样冲了进来。

八哥端着茶缸子，想藏没地方藏。想放炕席底下，不行，炕洞里，也不行。水这玩意最不好藏，你不能把它倒箱子里锁上，或倒进鞋里穿走。

"八哥！"我们义正词严地喝问，"干啥呢？"

八哥只好停止炕上炕下之躲闪，把茶交了出来。于是，一人一口，转瞬，八哥之珍饮磬矣。

王又林喝一口，假装厌恶，"呸"地吐地下，说："什么破茶。"

八哥盯着地上那块湿，拍着大腿说："我的茶呀！"

大伙哄堂大笑而去。

在青年点，我们别的没喝过什么，白酒喝过一次，太难喝。啤酒，大队书记外甥女结婚时喝过一口。酒装在碗里冒沫，一人只让喝一小口。

其实，我们也知道世上有许多好喝的玩意，毕竟是"知识"青年。我儿时，泛读过一点法国小说，知道一点什么"马爹利""杜松子酒""朗姆酒"之类。给他们讲，这帮家伙全听傻了，一劲问：

"好喝不？好喝不！"

"啥味？啥味？"

我开始瞎编，说朗姆酒是苹果味中含有樱桃味，杜松子里兼有香蕉、葡萄和牛奶三种味，把他们馋得翻翻乱滚。

我记得，当时白险峰站在炕头豪迈地说："赶明儿，爷们儿挣钱了，先买一瓶杜松子酒喝！"赢得了大家敬慕的眼光。

酥 饺

我来武汉参加一个活动，住在江湾的酒店，凭窗就见长江。江水没有白浪碧波，实如宽而长乃至无尽的水泥大道。仔细看，才看出轮船缓缓移动。

电梯里遇到一位外国小伙子，他羞涩地、欣赏地盯着我T恤上的字。笑，又看，接竖大拇指，说出一句令我惊讶的话——牛×！

T恤上的字是：RUN TO SAVE ENERGY，意为："跑步节省能量"。上半年，这件T恤伴我在德国出尽风头。我爱好跑步，跑步怎么会节省能量呢？言外之意是身体力行节约能源。这对金融危机下的欧洲人来说，简直是济世箴言，德国人甚至跟我合影，以为我是上帝派来的使者。我不懂英文，这十五个字母有这么大的威力，始料未及。

电梯相遇的小伙子也是德国人，名蒂森，是"河面蜻蜓"摇滚乐队的键盘手。他来中国才两天，却会说十几句重要的中国话，包括牛×。我和他坐在长江边的展亭里聊天。聊天不如说哼曲——他和我各自哼唱自己喜欢的旋律,斯美唐纳的《我的祖国》、鲍罗丁《在中亚细亚草原上》,还有邓丽君。他没听过,唱我更没听过的德国歌,有一首我熟悉,是舒伯特作曲、莎士比亚词的《听,你听这云雀》。我们聊得很高兴。

回酒店,床上摊着会议发的茶缸、T恤和帽子,制作得很考究,鲜艳。这些东西我用不上,把打扫房间的服务员找来,送给了她。

女服务员四十岁左右,对这几件小礼物很惊喜。她扭捏地拿来一张纸、一支笔,说:"我们不可以从酒店里拿出任何东西,请你帮我写个证明吧。"

她叫张爱梅。我说是恋爱的爱吧?她脸红了,说热爱的爱。我写了一个证明给她,张爱梅鞠躬致谢。

第二天一早,我在酒店大门外遇到一个女人对我笑,她可能认错人了。她穿一件白碎花纱衣,蓝裙子,是的,我不认识她。她也许是会议工作人员,我也笑笑。这个人突然递给我一个塑料袋,说你尝尝。

见我不解,她说:"很好吃的,酥饺,我手工做的,几十年见不到的。"

我凭什么吃人家几十年见不到的手工酥饺?我问:"你是……"

她笑了,张爱梅。

我说恋爱的爱,她脸又红了,说热爱的爱。

她说:"我女儿非常喜欢那件T恤和帽子。尝尝酥饺吧,我昨天专门做的,今天休班,特意送来,不能进大厅。"

"女儿多大?"

"十七,上高中。"

"你等了好长时间?"

她点点头,说:"一个小时吧。"

我隆重地把酥饺捧进房间,打开。油炸的,金黄,裹一层白粉。白粉是用糯米和白糖一块儿磨碎蒸好的,张爱梅昨晚去乡下亲戚家取来的。这种武汉小吃几十年见不到。

我尝了一个,其余送给蒂森。过了半小时,蒂森满面红光地到我房间,并排竖两个大拇指,说:"太牛×了!好吃要你的命!"

我笑了,没解释这事的来龙去脉,用旋律也唱不出来,除非是柴可夫斯基。蒂森从怀里掏出一样东西给我,说:"明天回国,这个送你。"

这是一样电子产品,是互译发声十国语言之机器。我打算把它送给张爱梅的女儿。

问服务台她哪天上班,回答张爱梅请假半月,侍候重病母亲。

离开武汉的时候,把这个互译通装进行李,不免怅然。我舍了T恤得了酥饺,舍了酥饺得了互译通。回去后,要把互译通寄给张爱梅,是她应得的。

甘 草

中药里,甘草是君子,既和且合。人以甘草之性称誉气味清芬的人,如蔡元培,如胡适之。

甘草在我家乡的名称为"甜草"。吾乡不光有这个名,还有这种草。小时候,我们结队去南山游玩,发现扛铁锹的人士后,舍游玩尾随之。他虽然回头瞪我们,像轰麻雀一样撵我们走,但我们就不走。因为他是挖甜草的人士,这从肩上的铁锹已看出,窄而圆,兜土。用不了多会儿,就能看到他挖草的伟岸身姿。

甜草不像人参那样稀缺,也不是俯仰俱是,也得找。找到了甜草苗,掘洞挖一整根。所说甜草当然是甜草的根,粗的如马鞭,深入地下约二三尺。挖甜草的人一点点掏这个坑,不能伤草根的皮。伤了就治不了咳嗽了吗?也能,但医药公司压等级,卖不上价。

我们围观甜草怎样重见天日,为人类造福。等这人累得出汗,脱了外边的褂子;再脱,露扇状肋骨,甜草差不多快挖出来了。它外皮如红松,瓤浅黄。我们已知它充满了甜,在牙齿的嚼挤下源源不断地涌出甜汁。这时连唾沫都是甜的，珍贵，不能随便吐。

挖甜草的人士知道我们的用意，把松针似的小根须扔过来。嚼之，甜味小，倒是土味大，那也比啥也不嚼幸福。

我们儿时缺少糖。糖啊，我们多么想念您。当一个人的嘴里有了糖之后，什么艰难险阻都能克服。比如跳墙找丢失的小猫，比如上房换漏雨的瓦，比如为别人挑水，往小棚端煤，擦玻璃，找猪。只要人家拿出一块糖，挂蜡的花纸两头一拧，里边包着的就是糖。我们问："干啥?"那人不紧不慢地说："给我推一车劈柴。"我们问："几个人?"意谓出几块糖。他撇着嘴，手在兜里掏掏，过半天才说："三人吧。"说着拿出三块糖。耶！这是现在说的话，表示高兴。我们从他手里夺过糖，推车，随他前往木材厂。

糖有无穷的吃法。含着，让甜水流向咽喉，不咽。坚持到最后，"咕咚"下去，得大甜。把糖鼓于左腮和鼓于右腮，甜味是一样的。糖在腮旁，少说话，嘴角漏风，还容易把糖水漏下去，要"咝咝"抽气回收。若把糖放在舌头底下，甜味好像没了。而糖在牙间冲撞，左而右，右而左，声音震耳，咣当咣当，比过火车声还大。当然最痛快也是最短暂的吃法是嚼，如雷贯耳，地动山摇，一块好糖转瞬土崩瓦解。这里说的糖不是奶糖，不是巧克力，是甜菜糖。坚硬褐黑，一分钱买一块。吃完了糖，有人还舔舔糖纸。如果是玻璃纸，还可以举着观察太阳。

然而糖太少了，我估计那时候全国也没多少糖，援助越南一点，援助阿尔巴尼亚一点，剩不了多少了。咱盟公署家属院一百多户人家，只有小卖店一玻璃罐的糖，一年到头不怎么见少。有时，我们走进小卖店观光，鹰钩鼻子的女售货员手伸玻璃罐里，沙沙弄出响声。响就响呗，我们假装没听见，顺手在敞口的木柜里拈一撮青盐放嘴里品味。

"你说盐要是甜的多好!"二刚永远说这句,说了一百多遍。

"可不是咋的。"杜达拉达回答。我们舔盐,眼睛看着远方。但谁也不敢嚼盐。嚼——盐?那可太厉害了。

在没有糖的日子里,我们远足南山。并不是每次都能遇上挖甜草的人士,十次无一次。遇上也只是尝尝小须子。一回,国瑞把铁锹从家里偷出来,我们上山挖甜草。到了半山腰机井那儿,还没找到甜草的苗,有一人像疯子一样跑过来,连说带骂,仿佛要杀掉我们。我们吓得撒腿就跑,跑到铁道线止步。回头看,那人还站在墙头上骂,手比画,像打拍子。

追咱们干啥?大伙纳闷,也没惹他呀。一人路过,见我们傻傻地站立,挨那人的骂,问:"你们挖甜草了吧?"

"对呀。"我们回答。

"甜草坑把他的毛驴腿别断了。明白不?还不快走!"

啊?我们又一阵狂奔,到国庆旅社停。驴腿别断了?这个驴也够倒霉的了。我们想象驴之一股陷于坑里,无法自拔,是挺可怜。我们也不敢上山挖甜草了。那时,想甜一下,是多么难的事啊。

人体的盐

我见过喝酒吮一根钉子的人。钉子被盐渍过。他喝一口酒，抿一抿钉子，神色快适。

钉子半尺长，别人说是棺材钉子。我问："棺材钉子咋这么长？"说："短了钉不透，你没看棺材板子多厚。"

我见过棺材，一头高一头低，顶盖有半尺厚。我对棺材的畏惧，由钉子而来。这么长的钉子钉上，人（假如没死的话）再也别想往外爬了。

这人在当院喝酒，搬一把椅子，坐中央。酒瓶放在右边地上，无盅，钉子攥在手里。人说，钉子也不是他腌的，偷放人家咸菜坛子里稍带而成。他架二郎腿，穿毛背心，披中山服（四个兜），还留着分头，像画报里的焦裕禄。那时我小，因而蠢，问别人："他就是焦裕禄吗？"被问的人（已高中）瞪眼训我，他怎么是焦裕禄？焦裕禄已经去世了。

我远远看他喝酒。喝的时候用力，有"嗨"这么一个尾音帮衬。

喝完，吮钉子。"吮"在吾乡叫"哑摸"。他手执钉帽，在口唇间横着一顺，由左至右——"滋溜"。他顺一下我跟着咽一下唾沫，用现在的话叫心仪。我想，天下好事莫过于喝酒吮盐渍钉子。滋溜、滋溜……

我跟我妈说——在秋天的时候，各家腌咸菜——咱家也腌点钉子吧。

我妈吓了一跳——"腌钉子？"

我爸说："钉子还要腌吗？钉箱子、墙上钉钉挂帽子，难道要提前腌一下吗？嗯？"

"嗯"很吓人，我爸一说这个，就要搞家庭暴力。我逃跑，不再提这个事。

后来，我妈小声问我："腌钉子干吗？是科学实验吗？"

科学实验？我妈太高看我了。我没说，说则招羞。他们形而下惯了，缺乏栖居诗意。腊菜缨子能腌，钉子为什么不能腌？守旧。

后来　　后来就是摆脱了童年时代，长大成人——喝酒的时候，我常奇怪地想起盐渍钉子的事。甚至想，饭馆突然加一道菜——盐钉子，放盘子里，滋溜、滋溜，也蛮有创意。我跟一位饭馆老板说过这个创意，他笑笑未语，水平停留在我妈那个阶段。创新很难啊！

故事说，哥俩进餐就一条咸鱼。"就"，乃佐餐，不是用嘴，而是眼光。其父规定，吃一口饭看一眼咸鱼——鱼挂在房顶。弟弟多看了一眼，哥哥举报。父怒："咸死他！"这是笑话，见于《笑得好》之类的书里。而我看到的盐渍钉子是写真。我想，盐啊，实在是至味。不说钠与钾对人体细胞壁平衡的道理，它是人离不开的东西。我小时候读书，知红军给民众带来了盐巴，穷人膜拜。我激动地取盐粒含在嘴里，分享他们的快乐。盐是什么？五味里面，它是一种精神。甜者绮靡，酸者旷远，苦者尖刻，咸乃中正之味。盐的味道如同讲述一种道理。有一个人（纽顿）说，人和星星、小鸟的区别是什么呢？这话把我问住了。星星和小鸟区别本来就很大，它们和人又有什么区别呢？纽顿说，人体有盐。好啊，说得多好。人的身体里有盐，人有了盐则沉稳、不轻浮。盐是多好的东西！感谢上帝，让人需要盐，然后有了盐。

  我听说，藏獒原本不咬人，一旦咬了人，见人就要咬。为什么呢？因为人的血液中的盐刺激了它的"咬欲"。所谓嗜血，实为嗜盐。专家说，像藏獒之类的动物从来没有品尝过像人肉这样的美味，"美"的意思是有盐分，吾乡叫"咸淡"，好像说，人是带佐料而来的。但我不知道，在哺乳类动物中，只有人类的血液中有盐吗？祈高明人教我。想到这个，想一旦遇到藏獒的时候，当它箭一般窜出直扑我腿肚子的时候，诚之曰："我这有咸菜。"嗖地扔出一袋六必居咸菜。你们（我说的是藏獒）既然这么喜欢盐，别掏人腿肚子，这多不好，吃吃咸菜就行了，但别吃太多，影响血压。

盐和水晶

我刚上中学,我爸拿来一本书,说这本书要我好好读一下。他并没解释为什么是我——而不是别人——要好好读这本书。书的名字现在想不起来了,作者却记得·李若冰。此书用现在的话说叫散文游记集,写青海的风光物产。

我开始好好读这本书,大约看了十遍,对青海心驰神往,最神往青海的盐场。盐,对我而言是房后国营小卖店木柜里的青盐粒。在青海,盐的面积比广场还要大,有盐的房子。我回想,我最想住进盐的房子,它差不多就是一座水晶的房子。小时候,我不知世上有没有水晶,以为它只是一个形容词,如"凤凰"这个词,只在词里存在。我觉得世上有两样东西靠近水晶——盐和玻璃,我想来想去,玻璃太通俗而且断面是绿的,水晶就是青海的盐。

我开始怀念青海。我在脑海里给青海盐场添加了李若冰没写过的东西:盐的房子前有一棵树,结着红盐和绿盐,上面落几只白羽毛的鸟;红盐甜,绿盐酸,它们是小白鸟的冰糖;盐房子里生火,烤不化墙壁却冒出香味；如果在盐的地面撒一层葱花，味更香；从屋里往外看，地面盐的缝隙长出青草，水从盐下面流过去，声音如琴琤琮。

我没怀疑过自己的幻想，想多了就成了真的。前几天，我读报上的医学资讯，说乌克兰修建了许多盐房子，病人住进去治好了哮喘以及皮肤病。看到这条资讯，我的反应是：我在盐房子里住过。仔细想，我怎么会在盐的房子住过呢？我连见都没见过。这使我想起了少年看过的李若冰的书。李若冰是陕西的一位散文家。

现在，我的年龄可以让我分清盐和水晶，还知道世上有人造水晶。盐的化学名称叫钠，饼干和甜饮料里都有钠。假如实施严格的自我健康管理，含钠的食物都不应该吃，它是高血压症主要的诱因。有些患者毫无道理地把此病归于遗传，医学文献介绍，高血压与遗传无关，它是系统性疾病，不是一个器官而是多器官发病。

我要说的并非盐的罪过，而是盐的神秘。如果它算一种石头的话，这是多么神奇的石头。"味"这个词，说的就是盐。汉语极为精妙地用"轻"和"重"形容盐在食物中的容量。盐溶于水，溶量饱和之后，水把人漂起来，死海就是这样。盐在人体里的作用是平衡细胞，它强烈地吸水，保持细胞内水分充足，医学称之为潴留。而钾会把多余的水分排出去。

盐比土有思想，比石头多一份灵魂。盐是在人体每一个细胞都旅行过的精灵。盐可以透明——譬如它化于水中无一丝痕迹，但盐粒却是半透明的，如眯着眼睛看世界。盐比砂糖更白，盐粒无论多细小，在显微镜下都是锋棱的晶体。盐有一肚子话却不往外说，尝一下才知道它很"重"。中国人爱说"道"这个词，但并没多少东西得道。道在哪里？或许在盐中。盐在高血压症中的作用，是人的错而非盐的错，错在未得中庸。

"水晶"这个词，只是"水"字用得好。说透明的晶体怎么说？说它水晶。水晶在石头里是不说谎的人，像沉睡的石头突然睁开眼睛。水晶使冰糖变成了庸俗的模仿者。水晶所想，是混沌的石头想透明也可以透明。

盐和水晶是物质界浪漫的分子，也许它们仍在进化过程中。在特定的条件下，比如光速下、纳米下、高速撞击或超高超低温度下，它们会变成更高明的东西。换一种说法，地球上的一切都是碳的不同表现形式。

瓜　子

对蹲监狱的犯人来说，真正的节日，是有人来探视。

监狱里的伙食以及文体设施无论多么优良，也代替不了来自外界的一点点东西。探监的人不仅携来吃的用的，还有亲人之间面对面的交流与瞩望。

监管人员常说，无人探监的犯人，改造最难。犯人在刑罚期间的自新，劳改部门称之为"改造"。

一位来自贫困山区的老母亲，经过乘坐驴车、汽车和火车的辗转，探望服刑的儿子。

在探监人五光十色的物品中，老母亲给儿子掏出用白布包着的葵花子。

葵花子已经炒熟。老母亲全嗑好了，没有皮，白花花的像密密麻麻的雀舌尖。

服刑的儿子接过这堆瓜子，手开始抖。母亲亦无言语，撩起衣襟拭眼。

我不知道服刑的这人是老太太第几个甚或是唯一的儿子。他犯了盗窃罪，偷铁路上的月牙板。对老母亲来说，儿子仍然是最爱者。因为他是自己流着血生出来的，是用乳汁喂养大，在眼前一点点长高的。老太太不懂刑律，只知道儿子由于他个人的过失被政府押起来了。老母亲也许幻想过政府很快把儿子放出来，会在一个风雪之夜破门而归。她知道这并不可能，只有"刑满"才能"释放"。狱方人士说："改造得好，犯人可以减刑。"于是她盼望儿子改造得好。

她千里迢迢探望儿子，卖掉了鸡蛋和小猪崽，还要节省许多开支才凑足路费。来前，在白天的劳碌后，在煤油灯下嗑瓜子。嗑好的瓜子放在一起，看它们像小山一点点增多。没有一粒瓜子舍得自己吃。十多斤瓜子嗑亮了许多的夜晚。

服刑的儿子在瓜子面前垂着头。作为身强力壮的小伙子，正是奉养母亲的时候，他却不能。在所有探监人当中，他的母亲是最褴褛的。母亲一口一口嗑出的瓜子，的确包含千言万语。儿子"扑通"给母亲跪下，他知罪了。

老母亲又撩起衣襟擦眼睛。

黑酥油与白酥油

我小的时候,曾祖母讲过一个故事,人死了之后,像旅行一样在路上走。走着,看到路口摆两碗酥油。一碗黑,一碗白。酥油白的好吃,细腻香醇;黑的粗粝,苦,酸。

一人只让吃一碗酥油。白或者黑。曾祖母说,吃了白酥油,能言善辩;吃了黑酥油,发傻,嘴拙,只说实话。

吃了酥油,人接着走。到达上帝的处所。上帝问:这一辈子你做了些什么事?

吃白酥油的人把自己说得像英雄一样,全是好事。

吃黑酥油的人也想夸赞自己,话到嘴边,全成了自我揭发。比如:骂人、偷过东西、嫉妒、不讲卫生等。总之,是一个很坏的人。

处所的人大笑,吃黑酥油的人羞愧着,但没办法,黑酥油比药还厉害,说不出假话。

这时,曾祖母对我说:"孩子,那时你可别吃白酥油啊!"

我以为她说错了。我正期待着上帝惩罚那个吃黑酥油的傻瓜。

"为什么?"

曾祖母说："孩子啊，你在人间办的事，人家全都看见了。"所谓三尺以上有神明。

她说的"人家"，就是上帝他们。

"他们怎样看见的？"我问。

"你别管了。记住，人不管做错了什么事，都能因为诚实而被原谅。"

"后来呢？"

"后来，吃白酥油的人的舌头被冻在西藏的雪山上，距今已经好几百年。吃黑酥油的人重新回到人间，他就是你哥哥朝克巴特尔。"

朝克巴特尔是我堂兄，显然这是曾祖母开的一个玩笑。那时我以为是真的。朝克巴特尔脸红，永远带着傻笑。一次我问："你吃过黑酥油吗？"他笑，不说吃还是没吃，显然吃了。

曾祖母是相信神灵的人，小孩也如此。长大之后，人们对这样的故事往往一笑置之。后来，我听到一件事，宛如这个酥油故事的现代版。

有一个熟人，多年未见，已经荣升司长。说话，他说到达今日得益于一次考试。那是国内比较早的一次政府官员考试，各种题答完之后，他被最后一道大题难住了。此题三十分，输赢定生死。

——简述唐代的防止水土流失的措施。

他绞尽脑汁也想不出唐朝有什么水土流失之计，最后叹息，写道：不知道。

发榜后，此题他得了满分。满分的答案就是"不知道"。而别的考生，疾书唐代植树造林之举，全零分。

据说那次考试由联合国有关组织参与出题，观察官员的诚实。

熟人说到这里，自谦拣了个便宜。

我说："考试前你吃过一碗黑酥油。"然后给他讲这个故事，他大喜，连称诺诺。

辑 八

村庄里

白银的水罐

井是村庄的珠宝罐。井里不光藏着水,还藏着一片锅盖大的星空和动荡的月亮。

井的石壁认识村庄的每一只水桶。桶撞在石头的帮上,像用肩膀撞一个童年的伙伴,叮——当,洋铁皮水桶上的坑凹是它们的年轮。

那些远方的人,见到炊烟像见到村庄的胡子,而叫作村庄的地方必定有一口井,更富庶的地方还有一条河,井的周围是人住的房子。在黑夜,房子像一群熊在看守井。没人偷井,假如井被偷走了,房子就会塌。

井为村庄积攒一汪水,在十尺之下,不算多,也不少。十尺之下的井里总有这么多水,灌溉了爷爷和孙子。人饮水,水进入人的血管,在身体上下流淌,血少了再从井里挑回来。村里的人有一种类似的相貌,这实为井的表情。

井用环形石头围拢水。水不多也不少,在清朝就这么多,现在还这么多。村里人喝走了成千上万吨的水,水不增不减,不垢不净。多少人喝够了井水翘胡子走了,降生面貌陌生的孩子来喝井里的水。井安然,不喜不忧,在日光下只露出半个脸——井只露半个脸,另半个被井帮挡着——轻摇缓动。井里没有船,井水怎么会不断摇动?这说明井水是活的,在井里辗转。在月光下睡不着觉,井水有空就动一动。

村民每家都有财宝罐,都不大,放在隐秘的地方——箱子、墙夹层,甚至猪圈里。而全村的财宝罐只有这口井,它是白银的水罐,是传说中越吃越有的神话。水井安了全村的心。

水井看不到朝暾浮于东山梁,早霞烧烂了山顶的灌木却烧不进井里。太阳和井水相遇是在正午时光,它和水相视,互道珍重。入夜,井用水筛子把星斗筛一遍,每天都筛一遍,前半夜筛大星,后半夜筛小星,天亮前筛那些模模糊糊的碎星。井水在锅盖大的地方看全了星座,人马座、白羊座,都没超过一口井的尺寸。

井暗喜,月亮每月之圆,是为井口而圆。最圆的月亮只是想盖在井上,金黄的圆饼刚好当井盖,但月亮一直盖不准,天太高了。倘若盖不准,白瞎了这么白嫩的一个月亮。太阳圆、月亮圆、谷粒圆、高粱米圆,大凡自然之物都圆。河床的曲线、鸟飞的弧线,自然的轨迹都圆。人做事不圆,世道用困顿迫使他圆。圆的神秘还在井口,人从这一个圆里汲水,水桶也圆。人做事倾向于方,喜欢转折顿挫,以方为正。大自然无所谓正与不正,只有迂回流畅。自然没有对错、是非、好坏。道法自然如法一口井,大也不大,小也不小,不盈不竭,甘于卑下。

大姑娘、小媳妇是井台的风景。大姑娘挑水走,人看不见水桶,只见她腰肢。女人的细腰随小白手摆动,扁担颤颤悠悠。井边是信息集散地,冒人间烟火,有巧笑倩与美目盼,孩子们围着井奔跑。

村里人没有宗教信仰，井几乎成了他们的教堂。但没人在井边忏悔，井也代表不了上帝宽恕人的罪孽。但井里有水，水洁尘去污，与小米相逢化作米汤，井水可煎药除病。井一无所有，只有水。一方水土养一方人，水说的是井与河流，土是耕地。对树和庄稼来说，井是镶在大地的钻石。鸟不知井里有什么，但见人一桶一桶舀出水来，以为奇迹。春天，井水漂浮桃花瓣。入井私奔的桃花，让幽深的水遭遇了爱情。花瓣经受了井水的凉，冰肌玉骨啊。从井里看天，天圆而蓝，云彩只有一朵。天阴也只阴一小块，下雨只下一小片。井里好，石头层层叠叠护卫这口井，井是一个城。

井是白银的水罐，井水变成人的血水。井无水，村庄就无炊烟、无喧哗、无小孩与鸡犬乱窜。庄稼也要仰仗井，井水让庄稼变成粮食。人不离乡，是舍不得这口井。家能搬，井搬不了。井太沉，十挂马车拉不走一口井，井是乡土沉静的风景。

扁　担

扁担站在门后。

我小时候的门还分两扇，像中式的衣襟一样，双手分开才进屋。难怪如今偏瘫的人多了，门都成了单扇。推开双扇门，一扇挡着锅台（有人在挨锅台的地方搭鸡窝，门挡了鸡窝），另一扇门挡的是扁担和水桶。扁担藏在门后，不是扁担做了见不得人的事，扁担除了挑水没别的任务。它不能放炕上，不能放桌上，放别的地方碍事，就放门后合适。再讲，扁担不仅是一段扁木，两端还挂着铁环铁钩，很啰唆。

扁担的好处可以分两方面说，它的木头坚而韧，负重又有弹性。大水桶单只可盛三四十斤水，一副七八十斤，扁担挑起来上下颤但不断。没听说谁家挑水把扁担挑断的，那比走道挨一个晴天霹雳还丢人。颤，说扁担的弹性，没弹性它就不叫扁担。为什么没人扛一根铁棍挑水？没弹性又添了分量。好扁担的弹性让挑水人借到力，一步一颤，两只水桶像乌纱帽翅一样上下颤动。挑水人在每一步的行进中享受三分之一秒的小轻快。我小时候,挑水的都是小孩,大人在造反或挨斗。挑起扁担来,水桶刚刚离地。大桶沉啊,疼得肩膀受不了。那个时代鲜有高个,都被水桶压矬了,姚明、巴特尔肯定不是挑水出身。好扁担挑这么重的水桶还能上下颤动,木头不是一般的好。有人骨折后在腿里镶了三条钢板,弹性赶不上扁担好。好扁担还有一点文艺性,即花纹好。把一段方木头削成扁圆,两头尖,中间厚,这就是扁担,看过扁担的人可以不读上边这段话。花纹像鹅卵石的图案一样,环环相扣的扁圆,年轮在木质里显出横竖茬,也是阴阳茬,深浅相隔。扁担也分长幼,新扁担如新兵一样光鲜,白而直,老扁担颜色像水桶一般黑。再老的扁担就弯了,弹性都没了,相当于老得不像话,不仅要退休,还会当成劈柴烧火。身为扁担,一定要直,就像钢针、筷子都要直一样,弯了等于下岗。弯扁担的弯头朝上不行,水桶往中间溜。弯头朝下,水桶就触地了。但没见过谁家烧老扁担,连扁担都烧,太没有人情味了。扁担是硬木,榆木、柳木、柞木,一般劈不开。

　　扁担创造别样的美,可惜今天见不到。说的是大姑娘用扁担挑水,一手搭在扁担上,屁股在后面扭,腰肢最惹火,比芭蕾舞美多了。人们并不知,少女肩上担起三四十斤分量,才显出腰臀的美妙。另一只手在身边儿甩,增加美妙。女人,从前面看不公平,有丑有俊。从后面看全公平了,腰跟屁股都差不多。它们用苗条挺翘而不是五官创造美,其美不比五官差。这么说女人八成不爱听,但男人都爱听。大姑娘在街上走,人所看到的腰臀之美只是冰山浮出海面八分之一,身无重物,腰扭不起来。细腰是静态美和局部美,扭腰是动态美和全局美。腰若一扭,风情四射,一般人都受不了。但人家大姑娘凭什么为你扭腰?你是秦始皇呀?这时候,扁担下凡,助成其美在人间。沉重的水桶压在肩上,女人力量不足,借助髋关节的大幅摆动借力,腰如摆柳,屁股似两个葫芦左右转。这时候,姑娘甩起的手指尖、挺直的脖颈,都有不一样的美。而梳大辫子的姑娘,两个红头绳随辫子在屁股上晃,像蝴蝶飞。此美胜过时装表演,现在没了,因为扁担没了,水井没了,自来水消灭了这些美。为了看到美,男人让自己的老婆在家里挑水,也不像话。

然而这一类的好看是别人眼里看到的,担扁担的人肩上只有痛苦。我当知识青年的时候,挑八十斤的水桶浇树,走一公里。我十七岁,挑不动。重担集中在扁担那么宽的肉上,痛得难忍。起初走几步一歇,再十几步歇、几十步歇、走百步歇一歇。头一天挑水下来,右肩肿起拳头大一个包,晚上睡觉,轻轻一摸都火烧火燎。第二天,这水还要挑,慢慢地,肩膀生出茧子。再后来,肩膀那块肉没感觉了,摸一下像摸别人,手感类似槐树皮。此际,挑水肩不疼了,步子也迈大了,以在肩膀上创造一块死肉为代价。那时想,若干上古,我被其他部落掠去吃肉,生番吃到我肩膀这块肉时,可能会咯掉一颗牙。他们百般研究争论却不知此为何肉。我当然知道谜底——死肉,扁担制造,但不会告诉这帮愚昧的土人。想到这里,我每每咧开嘴乐一下。死肉也有死肉的用处,天下没一样东西无用。

过去我见到扁担就害怕,现在见不到此物了,女人也显得不那么美了。减肥比不上扁担压出的美。以不担水这件事而论,我觉得生活很幸福。到风景区,还能见到挑砖瓦水泥的人,扁担是他们的谋生工具。人靠肩膀能挣多少钱?况且要上山下山,跟受刑没啥区别。他们肩上的死肉不知死多少年了。不光肩膀,他们的身上甚至脸上的肉都像死肉,只有眼睛凸出来,盼你让他挑点东西。他们的肉不叫软组织,不叫肌肉筋腱,叫藤、树、根,他们从人类进化为物类或另一种人类。

马 灯

那年我到坝后,干什么去已经忘了,但脑子里记挂着那盏马灯。我们住在大车店的一铺大炕上,睡二十多人,都是马车夫。白天,我和主车夫老杜套上我们的马车,拉东西。把东西从这个地方拉到那个地方,好像拉过羊圈里的粪。那羊圈真是世上最好的羊圈,起出二十多厘米厚的羊粪,下面还有粪,黑羊粪蛋子一层一层地偷偷发酵,甚至发烫,像一片一片的毡子,我简直爱不释手,并沉醉于羊粪发酵发出的奇特气味中。晚上,我们住大车店。

大车店没拉电,客房挂一盏马灯,马厩挂一盏马灯。晚上,车夫们掰脚丫子,亮肚子,讲猥亵笑话。马灯的光芒没等照到车夫脸上就缩在半空中,他们的脸埋在黑暗中,但露着白牙。不刷牙的车夫,这时也被马灯照出洁白的牙齿。苇子编的炕席已经黄了,炕席的窟窿里露出炕的黑土。肮脏得看不出颜色的被褥全在马灯的光晕之外。房梁上,悬挂着一尺左右,像暖瓶一样的马灯。灯的玻璃罩里面的灯芯燃烧煤油。花生米大小的火苗发出刺目的白光,马灯周围融洽一团橘黄的光芒,仿佛它是个放射黄光的灯。马灯的玻璃罩像电吹风的风筒,罩子四周是交叉的铁丝护具。装煤油的铁盒是灯的底座,可装二两油。

蛾子在屋顶缭绕,它们靠近灯,但灯罩喷出的热气流把它们拒之灯外。不久,车夫们响起鼾声,这声音好像是故意发出的极为奇怪的声音。你让一位清醒的人打鼾,他发不出梦境里的声音,他忘记了梦中的发声方法。有人像唱呼麦一样同时发出两三个声音,有低音、泛音和琶音,有许多休止符使之断断续续。有人在豪放地呼出噜之后,吸气却有纤细的弱音,好像他嗓子里勒着一根欲断的琴弦,而且是琵琶的弦,仿佛弹出最后一响就断了,但始终没断。打呼噜的人大都张着嘴,但闭着眼。他们张嘴的样子如同渴望被解救出来。我半夜解手回屋,背手踱步,在马灯的光亮下视察过这些打鼾的车夫,洞开的嘴还可以寓意失望、吃惊和无知。他们是够无知的,把这个村的羊粪拉到另一个村的地里。其实,我看到那个村也有羊圈。那时候,农村里的一切都归公社所有,拉哪个羊圈的粪都一样。就像一家人,把这个碗里的饭拨到那个碗里一样。车夫们睡姿奇特,如果在他们脸上和身上喷上一些道具血,这就是个大屠杀现场或廿先烈就义图。有人仰卧,此乃胸口中弹;有人趴着,背后中弹;有人侧卧并保留攀登的姿势,证明他气绝最晚,想从死人堆爬出去报信但没成功。

即使不解手,我也希望半夜醒来到外面看看夜景。夏夜的风带着故乡性,它从虫鸣、树林、河面吹来,昆虫在夜里大摇大摆地爬,爬一会儿,抬头看看天上的星星。月亮瘫痪在一堆云的烂棉花套子里。我看到夜越深,天色越清亮,接壤黑黪黪的土地的天际发白。可见"天黑"一词不准,天在夜里不算黑,有星星互相照亮,是地黑了。被树林和草叶遮盖的地更黑,这正是昆虫和动物盼望的情景。

在黑黑的土地上，它们瞪着亮晶晶的眼睛彼此大笑。夜风裹着庄稼、青草和树林里腐殖质散发的气味，既潮湿又丰富。我回屋，见马厩里的马灯照着马，木马槽好像成了黑石槽，离马灯最近的那匹马大张着眼睛往夜色里看。灯照亮它狭长的半面脸颊，光晕在它鼻梁上铺了一条平直的路。马在夜色里看到了什么？风吹了一夜却没有吹淡夜色。那些跟跄着接连村庄的星星就像马灯。喝醉了的大车店老板手拎马灯，如同拎一瓶酒。他走两步路，站下想一想，打一个嗝。青蛙拼命喊叫，告诉他回家的路，但他听不懂。夏夜，马灯是村庄开放的花，彻夜不熄。马灯的提梁使它像一个壶，但没有茶水，只有光明。马灯聚合了半工业化社会的制作工艺，在电到来之前，它是有性格、有故事的照明体，它是移来移去的火，是用玻璃罩子防风的火苗之灯。它比蜡烛更接近工业化，但很快又变成了文物。马灯照过的模糊的房间，现在被电灯照得一览无余，上厕所也不必出门了。

针

像母亲领着孩子的手,穿过厚厚的云层。对往昔的追念,让人凝视那些斑驳的岁月,让往事像花朵一样开放,使我们看到静置在老日子最下面的那些东西,包括母亲手里的针。

针拿在母亲的手里,当母亲把目光转过来的时候,是关于"家"的最贴切的油画构图。母亲目光柔和,拿针的时候,她的面庞和姿态告诉他人什么是宁静安详。当母亲专注于膝上一件衣衫的连缀时,把这个画面和其他专注的事情相比:医生专注于伤口,账房先生专注于算盘,士兵专注于瞄准。让人觉得天下最为柔顺善良的人,莫过于母亲了。

针在家里是最小的什物,因此母亲藏针的时候最为认真,不是珍贵,而是它太容易丢失了。这一枚光滑尖锐的利器,却丝毫没有兵刃的悍意。它在刀剪的家族里,也是一个女人,身后总带着索拉。那些绵绵的白线,被它缝在被子,包括膝盖的补丁上。像一串洁白的、小小的足印。在家的王国里,针线与棉花布匹生活在一起,一起述说关于夜、体温和火炕的话语。这些话被水洗过,被阳光晒过。阳光和水的语言被远行的孩子带到了异乡。

　　我回想下乡和结婚的前一夜,母亲都在灯下缝被子。我想起,那些棉被是早已缝好的,她又是拿出来,加密针脚。加密针脚并没有特殊的用途,谁都不会盖坏一床被,但母亲所能做的只是这些了。在命运面前,她并不能做什么。儿子虽然是自己的,但仍要被命运之手领到远方。母亲的语言与针线的语言一样,绵绵密密但素朴无声。当孩子远行,当柔软的棉被和线一起到达的时候,母亲的手里只剩下一根孤零零的线。

　　母亲把它小心地收起来,放在炕席下面,或别在布包上,针尖向里。其实儿子大了,已不在身边,已经不用担心他淘气玩耍,刺破手尖。

　　现在年轻的家庭,恐怕已经找不到针了。城里没有针,没人缝补旧衣。年轻的母亲为孩子准备的是成撂的买来的衣服。在城里,和针一起失去的,还有朴素的诗意和许多难忘的场景。

门

如果说，摇篮是童年的象征，一杯热茶是温暖的象征，启动的车窗上握紧的手是友情的象征，那么家的象征，是——

门。

门的朴素的脸上，写着我们的寄托、欢喜和庇护。在心底抹不去的记忆里面，清晰地记得门的表情。

当受了委屈的孩子，从外边跑回家，双手刚刚拍到门时，便开始大哭。在这里，门划分了"他们"和"我们"。从门开始，生活呈现的是另外的世界。

儿童初窥世事的时候，用肩膀倚在自家的门上往外张望。仿佛那边是海，这边是岸。

在暗夜里回家，推开门，先看到母亲在油灯下抬起的脸，她咬断缝衣的线，从锅里端出温热的饭菜。后来，我想到母亲时，白发和端碗的浮筋的手，以及门上木纹的肌理叠印在一起，在乡愁的心海上幻化。

靠在家的门上，可以痛哭；可以蹲在它的脚下，以指尖蘸唾沫翻小人书；可以用粉笔在上面画线，看自己长了多高。推开门之后，传来"吱呀"的回应，这是家的歌声。站在门边上，如同站在父兄的脚下。

"文革"中，父亲被拘押。母亲"办班"，每天深夜返回。那时，我和姐姐常常夜深了还不敢睡觉，在被窝里等待敲门声。轻轻拍门的声音，使我们在无数夜晚一跃而起，抢着给妈妈开门。那时候，开门就有妈妈。

有一年，我们全家从"五七"干校返回。使我眼湿的，是看到了我家的门。它淳厚，蓝漆里面隐约透出地图似的木纹，像老友一般蔼然。我感到，对家的渴念，包括秘密与惊喜，都包含在见到门的最初一眼里面。

离家远行时，回首，目光流连的地方包括家里那扇门。我们从外面所能看到的家，只有门。

如果回家，阔别之后的柔情会在抚到门的那一刻激发。拍一拍它，心里蓄足期待。门的后面，包括门，是我们的家。

墙

命运选择那些土垒在一起,堆为泥墙。它们的躯体就是它们的肩膀,它们没有四肢,只有肩膀。

泥土肩扛自己的兄弟,对垒雨、对垒北风、对垒最强大的敌人——时间。风拿这些土已经没什么办法,它们是墙。

北方有望不尽的墙,它们是院子的边界,是房的框架。灰白色的墙被风刮走了皱纹,墙是村庄最老的老人,是家的外壳。

我去过的一些遗址,如辽上京、准格尔汗国故城,那里一无所有,却留存着当年的墙。所谓断壁残垣说的也是墙。人早没了,繁花胜景没了,屋顶没了,却有墙。它们是一些低矮、毫不起眼、凸起于地面的泥土屏障,但非土丘,而是墙。在好多遗址,砖垒和石垒的城垣瓦解了,砖石没了踪影。土墙依旧在,长在大地里,土与地的联系比砖石更紧密。

我觉得墙上长着眼睛,没有一堵墙不在向外看、向里看。荒野上的人远远看见一处院落时,院墙和屋子的墙早就看到了你,就像藏在草丛里的动物早就看见在道路上行走的人。墙的眼睛细长,它在风里眯惯了眼睛。它打量过往的羊群、骆驼队、独狼和流浪的人。墙认识自己的家人,它虽然不能动,却想像狗一样扑过去,围着家人转上几个圈儿。

房子上有墙的眼睛,看人度过几辈子。墙看到孩子在炕上翻滚成大人,看他们在炕上拉屎撒尿、吃饭喝粥、娶妻生子、数钱吃肉,然后卧病蹬腿。墙看到的人是炕上的动物,像人看羊圈里的羊。墙看人在土屋里高兴、流泪、讲理和不讲理,看见人在欲望里轮回,既相信真理又依赖愚昧。房子不过是四堵墙,用木头和泥巴做屋顶挡住夜空和雨水。开窗射进光线,开门出入家人。人垒起这四堵墙就不愿意拆掉,墙窒碍了人的脑子。他们把好东西搬进来,把钱放在炕席底下。垒墙的人不如住帐篷的人自由。帐篷的墙是毯子和布的帐幔,在风中鼓动。墙僵硬,墙与时光死磕到底,墙被人扒了屋顶和窗户还是墙。墙的土一旦当上墙就再也长不出庄稼,开不出花朵,吸收不了水分,不再与季候一道度过立春、雨水、惊蛰与清明。墙年纪轻轻就成了老人,墙只会站立,墙做的事情是阻挡。

墙是一堵干燥的泥巴所宣示的领地,墙里墙外裁定财产与情感的归属。墙怎么能建立一个家?人的心念从这堵干燥的泥中穿来穿去,干燥的泥没办法让人心安稳。墙让流动变成静止,让目光停留在土上。人年轻时都有过拆墙的念头,年老了都想把墙加高。墙是人所需要的泥土的皮肤,人待在自己家里,穿着墙的皮肤入眠。人一方面盼望自己的思想如水一般自由流动,另一方面筑立更多的墙把自己与他人分开。仰视一座摩天高楼,想不出楼里有多少堵墙。人们在一堵堵墙里悲欢离合。人的终身伴侣是什么?不是人,而是墙。人类最早广泛应用的发明是墙而非其他。

乡村的墙头是鸟儿和小猫的乐园。小猫在墙头袅袅行走,俯瞰下界，不让君王。鸟儿成排站立墙头创造风景。我尤其怜惜那些墙头的青草，命运让它们在这里生存，得到最少的雨水，迎接更多的风。墙头草觉得自己是勇敢的卫士，为主人看家护院。青草从来匍匐于地，而墙头草高出地面五尺。人把墙头草当作坏词使用完全是强词夺理，草随风势伏偃乃自然之道，怎么是机会主义？用自然现象比附人是语言的通病。

  信息时代拆除了什么？它在拆一切墙。有人看到了他平时看不到东西，有人暴露了他不想暴露的东西。墙不仅是疆域领地，墙还是等级和智愚的分野。人弄不清自己脑子里有多少堵墙，人一边拆脑子里的旧墙一边建新墙。在许多情形下，墙就是强，强权、强大与强势。东欧旧政权解体后，人们推倒柏林墙绝不仅仅是一个象征。互联网是人类历史上最大的拆墙手，它把墙的强大化为粉末。失去墙即失去阻隔也失去庇护。墙是立于眼前的四壁，墙将永久存在，它是伟大的分类法，是秩序与安全岛，墙是囚禁，墙是红杏的梯子。

碗

碗的事也不是小事。以前上别人家吃饭——吃馆子是这几年的事,二十世纪八十年代末期,人们才普遍下馆子,然而这是说我老家——吃饭的人来到别人家,居于席前,先看碟子和碗。看啥?家境荣枯,盘盏系于一半。细瓷为好,细瓷而又成套的碗,表明日子过得已经发达。

飨饭多在正月。互相请,真个是人人为我、我为人人,互济会。在风和日丽的正月,谁家大白天不晃晃悠悠踱入一大帮食客,用上海话讲是"没面子"。这帮人穿着呢子大衣,穿风衣,戴礼帽,戴人造毛的水獭皮帽,过本命年的人从裤脚和皮鞋间露出鲜红的袜子。他们高声问候,四邻俱知。主人惊喜地出来迎接,其实相互见过八百遍了。但这是过年,是请客。"客"字在吾乡读"且",上声。"且"们带着一肚子关于这顿酒菜的美好构思,晃晃悠悠进院。入门,夸赞主人家里干净,对过年新添的摆设表示惊讶,说完入席。

入席,筷子、碗都摆上来,叮当清脆入耳。一盘子鸡,一盘子鱼,一盘子扣肉。上述为"硬"菜。其余的,为表丰盛,其格式如"×炒×",即肉炒芹菜、炒白菜、炒西葫芦、炒黄瓜、炒白果、炒柿子、炒菠菜、炒咸菜、炒辣椒、炒豆角、炒韭菜、炒疙瘩白,前边的肉炒后面各类蔬菜。满满一桌子,丰盛,毕竟过年了。这景象让"且"高兴。菜在过年的主要功能是观瞻,谁没吃过菜?这些日子吃都吃不动了。但,菜少了不行,不热情,甚至不吉利。不富裕就是不吉利,炒这炒那证明富裕着呢。

"整两拳?"

"整两拳吧。""且"们问答。

拳不是泰拳与太极拳,更不是猴拳,乃酒戏。把食指、中指、无名指在"×炒×"的上方伸缩弯曲,口爆数码,输者笑嘻嘻地喝下,再划。碗们,在桌上仪表堂堂。即便不是新碗,也被女主人用碱水洗得干干净净。沿儿有两道蓝杠的粗碗、描画富贵花卉的细瓷碗,更富的人家里,碗绘金边儿,即如今微波炉禁止使用的那种。在席上,你看吧,盘拱鸡鸭,碗中清虚。一看,盘子是为碗服务的。碗上担一双筷子,尊贵。这家人无论怎么忙乎,切菜、剖鱼、下饺子,都是为了进入这个碗。再往大了说,人辛苦一年,为的是碗里要啥有啥。

碗舀日子。端起了碗,就得让日子过下去。多难也得过,啥空也不能让碗空了。你看这小碗,一下一下,盛走了多少光阴岁月,掏尽了多少座尖尖的粮仓。人回家,端起碗说的是家常话、老实话,向家人吐露。碗在装了那么多粮食之后,也装了不少的话。有碗,就有绵绵不断的生活。对我来说,用不惯自助餐的金属托盘,也不爱用方便饭盒。我就爱端碗,左手端起碗,右手攥一双筷子,心里踏踏实实。这是人一天中最好看的姿态之一。

擀面杖

用擀面杖擀牙膏皮的时代过去了。

擀牙膏皮是为了节俭,用手挤不净的牙膏残余,用擀面杖在案上一滚之后,牙膏皮挤板整了,余膏全聚集于前。这时,把牙膏皮折成三叠,继续使用。

擀面杖是北方人擀面条和包饺子用的,多用枣木制成,有长短两种。贩子们将其他杂木制成的擀面杖漆红油,也谎称"是枣木的"。有人还用擀面杖打孩子,但擀面杖只是他们追赶时握在手里的一种威权,并不能下手。在乡下,打孩子较好的工具是鞋底子,既痛又不致残,往屁股上拍。当坐在炕头上的父亲怒上心来,咬紧牙根啐骂:"我操——你个……"的时候,已经动手脱下一只鞋,当他最后骂出"妈"字时,那鞋已"啪"地落在孩子腚蛋子上,孩子身体向后一弓,仰面"哇"地号起来。

"文革"中看电影,观毛泽东接见非洲一带的外宾。乡下人用烟袋锅子点划银幕上的外宾,说:"那家伙腋下夹的什么玩意?擀面杖？"

寡闻。哪有那么细的擀面杖，说高粱秸还差不多。

在那个年代，用擀面杖擀牙膏的仍是少数人，因为在那个地方多数人都不刷牙。想刷牙而企图更节省的，就用牙粉。没有钱但真正懂得卫生常识的人，用盐水刷牙。

我小时候刷牙，以为这只是为了牙齿洁白好看，所以只扫前面的大板牙。把后槽牙刷了，人家也看不到，岂不可惜。乡人说："你看人家猫狗从不刷牙，牙照样白。"猫狗的牙的确雪白无比，且无龋齿，狼也是这样。它们是食肉性动物，无牙垢。咱们杂食，尤其常喝玉米面粥，不刷哪能行。

养蜂人

当城里人为夏夜的溽热辗转反侧时,养蜂人早在星月之下的窝棚里盖着被子入睡了。风把露水的凉气收入山谷,三伏之夜,凉可砭骨。在城里所谓桑拿天的早晨,养蜂人于黎明仍然披一件薄棉袄。人多的地方发热的是人,人少的地方清凉来自草木。

早晨的白雾退去,茂密的苜蓿草里露出蜂箱的队列,褐色的木头被露水打湿。蜜蜂等待阳光照亮山野之后才飞出箱子,露水打湿了花蕊,蜜蜂下不了脚。露水干了,太阳把花晒出了蜜香。

养蜂人戴着网眼护帘的斗笠,开始放蜂、取蜜、换蜂蜡,蜜蜂成团飞在空中。齐白石画蜂以清水晕染蜂翅,每每说"纸上有声"。对蜜蜂小小的体积而言,它发出的噪声相当大,跟小电风扇差不多。嗡嗡之声和科萨科夫-李姆斯基的《野蜂飞舞》并无二致,野蜂的翅鸣更大。

养蜂人穿的衣服并不比麦田稻草人身上的衣服更讲究,而是比草木的颜色都暗淡。在山野里,劳动者比草木谦逊。山野是草木的家,人只是路过者。没人比养蜂人更沉默,语言所包含的精致、激昂、伪诈、幽默、恶毒和优美在养蜂人这儿都没有了,语言仅仅是他思考的工具,话都让蜜蜂的翅膀给说完了。

养蜂人从河里汲水,在煤油炉上煮挂面,没电视。我一直想知道十年不看电视的人是什么样子,他们的心智澄明。电视里面即使是最庄重、最刻意典雅的节目,也是造作的产物。电视对一切都在模拟,不仅新闻在模拟,连真诚也是模拟和练习的产物。而养蜂人一生都围着蜂转,心中只想着一个字:蜜。

天天想蜜的人生活很苦。他们被露水打湿裤脚,在山野度过幽居的一生。他们知道月上东山的模样,见过狼和狐狸的脚印,扎破了手指用土止血,脚丫缝里全是泥土。他们熟悉荞麦地的白花,熟悉枣树的花,熟悉青草和玉米高粱的味道。他们身旁都有一条忠诚的老狗;他们把一本字小页厚的武侠书连看好几年;他们赚的钱从邮局飞回老家;他们不懂流行中的一切时尚;他们用清风洗面,用阳光和月色交替护理皮肤;他们一辈子心里都安静;他们所做的一切是换来蜜蜂酿的、对人类健康有益的蜂蜜。

媒体说,几乎所有的蜂蜜都是假的,用白糖和陈大米加化学添加剂熬制而成。

可是蜜呢?蜜去了哪里?没人回答这个问题。

乡 村

"乡村里仓房的大门打开了,准备好一切＼收获时候的干草载上了缓缓拖曳着的大车＼明澈的阳光,照耀在交相映衬的银灰色和绿色上＼满抱满抱的干草被堆在下陷的草堆上。"

这是瓦尔特·惠特曼的诗(楚图南译),每次读到这里,我都急于披衣穿鞋,到门口去迎这样一辆大车。

乡村的丰饶与芳草,被这样一辆大车满载着,摇摇晃晃而来。所有的譬喻,在这儿都可以成为现实,节日、早晨、露水、星星、父兄、故乡,它们都是可以"满抱满抱"的,不会使喜欢这些词语的人失望。

我是一个在城里长大的人,但无比喜欢乡村。我常常为别人指我为"一个在乡下长大的人"而感到宽慰,仿佛又呼吸到了干草的甜蜜的香气,头上曾经顶过无数的星星。

我认识一些人,在乡村长大却急于批评乡村。他们为贫穷而可耻,为自己童年没有上过幼儿园而羞愧,贫穷固然可耻,但光着脚在田野里奔跑,不比在幼儿园更益智、更快乐吗?在乡下的河边,双脚踩在像镜子一样平滑的泥上,十趾用力,河泥像牙膏一样从趾缝清凉细腻涌出,岂不比在幼儿园背着手念"b、p、m、f"更高级吗?

乡村可以改变人生。我惊异于两年的知青生活对我的颠覆性改变。这样的改变在开始并没有显示出来,随着年龄的增长,"乡村"像一个次第发布指令的基因程序一样,越来越使我成为一个标准的文本。从照片上看,我的身态骨架,包括表情都像一个北方的农民,好像手里已经习惯拿着镰刀或赶车的鞭子。而坚忍、吃苦、好胃口以及顽固的幽默,也由乡村深深地浸入我的确良骨子里,这使我在今天无论遭遇怎样的塞促,还都能够忍下去,并保持明净的心境。我感谢乡村接纳了我这个孩子。

有人认为知青怀想乡村是一种矫情,是贵族式的浅薄地歌颂田园风光以装点无聊的生活。对我来说并非如此。我不知道是否每一个知青都在内心默想过乡村的土地。对知青来说,苦役无异于噩梦。我在乡村经历过的生理上的苦楚,到今天仍然是唯一的。在夏日正午近四十度的高温下耪地,人变成了一个刚刚能呼吸、能机械移动的动物,脑子里一片空白。而冬季的寒风可以把人脸冻得用手一碰就是一道血口子。然而我还是怀念乡村。当我在电视里看到农人到粮站排队卖粮的表情,我同时忆起了粮站周围庄稼发出的气息,那是叶子宽大的玉米的气息,比草多一些甜味,比河流又多出一些土气。在夜里,在蛙鸣和蛐蛐的歌唱中,这些气味会和落日、马粪、炊烟融合在一起,变成令人难忘的甜蜜而忧伤的印象,久存心底。

农人言语简净,一语多头,透着十足的幽默和狡黠。使人感到宽调中的曲迁,如飨享村民的宴筵一样。你感到他们的语言中具有永远学习不尽的丰富隽永,意味深长。听他们说话,像走在乡村大道上,像一路览阅草尖上的露珠、高粱穗玛瑙般的密集、白杨树的朴素和渠水的清凉一样。

乡村无尽,只有上帝能够创造乡村,而人类创造了城市。虽然蛰居城市多年,我始终没有闻到乡村早晨、中午、傍晚和夜里的气味,闻不到乌米、烤马铃薯、井水的味道。而我下乡那个大队的米面加工厂的那头小毛驴发出的亲切的喷嚏声,也是近二十年来我在人群当中从来没有听到过的。

雾散了,树叶滴水

凌晨醒来,是因为屋里进了雾。昨晚睡觉我敞着门,听雨声,让雨制造的"负氧离子"进屋来,这东西的催眠作用比酒精厉害。

我住的这个石屋位于太行山百丈悬崖上面的下石壕村,坐车穿行凿崖公路几十里尔后到达,辖属山西省平顺县。

山村奇静,我不知这里为什么没公鸡。村里的劳动力都下山打工去了,公鸡也下山了吗?日月升降无声,白雾来去也无声,这里只有雨声。昨夜有雨,敞门入睡如同听到一场雨在太行山顶的音乐会。其实雨也无声,人听不到雨丝划过空气的声音。耳边是雨敲击柿子树叶与核桃树叶的唰唰声,前一拨雨才落脚,后一拨雨又来了,雨水从屋檐滴在青石板上,响声清脆。我仔细听其他"乐器"的奏鸣——雨打在倒扣的木盆上,滴在窗户的塑料布上和洒在菠菜叶上混成交响,落在门口的沙子里无声。

入睡后,一觉醒来窗棂微微泛白,我先回忆这是哪儿。每次出门睡醒时先回忆自己到了哪儿,也有回忆不起来的,起身到窗边向外看看才知道身在何处,在德国就是这样。看外边,雨停了,屋里进了雾,怪不得被子泛潮。床边的雾约有半尺,遮住了鞋,但床头柜的衣服还叠在那里。我大喜,吾榻拥云,有成仙迹象了。欲拍照——我躺床上,床下雾气缭绕,证明成仙并非自吹,照片在这儿——但我独宿,没人给我拍,可见成仙真不是容易事。洗完冷水浴,穿衣出屋,步入雾的世界。雾横着飘,一块块有锅盖或棉被大,相互牵扯,悬地二尺半,照顾你看清脚下的石板路。

在村里走,迎面来人从雾里现身,如有扛刀的坏人来到,近前三五米从雾里出现,人想跑也来不及了。这里没坏人,都是好人,他们朴讷淳厚。早上吃饭,四五个老乡拿着房客丢失的手机、钱包送过来,房客瞪大眼睛感谢,说你们拾金不昧啊。老乡不以为然,他们在心里说,谁的就是谁的。

从雾中淡入的不光有人还有树,树的叶子被雨水洗得发亮。雨早停了,但树叶还滴水。雾的分子在溜光的树叶上待不住,索性化为水打滑梯落到树根下。苹果和枣在雾里现身,它们红的不一样。苹果紫绿相间,枣鲜艳。拇指盖大的枣在白雾里鲜艳,像树上挂的红宝石。

村里的建筑全系石材,石板路和碾子在雨后黝黑反光,三个石碾子并列。到秋天,村妇在碾子旁的碾谷里说笑,是热闹地方。屋顶的石片白光错落,野草在石缝摇曳。人走在窄窄的石巷,身旁被雨浇黑的石墙垂下桃形的牵牛花叶子,绿得鲜嫩。带绒毛的花蔓依在石头上,如婴儿偎在祖父身边。可惜牵牛还没开花,喇叭花如果开放在水淋淋的黑石旁会有多抢眼。人说心想事成,有时会灵验。再走几步,在墙头上见到一只大南瓜,它的橙红,比喇叭花和红灯笼还明亮。南瓜像一百个橘子堆成的果篮,只是外皮有几道绿痕。南瓜摆在这里,仿佛是为了美术的需要,扫去石屋的沧桑气,让雾不显得闷。

　　往前走，雾散了，或者说雾退到对面的山峰。山峰开始一点点清晰，笔陡的石壁是白垩色的，峰上存土的地方长出苍松。苍松沉黑，成了悬崖的冠冕。雾越消退越露出壁立千仞，脚下云海仍是见不到底的深谷，太行山更显雄峻超拔。有人说一座山是一处关，太行是万壑千关，只有云海相伴。云海上面藏着一个小山村，牵牛花在石墙上悄悄伸出蔓丝，枣在雾里微红，雨水洗干净石碾沟槽的米糠，树叶缓缓地往下滴水……

在水上写字

傍晚,群山在白雾的包拢下退到了远方。刚才下雨,雨不知停还是没停。我的意思是说雨丝和雾汇合了,见不到成串的雨点,但树叶在滴水,雾气越发浓。

这里是山西省平顺县境内的太行山,我在下石壕村。村庄建在峰峦之上,我们坐车经过九曲二十八弯的凿岩山路才来到这座三十八户人家的村子。村名下石壕,像唐代的名字。几年前,有急于上位的领导把下石壕改为岳家寨。领导怕听到"下"这个词,越(岳)胜于下,更胜过下石和下壕。这是官员的迷信,虚妄之心没有不依赖迷信的。山村不大,往四面看都是比肩的山峰,才知自己立于山巅,此处乃太行之巅。

雾气徐徐侵来,缓缓消散,好像被吸进了地里。梨树、枣树从迷茫中渐然清晰,露出肥硕的绿梨和青枣,好像是雾让树孕育了梨枣。有颗梨从枝头落在石板上,"啪叽"一声。我第一次听到熟梨落地竟然会"啪叽",它躺在地上,绽开白果肉。让梨开绽的不是牛顿的万有引力定律,是熟透了,像女儿大了要出嫁,果肉要坐在石板上看四外风景。枣偏,藏在高枝等着竹竿敲打。村里没人打枣,青壮劳力下山打工去了。

雾散了,我像迷路的毛驴一样在山村转。村里没有一瓦一砖,房子和道路全用石条石板造就。看不出房子盖了多少年,斑驳的石头搬来垒屋,依旧斑驳,说房子是明代建的也有人信。青石瓦片在雨后如砚台般细腻,含蕴花纹。一棵椰树直立云霄,树龄越千载,大人无法合抱,树身红铜色,遍布铜钱大的凹痕。村人视此树为守护神,他们的祖先已于唐宋元明清逝去,留下这棵树。此树曾和先人相伴,村人对树露出虔诚的笑容。这个村的街道有如迷宫,在巷里穿来走去,不知谁家挨着谁家。刚看到一个穿红衣的妇女在东边晾花椒,转一下又见她在西侧晾花椒,浑似双胞胎一齐晾花椒。

说话间,雾又来了,房子被童话一般的雾收走,只露出脚下的石板路。不出五分钟,雾又赶路了。一位老汉双手插兜站在一人高的石街上看我,没表情。他身后的房子用红油漆写着"八路军藏金银处"。原来八路军不光有作战处、政治处,还有藏金银处,在山巅。雾又来,再散,我已经走到一个大石亭边上。亭长方形,立八根石柱,似会议室,四壁皆空,可观八面山色。亭子下面有厨房,这里是村里的人民大会堂和国宾馆,开会、开招待会用。在这上面吃饭,比菜肴更合口味的是环绕的山色。谁想吃太行山、吃云海、吃星辰月亮就上这儿来吧——平顺县下石壕村。还有什么吃的我不清楚,还没开饭呢。

再走,过小石桥,见七八岁儿童趴桥上,用树枝点水。我问:"干啥呢,孩子?"他不抬头回答:"练字呢。"啊?这排场太大了,在一条河上练字。我蹲下,看他用树枝在水面划横、划竖、划撇捺。人说划沙无痕,水痕比沙消失得更快。我说:"你写个太行。"小孩站起来,伸臂写"太行"。我只能说他写了好几层涟漪,看不到字。这时水面金红,这肯定不是小孩写的。抬头看,雾里涌出夕照,红光从黑黝黝的山峰肩膀迸射,洒在河上的只有一小部分。小孩的树枝一笔笔划破了金痕,我抢过小孩手里的树枝,在水上写个"人"又写个"大"。字没留下,树枝挑出一根水草,小孩哈哈大笑。

夕照里,村里的屋顶鲜艳夺目,白石房变成玫瑰红,黑石房有乌龙茶的金绿。一恍惚,觉得这里是仙境吧,我还没修炼已经成仙了?"开戏了!"孩子说。石台上那座方亭子亮起了灯笼,长而圆的宫灯,有演出了。

黄姆村

村子在深山脚下，公路修到这里为止，尽头是一个水库。水库呈元宝形，有一道一百米长的坝。我每天早上到坝上跑步，然后观望。那时是六月，每天早上下细雨，雨丝比蜂蜜拉的丝还细，用黑色的衣服遮挡才看到亮晶晶的雨线。水库似深潭，翡翠一样沉绿，环绕对面的山峰。白色的水鸟张开比身子宽几倍的翅膀飞行，像为水库遮雨。

站在坝上看村里，有十多幢小楼。这里并没因为山清水秀而贫困，村民家家有楼。我问过，小楼连盖带装修都是五十万元以上的标准。这些楼房只在绿树里冒一个尖，村庄藏在树丛里，空气里含着翠绿。村里西面水库，其他三面皆青山，长满翠竹。竹子和松与梅不一样，它长得密密麻麻，山被它们长得连一点站脚之地都没有。远看，篁竹的梢头一团团摇动，似金凤点头。此地形如碧绿的龙首，水面是伸出的龙舌，村庄蹲在舌根。不通风水之人，也看出这是一块吉祥地。

村庄真是小，十分钟可以转一遍。初转时，家犬在各户门口朝我叫喊，转第二遍就有几只犬追随我巡视，我成了队长。说到工业，这个村只有一处碾米厂、一处桶装水厂，但不妨碍环境。这里的清幽洁净，不是什么妙手偶得，而是有意为之。因为水库是水源地，村里刻意封山育林，不对外招商，这里是维护得来的世外桃源。

从大坝下来，见一人在菜地里拾掇。也许村里人太少，这人见我主动招呼，第一句竟是"我是杭州人"。他身穿晒白的红球衣，手脚粗大。怕我不信，他又加了一句"我是城里人，在这儿开了个水厂"。他指指身后。

我说："你家保安对人大喊大叫不好。"他问："哪一个？"我说："穿黄皮草那个。"他抬头思索："哪个穿黄皮草？"

我跑远了，看他手拄锄头，还在思索"穿黄皮草的保安"。第二天，他大笑，明白我说的是他厂里的大黄狗。

我住在村中的山庄里，朋友李坚在山庄有一处别墅，邀我到这里小住。偌大的山庄有湖、有塔和大佛。庄里只住两三个人，小猫成群窜来窜去。山庄管理员阿勇和小莲给我做饭。早上，见到阿勇拎小筐在竹林挖笋，他身边是此起彼伏的林鸟啼鸣。我爬上小山，闭眼躺在石上听鸟啼，辨识有多少种鸟儿歌唱。一怔，才知自己刚才睡着了。

我对美丽村庄的期待是：一、它要小，十多户人家就好了，不会因为人多而嘈杂；二、它有水，水是村庄的灵魂，正像草地是它的衣服、鲜花是它的笑容一样；三、它有不太高的山，可攀玩宜远望；四、它要静，在这里叫喊的不是集市的人而是小鸟和公鸡；五、植被茂盛、野生胜过手植；六、它有网络信号；七、它具有盗贼不喜欢的地理特征，也就是位于路的尽头；八、民风淳朴；九、虽偏远但仍适于跑步；十、进城方便。第十一条我就不列了，因为上述十条在现实中是矛盾的，基本上不存在。把陶渊明的《桃花源记》抄下来当第十一条当然可以，但现实中还是不存在，是幻想。

现实中，我去过占其中一两条或两三条的村庄。我在这个村庄住了一周，它占全了我想象的美丽村庄的特征，但忘记了村庄的名字。

可是这个村叫什么名字呢？想不起来似乎不仁义。唯一的线索是村里的中巴站牌，上写——黄姥山，这可能是它的村名，也可能不是。

铁匠街的黎明

我住的地方叫阿热亚路，在喀什噶尔的老城区。

现在是北京时间七点，对喀什来说还是黎明。路灯还亮着，像刚刚点燃的蜡烛，衬托宝蓝色的天幕。刚刚醒来的喀什，身上还披着蓝纱巾。

阿热亚路实为一条小巷，经过老城区改造，沿街两侧的房子一派阿拉伯风情。"卡其"这个词源于印地语，意为干枯的泥土，后转为英语的卡其布。卡其就是这里房屋的颜色，比杏白，比牛奶的颜色黄，像新刨出的木板的颜色。这条巷子里尽是这样的房子，高低错落，平房或二层楼房。墙砖像用木块贴上去，细看是仿木块的工艺砖。

维吾尔人起得很早，他们把清水洒在自己门前。阿热亚路上铁匠铺密集，是"铁匠巴扎"，高鼻深目的铁匠们把自己的产品摆在门口，挂在高处。这里有一尺多高的纯钢折页，这么大的折页只有《一千零一夜》里的古城堡大门才用得上。还有成对的黄铜大门环，我把两只手握在铜环上,心想:一握就握住了这么多铜。门环背衬雕花精美,怎样恢宏的人家才佩有这样的门环呢?铁匠露出诧异的眼神,好像没人像我这样攥住门环不松手。我对铁匠和门环分别笑笑,松开手,同时明白,住在农村或古代的人才有可能在两扇大门安上这么好看的东西,我只不过摸一摸。

铁匠铺里摆着许多好东西,让我流连巡视却用不上。这把锋利的斧子上面刻着三朵小花,用不上。圆弯刀,用不上。木柄一米长捞肉铁笊篱,用不上。一个远远离开了土地、森林和村庄的人,用不上真正有用的东西。

看这些东西时,我觉得右脚的鞋动了一下,低头看,一只小鸟在啄我的鞋带,更准确地说,是啄鞋带上的草籽——昨天我刚从莎车县的乡下回来。我如此清晰地看见了这只鸟儿的小蓝脑袋瓜,颈子一伸一缩地啄鞋带。我想把这小鸟用手捧起来,心里说:小鸟,你让我像抱小猫一样抱一下行吗?我把鞋带(连鞋)都送你。我一弯腰,鸟飞走了。但它刚刚啄过我的鞋,我越想越高兴,我默记小鸟的特征——蓝脑瓜,灰下颏,黑翅膀,灰爪子,后来飞了。小鸟飞到西边的街上,西边的人家正捏着塑料管往地上喷清水。十字路口的黑大理石碑刻着金色的隶书字体:坎土曼巴扎。

我悄悄走向小鸟,它不飞,步行躲开。我再追,它又躲开。这不是逗我吗?我和小鸟在街上转圈儿跑。我们俩都不飞,只跑,用绅士的步伐慢跑。我抬头,见到一个维吾尔老人正看我。他眉开眼笑,脸上满是慈祥。我第一次见到小鸟啄人鞋带,老汉可能第一次见到一个人追一只鸟追不上。老人右手放左边胸口,庄重地向我躬身,我赶忙还礼。老汉的胡子如胸前绣的一团银丝,戴一顶墨绿色的花帽,缓缓走了。他的灰风衣长可及地。

小鸟儿站在铁匠铺边(它可能是铁匠雇的护铺的鸟儿),我继续漫游。空气中传来木炭的气味,馕铺开始工作了。我探头往炉子里看,白胖的馕面在炉子里贴了一圈儿,炉子像一个冒香味的宝库。干燥裂纹的柳树根劈成段,垛在炉子旁。一位穿绿长裙、蒙黑头纱的维吾尔少妇走进一家卖手抓饭的店铺。在门口,她和店里的女老板互致问候,行贴颊礼。在喀什,我鲜明地感受到维吾尔人的彬彬有礼,这个民族把互相尊重看作是每天的大事。那些弹唱十二木卡姆的民间艺人都彬彬有礼,有歌声、有舞蹈的地方必然通行礼节,它们同是文明之树开出的花。

野鸽子在屋顶上盘旋,一个穿阿凡提长袍的维吾尔老汉赶着毛驴车走过。铁匠在砂轮前蹲着锉折页,火花从他裤裆喷出如礼花。他戴的风镜,是我小时候戴过的——方形,由四块玻璃组成。街东的骡马客栈播放十二木卡姆音乐,民间艺人扯着嗓子演唱,而我钟情音乐里的手鼓声。独特的中亚风情的 6/8 拍子的节奏,让我跃跃欲试,用鞋跟打节奏,把脚步变成舞步,往前、往右或往后顿挫而行。

我在这条街上走第二个来回的时候,孩子们上学了。天空露出玉石般的青白色,杨树的树干愈发洁净。仔细看,绿色的小桑葚爬在枝条上,桑树的树干像毛驴肚子一样白。

乡村片断

人跟人比，比的是名誉地位。人跟树比，比啥？树沉默，天真，甘于卑下；树柔软，坚硬，敢于腐烂而不留一丝痕迹。树把普照大地的阳光保存起来，变为绿叶还给大地。树是青草、昆虫和小鸟的家。树落叶毫不悲伤，第二年把新叶举在头顶。树是水的花园，树永远在生长。

人如果活得像树那样，人人身上都有清香。

幸福？好多年前，没人说这个词。它在心里悄悄藏着，在字典里白白躺着。那些年，"幸福"这个词软弱，比盆景长得还慢，更不用说开花结果。现在幸福跟人们招手了。可它是什么？是吃的、穿的，是不挨欺负，是高兴，是打麻将光赢不输，是车，是房子，是没完没了的欲望吗？幸福是一辈子拉不完的单子？可能幸福没那么多，可能它是个找也找不到的东西。找吧，每个人的幸福可能都不一样。

海来了。涨潮的时候，海浪一次又一次地往岸上跑，像亲友重逢。在陆地还全是海水的时候，每寸土地都是海的故乡。海里有珍宝，有故事，海连着所有的地方。

人降生的信息，母亲最先知道。人辞世的先兆，医生最先知道。人生的大事，都是自己不知道，别人先知道。

家是啥？千里之外想家想的是什么？土坯抹泥的房子外面，有一张门板的脸。推开门进屋睡觉，敞开门下地干活。门天天迎接你，目送你，大月亮地里，门在外边给人站岗。

门是家的灵魂，人是门的上帝。家里要是少了一口人，门知道吗？

把身子靠在门上，听听岁月讲述的秘密。它像钟表一样滴答作响。

榆树是树里的爷们儿。拧着劲儿长，跟钢筋似的。树这辈子没少遭罪，雷劈电闪、虫咬火烧，那也得活呀。有的树富贵，有的树娇柔。有的树把自己长成了石头，长绿叶的石头。榆树就这样，不开花不结果，春天一把一把地往地下撒钱，叫"榆钱儿"，圆圆的，吃着甜啊！

没见过这么大的雨，哗——哗——好比泄洪。哪是雨？这是老天爷的一场事故。人管天，白云散尽；天管人，一锤定音。

药进了肚子，不光到病那儿去。它哪儿都去，全身溜达一遍。病维护自己，药维护主人。它俩斗起来，不知要经过多少回合。

美丽、漂亮、好看，是仨词儿，意思一样。克服、忍受、煎熬，仨词儿，意思也一样。撤销、迁移、消灭，意思还一样。别看世界上词多，意思就那么几层。

词儿也有让人疑惑的地方。聪明有时候和奸诈是一个意思，奸诈有时候和愚蠢是一个意思。你看，愚蠢跟聪明又拉上了手，说不明白了。

有守国土的,有守球门的,没听说有舍命守一个村子的人。农民的眼睛里,一辈子就守望几样东西。庄稼是一样儿,村子是一样儿,再就是老婆孩子。村子没了,庄稼上哪儿种去?就像把筋抽走了。农民不是旅游者,他们脚底下有根系,在土里扎着。到了非走不可的时候,已经触犯了他们的尊严。

恨是压在心上的一块铁。心要喘息,要挣扎,逐渐变硬了,像铁一样。

怀恨的人以为报复可以带来幸福,其实幸福从来不和报复在一起。导火索引爆的是炸药,不是鲜花。

男人把爱情想象成一只鸟儿,它是自由与飞翔;女人把爱情想象成鸟巢,它是安全、牢固和温暖。

鸟和鸟巢想到了一块儿,就叫美满。

一层一层的雾,粉红如烟,笼罩山野。山杏的花,手拉手给山坡披上一件新娘的嫁衣。雾散了,山杏探头窥视春天的情形。孩子们要给仙女压轿,孩子们要为鲜花鼓掌。为什么孩子的心里装的都是幸福的事情?没有丑恶,也找不到虚假。

长大了,人所失去的不仅是快乐,更有纯真。纯真走失,虚假升堂,快乐离开了,去寻找纯真的人。

快乐并不是成长的牺牲品。

如果快乐来自于内心,则是来自纯真。快乐不过是幸福的花朵,纯真才是果实。

人要能重新活一遍,觉着比现在过得好。假如真的从头开始,会什么样呢?下棋的下一千盘,每盘都不重样。人生也往往如此。

肩膀扛过二百斤麻包的人都明白,越是负重,越得直腰,要不连步都迈不开。

直开腰板,肩上的重量就交给大地,人只是一个支柱。弯着腰扛东西，早晚得压成一张饼。碰着啥事儿，人别忘了直腰，"立木顶千斤"啊！

以往干部管农民没什么商量，就像农民种地也没跟庄稼商量。现在商量了，两方面都有点儿不得劲儿。没在一边儿高的板凳上坐过呀！商量好，比带领、管理、教育、引导这些词儿仁义。常商量就习惯了。没吃过饺子的人，刚吃饺子也不习惯，看不着肉，说烫嘴。慢慢的，过年都吃饺子了。

雨要是不在春天下，秋天指定下。一年就这么多水，下完就完了。

看一个村子有没有活力，莫过于早上站山顶看家家户户的烟囱。炊烟像丝棉，从各家的烟囱飘出来，把村子包裹得像一口热气腾腾的大锅。炊烟里有柴草的香味儿、小米粥的香味儿，日子回到了太阳下面。城里说的人气，在这儿叫人烟。人到哪儿炊烟到哪儿，拢住这片炊烟的人，当然算得上英雄。

人心能老不？生活了这么些年，心总年轻？人老了，胳膊、腿儿，连眉毛、胡子都老了。但心老不了，跟年轻人想的事一样。谁要说自己老了，记着，他心可没老。

承诺别轻易说出口，说了就得用一辈子担当。上帝唯独让人说话，是相信人是言而有信的生灵。

承诺落地，就好比鸟开始飞，河开始流，找寻目的地。

大自然都是承诺者，树承诺花，花承诺果，果承诺种子，种子承诺土地，土地承诺春天，春天承诺万物。大自然诚实啊，一草一木都不失信，岁岁枯而岁岁荣。

"克"（kē）在东北话里是顶牛的意思。不是牛跟牛顶，是牛跟老虎顶，非分出个你死我活。人跟人要是"克"上了，必有一场惨烈之战。也难怪，人的基因里都有一点儿兽性的残留物，仇恨培育这些基因壮大，一点点吞噬了人性。

粮食——在农村叫口粮，在城里叫主食，在酿酒厂叫淀粉，在养牛场叫饲料。这么多的叫法，说来说去还是粮食好听，特本分。庄稼、碾子、犁杖、水井这些词儿都本分，听着端正。过些年，这些词儿都没了，MP3 了，听说城里人现在不怎么吃主食。粮——食，这个词儿多好。

贼心要是长到好人身上，自己遭罪。它长到坏人身上，别人遭罪。

好人天天防范自己的贼心，跟它斗争，怕它转移成贼胆。坏人嫌自己贼心小，发展培育，最后把自己赔进去了。

好人坏人，有时候就是一念之差。念是心念，防心比防毒蛇猛兽都难。

血缘就是个血缘，里边不含政策，也不含知识。血缘不告诉你该做什么，不该做什么。生活给予人的智慧，比血缘给予的多得多。

农村小孩都吃过甜秆儿、玉米秆儿、高粱秆儿，当时没听说过甘蔗。嚼啊、嚼啊，甜水哗哗往肚子里咽，嘴跟粉碎机似的吐渣滓。好甜秆儿吃着不光嘴甜，肚子都跟着甜。在庄稼地，听风吹玉米叶子，唰——啦、唰——啦，嘴里一个劲儿咽唾沫。想，甜秆儿的甜是从哪儿来的呢？玉米的根像抽水机，把土壤里的糖分抽上来了？土壤里还有糖分，没听说呀？想着想着就傻了。

看了没，这就是群众。"近之则不逊，远之则怨"。群众跟干部的关系，就像骑自行车和开汽车的关系一样，谁都觉得对方可气。车不一样，速度不一样，想法也就不一样。

不过，开汽车的到火车跟前，那也是群众。火车跟飞机比，更群众。飞机跟日月星辰比，算群众也占便宜了。

以后的人，看我们也跟看群众似的，尽管可爱，仍然好笑。在自然和历史面前,大伙儿都是群众。当个好群众吧!

磨刀的一来,猪羊害怕;刺猬一来,长虫害怕。食物链的意思是说谁都得怕点啥。有所怕才有所敬畏,敬畏之后才有珍惜。

如今爱情、财富、享受说得太多,说说友谊吧。

友谊是用血水泡过的麻绳,悬崖上能担得起一条命。友谊是遥远的恒星,是静静的河流,是没有香气的花朵。友谊在,诚信还会不在吗?怀揣着友谊的人,值得所有的人尊敬。

谁要觉得天特别远、地特别宽、花特别艳,那就是恋爱了。谁要觉得天特别低、地特别窄、花特别蔫,那就是失恋了。谁要觉得天不过是天,地不过是地,花不过是花,那就是结婚了。谁要觉得天是锅盖,地是水缸,那不是人,是青蛙。青蛙就会说一句话,说了一辈子。

鹤要是一条腿站着,是睡觉呢,两条腿站着就出问题了。人吧,坐着、站着、躺着、哭着、乐着、想着,看不出是喜是忧,忧中有喜,或喜中有忧。人是万物之灵,碰上自己的事儿,有时候灵,有时候不灵。

静水深流,心思重的人从外表看不出来。人的肩膀宽不过两尺,可啥都想担。世界上想帮忙的人比忙都多,帮上忙的真没几个。

近朱者赤,近墨者黑,近啥人学啥人。历史其实是人学人的模仿史。可惜人跟自然学到的东西太少了。拿河流来说,遇平则静,遇遏则鸣;逢春开化,入冬结冰,在四季轮回之中走向大海。人也像河流那么忙,忙来忙去究竟要上哪儿去呢?人皆好学,学到的多数是别人的毛病。

啥叫奢侈?人头马兑茅台酒,拿鱼翅拌大米饭,让熊猫推碾子,用牡丹花炒天鹅蛋,都比不了朱二这出,拿谷子苗喂羊,奢侈啊,奢侈。

天下的好东西里边，有一样叫针。穿线缝衣，针做的是团结的事儿。在医生手里，针做治病的事儿。针在油灯捻儿上拨一拨，一亮一大片。针挺了不起。

有人管酒叫酒水，酒哪是水？别看液态，那是流动的火焰、瓶装的粮食。酒跟水倒在碗里都像水，人跟人走在街上都是人。外表一样，其实差别挺大。

手啊，就这么一举，代表着民意。人平常用嘴说自己的想法，关键时刻还得靠手。手比嘴的权利还大。举与不举，立等裁决。比"锤子剪子布"厉害。看这些手，握镰刀的、和猪食的、烧火的、脱坯的、拔草的，举起来就是一票。现在老百姓的手值钱了，往后得好好珍惜自己的手。

酒要是在瓶子里待着，十年八年没事。它要进了人肚子，啥事儿都出。四大发明咋没算上酒呢？世界七大奇迹里也没提酒，怪事。

有一个猎人跟狼搏斗，枪掉山崖下边了。狼咬他腿，他掏出酒瓶子塞狼嘴里，咕咚咕咚全进去了。狼喝上酒，浑身哆嗦，走不了道，盯着猎人哭了，意思是：灌我酒干啥？不如给我一枪呢。都说狼厉害，厉害啥？连酒都喝不了，还是人厉害。

野生的丹顶鹤在每年十一月向南迁飞。卫星定位技术发现，野生丹顶鹤从俄国兴安斯克起飞，抵达向海，然后飞到盘锦的沼泽地。休息三至五天，在唐山以南的海岸休息六至八天，到黄河入海口休息十至二十天。十二月上旬到达盐城的滩涂越冬。迁飞距离两千两百公里，迁飞时间约二十五天，每天平均飞行八十公里。

歇息地是鹤类迁飞的重要条件。如果没有湿地和生态保护区，鹤无法到达越冬地，就会遭遇灭绝。

云彩要是树就好了，在山上栽着，一片一片望不到边，又能下雨，还能遮凉。云彩不招虫子。可惜呀，云彩不生根。在天上白白让风刮跑了。

感情这种事儿，跟豆角秧差不多，先出叶子再出蔓儿。豆角蔓儿像蛇信子，绕着架往上缠，缠实了开花，花不大，之后结豆角儿。豆在荚里包着，好像婴儿躺在床里。不立架，不起蔓，豆角儿往哪儿结啊？感情也是，前前后后有个过程才结果。

两口子在一起好比打篮球，往别人筐里投球，自己才得分。好比画肖像，把别人往好看了画才美。专画缺陷，还不如上医院照CT呢。两口子的事儿就像电视剧似的，剧本好还得演员好，演员好还得导演好，几好轧一好就拍成戏了。不过，电视剧才几十集，人这辈子胜过几万集电视剧，一点一点拍吧。

经常出现在梦境的地方，教你一口方言的地方，赶回去过除夕的地方，每个人都叫得出乳名的地方，喝酒爱醉的地方，少年想出老年想回的地方，童年数过星星的地方，对你知根知底的地方，就是一个人的家乡。

这个村子要是撤了，就像谷糠跟小米分离，光剩下一个名儿。头两年还有人念叨这个名儿，过几年就没人知道了。让历史学家把这个村子写进《中国通史》里？不可能。树杈从树上掰下来，想安也安不上。

人能回避这个回避那个，但是回避不了血缘。拿树说，这有一棵，那有一棵，在泥土的覆盖之下，根在一块儿连着呢。

生命立起倒计时的牌子，人的价值观就要调整、改变、颠覆，乃至升华。这时候，这个人思维敏锐，目标清晰，行为果敢。他要挑最有价值的事情来做，就像篝火在熄灭之前，蹦出耀眼的火星。

其实，生命给每个人都立了一块倒计时牌，包括刚刚出生的婴儿。只是这块牌子有些遥远，有些模糊。牌子上的数字还没有缩到很少的数字……

有身即有病，有病才有身。病从何来？喜怒哀乐、一惊一乍都可能埋下病根。不是肉身扛不住病，是人心扛不住病。文殊菩萨问："何物是药？"善财童子遍访世间，回答："世间无一物不是药。"心静是药，善良是药，敬畏天地江河草木是药，谦逊卑下是药，利益大众是药，小孩敬的大礼更是甘露妙药。

人要是掉到"爱"里边，有甜蜜，也有疑心。人恋爱疑心最重。因为爱情太珍贵了，恋爱的人像金匠一样不断测试它的纯度，是百分之九十九点九，还是百分之百。

有人说，真理是从怀疑当中产生出来的。但真爱产生于信任。

候鸟的大脑有一个生物罗盘，即使穿越海洋、沙漠，地面没有参照物时，也不会迷失方向，在繁殖地和越冬地之间，年年穿梭往来。没有方向感，当不了一只鸟。人的方向感不一样，有钱的方向感，没情的方向感；有小的方向感，没有大的方向感。有的人一辈子也没有方向感。

仁、义、礼、智、信、忠、孝，说的本是人应有的方向感。

世上不喘气的事物里边，钱是唯一成精的东西，能填山移海，也能逼人上吊。钱也有姓氏，个、十、百、千、万、亿，越往后辈分越大。钱攒在手里，手出汗钱不出汗。钱的故乡不叫村子叫银行。钱像人参娃娃，挖地三尺，人都能把它找到。钱无味道，但走到哪儿都能被人闻出来。钱没有腿脚、轮子却云游八方，后面跟一群追赶的人们。

钱在人前成精了，在山川、动物、友谊、信仰面前啥也不是，又回到了纸的位置。

给大伙谋事儿，光靠赤胆忠心不够用，还得有钱。就好比牵着骆驼穿过针眼，针眼是啥？钱。用钱的时候钱不吱声。用错了，钱该说话了。钱说的话，一句顶人一个跟头。

戏演到这块儿，说了不少。乡情、亲情、爱情，可一提到钱，这地方的人立马把眼珠子瞪溜圆。咋回事儿？穷呗！

人有对象就幸福。有对象的人再找幸福，还得上下求索，八方寻觅，像狗熊找蜂蜜窝似的。

说幸福在自己心里，谁也不相信这个话，都上外边找去，以为幸福在一个地方等着自己。

处感情靠咳嗽不行，靠钱也不行。婚恋之事与年龄关系很大。

二十岁谈恋爱是一通长拳，飞拳快腿，麻利又好看。三十岁谈恋爱是八卦掌，一招一式讲究程序。四十岁谈恋爱咋的？太极，前后左右都得照顾到，用意超过用力。

老虎三岁搞对象，丹顶鹤两岁搞对象，老鼠生下来就搞对象。它们明白，这事儿不能往后拖。

燕子不识字，串鸡、雪雀子都不识字。它们不知道地图和文件准备抹去望海屯这个地名，它们年年还要飞回来。小鸟看到破砖烂瓦，那是个什么心情？村里没广播了，老爷们儿和老娘们儿不吵架了，静悄悄的。小鸟儿指定害怕，这一夏天的日子，不知跟谁过去。要是想望海屯的人了，上哪儿找去呢？

村庄的历史比城市还早。建一个村庄，用的是燕口衔泥的辛苦。一根草棍一口泥，慢慢才垒起一个村庄。村庄比城市的钢筋水泥包含更多人的感情。

在城里，高楼大厦之间没有祖先的身影，没有露水，没有鸡鸣犬吠，也捧不到一捧渗透过汗水的泥土。

城里人爱家，农民爱的是自己的村庄。

后记：一粒沙子睁开了眼睛

提问：腾讯新闻

答题：鲍尔吉·原野

二〇一五年六月二十四日

问：二十世纪九十年代初，您已是新散文的代表性作家之一，同道有苇岸、钟鸣、胡晓梦、元元等人，现在只有您还在写。你们的作品当年被称为"新生代散文"，在枯寂已久的散文界爆发出强烈的亮色。二十多年过去了，您怎么看待新散文和旧散文？散文现在新了吗？

答：九十年代出现的"新生代散文"是对四十多年来散文旧文体的决然反叛与抛弃。简单说，是不按照杨朔、刘白羽的样子写散文了，开始书写个人心灵，写阅读书，写大地天空，忠实于个人内心而不寄生于政策政权或陈词滥调，此谓新，二十多年前尤见其新。而中国散文经过二十多年的洗礼，到现在是新了还是旧着？这是个好问题。在中国，许多凌厉的新东西会被旧势力沉着安详地缠绕起来勒死吃掉,像蛇吃兔子一样。蛇宣称它就是一只新兔子。"旧势力"即传统,三千年传统与七十年传统业已水乳交融。现在的散文是新还是旧?可能大部分作品仍然是旧的。中国的政经改革历三十年仍然吁求更彻底的改革,散文怎么会一枝独新呢?虚假的、宏大的、空洞的写作仍然是中国人写作的最爱,这是传统。中学和大学里仍然在研习不是杨朔写的杨逆式文章,这也是传统。中国当今散文"旧"的特征是:缺少文学而非题材的原创,缺少个体的真诚,过不了语言的关。以所谓家国情怀的戏剧效果伪装真诚,以抄旧书依傍古人伪装博识,以李敖式的无赖文字伪装风格。事实上,中国读者不需要真正的新散文也鉴别不了散文新在哪里。与文学无关的旧散文将长久地存在下去,读者没有其他需求。

问:您能举出创造新散文的作家吗?

答:蒙田、爱默生是随笔家,也是新散文的缔造者。沈从文、孙犁、王鼎钧、张晓风、陈之藩都开辟了散文的新路。

问:您和腾格尔、朝戈一起成了草原文化的标志性人物,您怎么看待这一个说法?草原文化或蒙古文化是您创作的母题吗?它与其他文化的区别在哪里?

答:我小的时候,草原文化的标志性人物是毛依罕、琶杰、宝音德力格尔和哈扎布,他们都是说唱与歌唱艺术家。音乐艺术是民族文化的花朵,开在最高处。而文化的根系是文学,否则它永远肤浅。你看到俄罗斯文学有多么厚重,就知道这个民族有多厚重。它的绘画与音乐同样博大厚重,而不仅仅是演唱。

如果我的民族选中我作为它的发声人之一,对我无疑是莫大的幸运。然而从作品说,我仍然不足胜任,我还没有勇气写出它的悲剧性格与复杂性,比如民族的劣根性。

问:你是说蒙古民族的劣根性吗?

答：是的，每个民族都有自己的劣根性，经历过帝国辉煌的民族尤其如此。蒙古人曾给清廷当过二百多年奴才。奴才心理让它不自信，又沉湎于祖先的光荣中，在现代化面前无所适从。

问：但我看到你在作品里对蒙古民族和草原的讴歌一往情深，可以看到最深的真诚。

答：我对自己民族的爱没长在文字里面而长在骨头里，不需要谁来教育或提醒。蒙古民族和草原是我的湖水，我只是其中的一根芦苇或一只小鸟。湖水不是我的创作母题，而是我心灵的寄居地。蒙古文化和其他文化的异同是庞大的学术课题，我说不上来。民族的血缘带给我单纯、悲悯和亲近自然，这就够幸运。

问：鲍尔吉是您的姓氏，这是蒙古黄金家族的高贵名号。鲍尔吉通译孛儿只斤。现在内蒙古突然出现大量"孛儿只斤"以示尊荣。您似乎不太在意这一点。

答：我本名叫原野。发表文学作品的时候与他人重名，故加了一个鲍尔吉，使之成为笔名。我第一次使用这个笔名是1984年在安徽的《文学》杂志上发表一篇短篇小说《白色不算色彩》，那时候还没见到你所说的突然而至的"孛儿只斤"。

就文学创作而言，写得好比姓得好更重要。刘姓、李姓与赵姓曾是中国皇帝姓过的姓，但中国写得好的作家并不都姓这些姓，也有姓周和姓贾的。抛开文学谈血统是另一回事。我到俄国的布里亚特共和国采访，当地国家艺术院的院长瓦伦汀娜说我兼有正直与幽默、细腻与豁达的性格。心肠软，思绪沉湎于大自然，她说这是蒙古贵族的特征。贵族是不是这个样子无法验证，但我觉得如有以上特征应该是一个好事。贵族是一个古老的存在，做一个有趣的人比当贵族和伪贵族都有意思。

我的创作之路磕磕绊绊，我发现没有什么力量能让创作之路不磕磕绊绊。写作的人都是在荒野里迷路的人，引领他们行进的是意志而不是姓氏。

问：您的自然文学写作成绩斐然，是国内目前最好的自然文学写作者。在描写大自然的作品里，您非常幸运地打开了全部身心，生命在文字里律动。我的问题是：大自然对您意味着什么？

答：我写大自然的时候，如同一粒沙子睁开了眼睛。这粒沙子原本无身无意，被砌在墙里或丢在河滩是它的运命。沙子睁开眼睛后同时明白了两件事：一是自己之小，二是大自然之大，这种境遇如您刚才说到的幸运。许多念头如歌声一般从我身体里排队走出去，走向河流、云彩、星辰、草叶、树木、鸟儿和昆虫。而我的语言也能够服从我的愿望变得干净、好奇、湿润、节制、朴素和准确。沙子没想到它睁开眼睛就看到了看不完的博大、深邃，以及细微和无穷尽的变化。大自然对我意味着导师，让我学到超越书本知识的领悟力。作为一个作家把这些领悟写下来，心里感到很幸福。

问：您在作品中呈现的想象力非常丰富，语言十分考究，幽默、诗意、生动、优美。有人说您以一位蒙古族人的身份使汉语大放光芒，是这样吗？

答：想象力对律师和法官有很大的害处，但对作家应该是看家本领，就像足球运动员的双脚。我们阅读世界经典童话和诗篇时，除了想象力，它们一无所有。想象力是这些美好作品的一切。写大自然如果没有想象力，就无法得到完整的美，读竺可桢的物候日志就可以了。竺氏曾经送毛泽东一句话，曰人定胜天，让后者非常兴奋。

想象力与语言之间有内在联系，它的丰富和细微需要通过语言转达。写大自然对语言很苛求，它比写人间吵架更费力。大自然当中没有离婚、暗算和谩骂，也没哪一棵树歌颂另一棵树。大自然是优美的语言最值得到达的地方。

中国的白话文写作不过百年时光,真正丰富优美的文学语言,还在孕育、校正中,要等待假话、套话和公共语言的潮水退潮之后才显现出来,它有赖于优秀作家的共同创造。

问:在文学史上,写自然文学的优秀作家并不多,俄苏有屠格涅夫、帕乌斯托夫斯基、普列什文。美国有梭罗、利奥波德。自然文学与一个国家的文学的关系是怎样的?您如何评价中国古典文学当中的自然文学篇章?

答:您上面提到的自然文学作家当中包括了生态学家,如利奥波德。事实上,许多文学大师在他们的小说中都曾酣畅优美地刻画过大自然,如托尔斯泰、海明威、康拉德、辛格等。日本画家东山魁夷的散文集《与风景对话》也是优秀的自然文学佳作。我觉得一个民族出现优秀的描写大自然的文学家,代表着这个民族精神领域在美与善方面所达到的成熟度,他们至少代表着这个民族向大自然感恩。相反,一个破落的、卑下的、只认得金钱的民族出不来屠格涅夫、普列什文那样的作家。

中国古典文学中涉及自然的作品被称作山水诗文。古代文人习惯用山水作铺垫,装点自己的不满或寂寞。这些诗文的主角是人而非大自然。这与当今的自然文学不是一个概念。

问:读您的作品,觉得您一直在寻找,笔触穿过花朵、云彩、星辰和路边的树木,您到底想找到什么?

答:我希望在大自然当中找到人的心灵。我想把大自然当作海浪般颠簸的镜子,从转瞬即逝的映像中拼接人类内心世界的仁慈、单纯、依存、微笑与好奇心。大自然不需要我或任何人记录它,但我需要从大自然中找到汹涌的宁静。毕加索说:"艺术不是真理,是谎言。通过谎言可以认识真理。"

问：您方便透露一下您喜欢的作家吗？

答：年轻的时候喜欢过无数作家又无情地把他们遗忘了。这些年在我脑海里闪光的作家有庄周、杜甫、苏轼、契诃夫、惠特曼、希梅内斯、艾·巴·辛格、马尔克斯和赛费尔特等人，他们构成了我个人的世界文学史。

问：还有一个问题，我在国家卫计委的网站上看到您是二〇一三至二〇一四年度全国无偿献血先进个人。这项荣誉中的奉献奖得主人数比较多，而特殊贡献奖这一项，辽宁省只有您一人。我有一点点好奇，您经常参加公益活动吗？

答：像无偿献血这件事加上"先进"字样就好像听到锣鼓声了。我看重的不仅是公益，更是自由。做自己想做的事，不是每个人都有这个能力。身心自由，包括跑步、读书、献血，比公益听起来更舒服，相当于想干啥就干啥。